橋本治

革命的半ズボン主義宣言

はじめに

みなさん、こんにちは。内田樹です。

橋本治さんの『革命的半ズボン主義宣言』が復刻されることになりました。ほんとうにうれしい出来事です。ふつう40年前の本はよほどのことがないと復刻されることなんかありません。この「はじめに」では、どうして40年前に出て、久しく絶版になったままのこの本が再び世に出ることになったのか、その経緯についてご説明したいと思います。というのは、『革命的半ズボン主義宣言』を復刻してくださいと河出書房新社の辻純平さんという編集者の袖をつかんで懇願したのは他ならぬ僕だからです。どうして僕が辻さんの「袖をつかんで懇願する」ことになったのか、そのいきさつをできるだけわかりやすくご説明したいと思います。

もちろん橋本さんの著書（いったい何冊あるのか知りませんが、たぶん300冊くらい）のうち主要著書は今でも読めます。でも、残念ながらもう絶版になってしまったものも少なくありません。僕が橋本さんの代表作だと思っている『蓮と刀』も『オイディプス燕返し!!』も『親子の世紀末人生相談』も今は絶版です。当然、『革命的半ズボン主義宣言』も手に入らないのだろうなと思ってネットで検索してみたら、中古で4500円、初版本11000円などという非道な価格がつけられていました。

それを見て「これはよろしくない」と思いました。だって、橋本さんの本はそういうふうに無理をして手に入れて読むというタイプの本ではないからです。何となくもののはずみで手に取って、ぱらぱら読んで、「うわ、なんだかわかりにくく。でも、わかりにくさが変……。こういうふうな『わかりにくさ』ってはじめてだ」と思いながら読み進むうちに、気がついたら夢中になって電車の中で読んで、トイレの中で読んで、ふとんの中でも読んで、読み終わった時には何を読んだのかよくわからないままに、「え、終わるの? こんなところで話が終わっては困るんですけど……」とすぐに書店に走って橋本さんの別の本を手に取って読み出す……そういうカジュアルな感じでじゃんじゃん読むものなんです。

橋本さんの本は、別に読む順番があるわけではありませんし、「必読」というものがあるわけでもありません。もちろん、今も出版され続けている橋本さんの本には「市場のニーズ」というものがあるから出ているわけですが、橋本さん自身はそんな「ニーズ」なんていうもので自分の作品が格付けされることについては「絶対やだ」と言ったと思います。

橋本さんの『九十八歳になった私』という小説があります。これは98歳になった橋本治老人が、原発が二個壊れて、翼竜が人を襲うカオスと化した東京でよろよろと暮らす一人称小説です(ほんとうにそういう話なんです)。もう出版文化も壊滅状態の中なんですけれど、若い女の子が「橋本治全集」を出したいと言ってきます。何冊くらい著作があるんですかと訊かれた橋本さんが300冊くらいかな(数えたことないけど）と答えると「三冊じゃだめですか」と悲しい顔をされる。自分が好きな三冊で全集を編みたいと言う。

「三冊ってなに？」と言ったら、『アストロモモンガ』と『恋するももんが』と『シネマほらセット』だと言った。

「ずいぶんすごい趣味だね」と言ったら、「はい、好きなんです」と冷静に答えた。

（いかにも私は下らないバカげた本が好きで出してはいるが、「あなたはそれだけですね」と言われてしまうと、やはり寂しくなる。まァいいけどさ）（…）

私は「いいよ」と言った。「私が未来に於いて、『アストロモモンガ』と『恋するももんが』と『シネマほらセット』の三冊しか世に問わなかった作家になったって、かまやしないのだ」と言った。どうせ忘れられた作家なのだから。（橋本治、『九十八歳になった私』、講談社、２０１８年、１４０頁）

橋本さんと対談した時に伺ったら、橋本さんご自身は自分の代表作を『桃尻娘』と『窯変源氏物語』と『アストロモモンガ』だと言われていました。『アストロモモンガ』は絶対に落とせないということなんでしょうね。

これ、読んでいる人は少ないと思いますが、偽占星術の本なんです。橋本さんが勝手に作った十二星座があって、その全部について、1年12カ月、１９８８年から１９９９年まで12年分の星占いが書いてある。存在しない星座の下に生まれた人の運命について「口からでまかせだけ」で原稿用紙５４０枚書いたんです。そんな本を文藝春秋が出したんですよ。企画した編集者はよほど熱烈な橋本ファンだったんでしょうね。とにかく、橋本さんはこういう仕事が大好きでした。

橋本さんは『九十八歳になった私』を出した翌年の２０１９年1月29日に亡くなりました。その１年後に橋本さんの仕事を回顧する12回の連続講演があった時、第１回講師を指名された僕はこの『アストロモンガ』と『恋するももんが』と『シネマほらセット』を手にして、橋本さんがどうしてこういう「市場のニーズがほとんどない本」を書かなければならなかったのかについて長い説明を試みたことがありました。それを繰り返すと本を一冊書かなければいけないので、今回はそこは泣く泣くパスします。

たしかに商業出版のルールに従えば、「市場のニーズのない本」は消えてゆくしかないのでしょうけれども、「橋本治とは何者だったのか」を知るためには絶対に後世に遺しておかなければならない本というものがあります。それはその時点での「市場のニーズ」なんか関係ありません。そして、この『革命的半ズボン主義宣言』もまた「橋本治とは何者だったのか」を知るためには絶対に後世に遺しておかなければならない本の一冊だと僕は思います。

他ならぬこの一冊を僕が選んだのには理由があります。それはこれもまた先年亡くなった友人でコラムニストの小田嶋隆さんを病床にお見舞いした時に、彼が最後に言及した作品が『革命的半ズボン主義宣言』だったからです。

平川克美君と僕が小田嶋さんを訪ねたのは、亡くなる10日前の２０２２年6月13日のことでした。呼吸も苦しそうな状態だったのに、病床から半身を起こして、小田嶋さんは言語と文学について最後の力を振り絞るように熱く語ってくれました。その時に小田嶋さんが最後に言及した作家は橋本治で、著書は『革命的半ズボン主義宣言』でした。

僕は小田嶋さんがそれほどまでに橋本治にこだわりがあったとはそれまで知りませんでした。ずいぶんいろいろな同時代人についての論評を彼の口から聴いたはずですけれど、橋本治の名前を聴いた記憶はありませんでした。でも、彼はその本から受けた感動について、それより11年前の２０１１年6月にすでにこう書いていました。僕が忘れていただけなんです。小田嶋さんのブログから引用します。

「私はこの本を、20代の頃に読んだ。著者は橋本治。初刷の発行は、１９８４年。１９９１年には河出書房新社から文庫版が出ているが、いずれも既に絶版になっている。Amazonを当たってみると、版元にも在庫がない。名著なのに。

というわけで、手元に実物が無いので、詳細ははっきりしないのだが、私の記憶しているところでは、本書は、『日本の男はどうして背広を着るのか』ということについて、まるまる一冊かけて考察した、とてつもない書物だった。以下、要約する。

1．日本のオフィスでは、『我慢をしている男が偉い』ということになっている。

2．熱帯モンスーン気候の蒸し暑い夏を持つこの国の男たちが、職場の平服として、北海道より緯度の高い国の正装である西洋式の背広を選択したのは、『我慢』が社会参加への唯一の道筋である旨を確信しているからだ。

3．我慢をするのが大人、半ズボンで涼しそうにしているヤツは子供、と、うちの国の社会はそういう基準で動いている。

4．だから、日本の大人の男たちは、無駄な我慢をする。しかもその無駄な我慢を崇高な達成だと思っている。暑苦しいだけなのに。

5．実はこの『やせ我慢』の文化は、はるか昔の武家の時代から連綿と続いている社会的な伝統であり、民族的なオブセッションでもある。城勤めのサムライは、何の役にも立たない、重くて邪魔なだけの日本刀という形骸化した武器様の工芸品を、大小二本、腰に差して出仕することを『武士のたしなみ』としていた。なんという事大主義。なんというやせ我慢。

6．以上の状況から、半ズボンで楽をしている大人は公式のビジネス社会に参加できない。竹光帯刀の武士が城内で蔑みの視線を浴びるみたいに。なんとなれば、わが国において『有能さ』とは、『衆に抜きん出ること』ではなくて、むしろ逆の、『周囲に同調する能力＝突出しない能力』を意味しているからだ。

以上は、記憶から再構成したダイジェストなので、細かい点で多少異同があるかもしれない。話の順序もこの通りではなかった可能性がある。でもまあ、大筋、こんな内容だった。

橋本氏の見解に、反発を抱く人もいることだろう。極論だ、とか。自虐史観だとか。しょせんは局外者の偏見じゃないかとかなんとか。でも、私は鵜呑みにしたのだな。なんと素晴らしい着眼であろうか、と、敬服脱帽いたしましたよ。ええ。（…）

『革命的半ズボン主義宣言』の最終的な結論は、タイトルが暗示している通り、『半ズボン姿で世間に対峙できる人間だけが本物の人間』である旨を宣言するところにある。」

小田嶋さんが手元に本がないままに本書の第二部についてこれだけ正確に要約できたということに僕はびっくりしました。それは小田嶋さん自身が「半ズボン姿で世間に対峙できる人間」という表現に、心に響くものを感じたからだと思います。

その小田嶋さんの追悼イベントが、平川君が店主をしている荏原中延《えばらなかのぶ》の隣町珈琲であった時に、別の仕事の打ち合わせをしていた辻さんの袖をとらえて「小田嶋隆が橋本治から何を受け継いだのか、この二人を結ぶ文学史・思想史的なコンテクストは何か」を知るためには、『革命的半ズボン主義宣言』が復刻されないと話にならないですよ、と掻き口説いたのでした。

その懇請が河出書房新社の営業会議を通って、こうして復刻することになりました。泉下の橋本さんと小田嶋さんのお二人に本書を手向けることができたことをうれしく思います。そして、復刻のために奔走してくださった辻さんに心からお礼を申し上げます。

「はじめに」にしては長く書き過ぎました。みなさんは、この後を飛ばしてすぐに読み始められてもいいんですけれど、一つだけご注意しておきます。

この本はその当時「〝サラリーマン向けの実用書〟を基本コンセプトとして計画された」ものです。

主な対象読者は1984年頃の20～30代の男性。ということは今はもう60歳から70歳くらいのおじ（い）さんたち向けに書かれています。ですから、今の若い人が読んでも「意味不明の固有名詞」がじゃんじゃん出てきます。でも、それは気にしないで読み飛ばしてください。みなさんだって、夏目漱石や森鷗外や永井荷風を読む時に「意味不明の固有名詞」が出てきてもいちいち事典を引いて調べたりしませんよね。「昔はそういう人やそういう事物が存在したのだなあ」とにこやかにスルーしてください。

それからもう一つ、これ大事なことですけれども、本書は「第一部」と「第二部」の二部構成ですが、「革命的半ズボン主義宣言」の宣言部分は第二部「ねェ、来年の夏はみんなで半ズボンを穿かない？」です。第一部はそこにいたる「論理的な地ならし」なんです。この「地ならし」は橋本さんにとっては自分の考えをまとめるために必要なプロセスなんですけれども、いささかわかりにくいんです。僕が言うくらいですから、ほんとうです。みなさんはとりあえず第一部をそっと飛ばして、まず第二部から読み始めるといいと思います（第二部だけでも独立した作品として読めるように橋本さんは書いています）。そして、橋本さんご本人の「文庫版あとがき」まで読んで（ついでに僕の「解説」も読んで）、それから第一部に戻って、「なるほど、そういう事情でこの本を書いたのか」と腑に落ちる……という順番がいいんじゃないかなと思います。

もちろんこれは僕の個人的なアドバイスですから、気にしなくていいですよ。本なんてどこから読んだっていいんです。特に橋本治さんの本はどの本のどの頁から読んでもいいんです。あらゆる頁に「橋本治しか書けないこと」が書かれているんですから。

ではのちほど巻末の「解説」でまたお会いしましょう。みなさまが幸福で愉快な読書ができますように祈っています。

2024年10月

内田樹

目次

宣言

今、日本に幽霊が徘徊している。徘徊だけは確かだが、どんな幽霊なのかは誰にも分らない。という訳で、私はどうせ徘徊するんなら半ズボンの方がいいと思ったのである。

第一部＝混沌篇

とりとめもなく現在は流れる。

1

コピーの時代

現代はコピーの時代だと言われています。言われていますが、それがどういうことかというと、物書きにとってはハタと困る時代でもあるのだということをまず最初に言っておきます。

私はまずこの本を書くに当って、現代というのは不定形の時代なのではないかと思ったのです。時代はあるが形は明らかではない、明らかではないが形だけはある、と。それがどういうことかということはおいおい明らかにされて行くと思いますが、それはおいておいて、現代が不定形の時代だと思って、じゃァそれにふさわしい章題でもつけようかと思ってつけたのが、一番最初の〝とりとめもなく現在は流れる〟というタイトルでした。こういうタイトルをつけておいて、私は「うん、いいんじゃない」と思って書きかけたのです。書きかけて、ハタと困ったのです。

何故かといいます。〝とりとめもなく現在は流れる〟と書いた途端、私はそれを見て「ああ、そうだね」と思ってしまったのです。

「現代とはどういう時代か?」と問われて、私はうっかりと〝とりとめもなく現在は流れる〟と言ってしまったのです。関係のない方向を向いて、ボソッと、そう独り言を言ってしまったのです。言ってしまって、「どれ原稿を書こうかな」と思った途端に、私は、「あ、そりゃそうだ」と思って、現代に関して、分ってしまったのです。

〝とりとめもなく現在は流れる〟と言っておけば現代というのは分るかなァ……、と思ってそれを書いた途端、分ってしまったのです――「なるほど、現代というのは、とりとめもなく現在は流れるというようなものである」と。

分ってしまったのだから最早書きようはありません。

Q　現代とは？
A　とりとめもなく現在は流れる。

禅問答のようなものですが、この二行で、全部が分ります。分らない人間は現代に生きてないんだからしょうがない。そういう人達は別に現代というものを分る必要はないのであるという、いとも簡単な結論も出ます。

という訳で、この本は

とりとめもなく現在は流れる。

この一行だけで定価何円かをつけた紙一枚でもよかった訳です。

これはスポンサー抜きでコピーだけを売るという、新しい形の文化だ！　と言い張ってもよい訳ですから。

私はその一行でコピーライターに転職して、物書きをやめればいいということにもなります。

どこかに庵を結んで、参拝客がやって来ると、千円の喜捨と引き換えに〝時には真面目も必要である。〟なんてことが書いてあるお札を売りつければ、それで十分スポンサーから自立したコピーライターにはなれるなァ、などということも考えますが、そうなると永遠に、こういう本を書く物書きからは失業します。

コピーの時代は、一行で「なるほど」となってしまいますから、物書きとしてはやりにくいのです。

2

しかし私は、コピーの時代が好きではない

しかし私が〝コピーの時代〟というのが好きではないということは、今現在私がこういう本を書いていることでも分ります。

それでは何故〝コピーの時代〟というのが私は好きではないのか？——ちなみに、こういうことが言えるから、私は本を書くという作業が好きです——。

〝コピーの時代〟という表現に私が嫌悪を覚えるのだとしたら、その最大の理由は、私が若いからです。私は若いから、〝なるほど〟だけではいやなのです。

コピーの時代というのは、一行だけで、分れる人には分ってしまう時代です。「なるほど」と。そして私は「〝なるほど〟はいいけど、だからそれでどうだっていうの？」と、更に思ってしまうからです。

——現代とは？

——とりとめもなく現在は流れる。

——なるほど。

——だがしかし、それでどうなるんだ……。

というようなこともあるのです。

「とりとめもなく現在は流れる」と言われて、「現代とは？」と問いかけた方は「なるほど」と思います。問題は、この「なるほど」の実質です。この「なるほど」とは実は、「野郎、うまいこと言いやがったなァ」でしかないのです。

「現代とは？」の問いに対しての〝うまい答〟が「とりとめもなく現在は流れる」なのです。〝うまい答〟即ち、うまいかわし方です。

人は何故「現代とは？」と尋ねるのでしょう？　それは勿論、その尋ねる人に現代というものがよく分らないからです。分らないから尋ねたのであって、彼は、その問題をうまくかわすような答を要求していた訳ではないのです。

現代というのがよく分らない――そう思う人がいます。時代と自分との関係がうまく行っていれば誰もこんなことは考えません。ですから「現代というのがよく分らない」という人は、それを分って、そして自分と自分の生きている時代との関係を円滑にしたいと思っている人なのです。

「現代とは？」という問いの向うには、「どうしたらいいのでしょう？」という願望が隠れています。その願望を否定する答が「とりとめもなく現在は流れる」なのです。

もう少し、この〝現代〟に関する対話というものを続けてみましょう――

「現代とはどういう時代なのでしょう？」

ある人が言います。

「ま、とりとめもなく現在は流れる、というようなところでしょうかな、現代というのは」

とりようによってはずいぶん高飛車ですが、こういう気のきいた答をする人もいます。

言われて、問うた人はこう言います。

「なるほどねェ……。ああ、なるほどねェ……。ああ、なるほど言われてみますと正に、現代というものは、とりとめのない時代ですねェ……。ああ……、なるほど」

この人はしきりに〝なるほど〟を繰り返しています。何か、思い当るところはあったのでしょう。この人の中に埋もれていた現代に関する認識を改めて呼び起したのですから、多分、この〝とりとめもなく云々〟という答は、正しかったのでしょう。〝正しかった〟ということは勿論〝役に立った〟ということでもありますが。

人のいい〝なるほどねェ〟連発人間のオジサンは、更に問います。とりとめもなく現在は流れるは分ったけれども、じゃァ、どうしたらいいのでしょう、と。

「そういたしますと、私どもは、どう生きて行ったらいいのでしょうか？」

そう尋ねられた時の気のきいた人の答というのはこうなります。

「まァ、現代というのはとりとめのない時代なのだから、とりとめもなく生きていくしかないんじゃないですかねェ」

答える方は何も分ってはいないのです。しかし、勿論この答にも気のいいオジサンは反応します。

「なるほどねェ」と。

「なるほどねェ、とりとめもなくですねェ。とりとめもなくねェ、そうだなァ……」

このオジサンの語尾がぼやけているのは、〝とりとめもなく生きろって言われたって困っちまうよ〟というのと、〝もう、面倒臭いから、なにもかも放り出して行き当りばったりで生きちまおうかなァ〟というのが入り混っているからです。

ここから先の対話は〝推量〟の域になって来ます。

気のきいたことを言う人が親切気を出してこう言うこともあるからです。

「大体あなたは真面目すぎるからねェ、今の世の中じゃ、もう少し柔軟にならなきゃねェ、やってなんかいけませんよ」

これは、親切なアドバイスでもありますが、実は、退廃の勧めでもあります。アドバイスを求める方は〝なにもかも放り出して〟と思いかけているからです。

私は、退廃に行きつくような答は答じゃないと思っていますから、こういうことがいやなのです。

「なんとかしたいなァ」と思ったオジサンの導かれて行くところが、「なんとかしたいなんてこと自体が現代風じゃないんだからやめちゃいなさい」だったら、それはあんまりじゃないかと思うのです。

親切気を出すとこうですが、親切気を出さないと、こういうことにもなります。

「とりとめもなくねェ……」と思っているオジサンに対して、気のきいた人の慨嘆が降って来ることだってあるのです。〝現在はとりとめもなく流れる〟と言ってしまった人は、そのことを知っている分だけ虚無的《ニヒル》だから、こういうことにもなります。

「ま、とりとめもないんだからしょうがないですよ。困ったもんだけどね」

これを言われてしまったら、相談を持ちかけたオジサンとしてはこう言う他はないのです。

「そうですねェ……。あ、ありがとうございました」

結局、この相談を持ちかけた人のいいオジサンは、なんの答も見つからず、ただ一緒に相槌を打ってくれる人間だけを発見して帰るのです。斯くして、現代の知性というものは、高所から降って来た相槌屋ということになります。降って来る分ましじゃないかという考え方もありますが、そういう〝高所〟というものを認めたくない私としてはあまり面白くありません。

コピーの時代の最大の欠点は、「なんとかしたい」という人間の願望を、〝うまい答〟によって葬り去ってしまうことにあると言ったら言いすぎでしょうか？

少し過激な発言であることだけは確かかもしれません。こう言いなおしましょう——コピーの時代というのは、「なるほどねェ」で一切をストップさせてしまう危険性を持つ時代だ、と。現代という時代は、穏当さという人当りのよさを要求する時代でもあります。

3 しかしコピーの時代とはこういう時代でもある

現代というのはとりとめのない時代です。とりとめのない時代というのは、これを把握するのが大変にむつかしい。把握して行けば行くほど分りにくくなるのが、このとりとめのなさの最大の欠点ですから。

――などと言って悠長にかまえていても始まりません。なにしろ、それを把握しない限り、この本は本として成立しなくなってしまいますから。

という訳で、現代のとりとめのなさに合わせて、少し話を分りにくくさせて行きます。

前のところで私は、〝人は何故「現代とは?」と尋ねるのでしょう?〟と書きました。そして〝それは勿論、その尋ねる人に現代というものがよく分らないからです〟と言いました。言いましたけれども、本当にそうでしょうか? 現代に於いては〝知らないから問う〟だけではなく、〝知っていても問う〟ということだってあるのです。

知っていて尋ねることの典型は〝謎々〟です。

子供が言います。

「ねェ、お母さん、ソラの上には何がある?」

訊かれてお母さんは考えます。

「そうねェ、何かしらねェ、お星様かなァ、……。宇宙があるよねェ……」

そんなことを言って子供に笑われます。

「ちがうよ、ソラの上はシド。ドレミファソラ、シド――ね?」

〝謎々〟というのは、知っていて尋ねることの典型です。

まさか〝現代とは?〟という問いが謎々ではあるまいとお考えでしたら、こういうシチュエーションは如何でしょう?

会社の専務さんが自分の部下の部長さんなんかに訊きます。

「君ねェ、君は、現代という時代はどういう時代だと思うかね？」

本当だったらこういうシチュエーションは、課長さんが平社員に訊いたという方がいいのですが、今の若い社員は、しょぼくれた課長がそんなことを言い出したって鼻の先で笑うだけです。という訳で、こういう悠長な質問は、専務さんから部長さんへ御下問あったという方がいいのです。

さて、専務さんはそう言いました。困るのは部長さんです。下手なことを答えれば、自分の評価に関わります。

まァという訳で、部長さんは、専務からの御下問に「カクカクシカジカ」と答えました。

そこで専務さんが「なるほどねェ」と言ったら、その専務さんは「現代という時代がよく分らないから、ひとつ部下にでも訊いてみるか」と思っていたということになります。なりますが、だがしかしここで、その専務さんが、「君は分ってないねェ、現代というのはこうこう、こういう時代だよ」と言ったら、それは、専務さんがあらかじめ、答を分っていて、それで、相手を試そうと思って尋ねたということです。

知っていて相手に尋ねるということは、勿論こうしてあるのです。専務さんの答と違った答え方をした部長さんは多分、「きみ、勉強が足りないよ」ぐらいのことは言われるでしょう。

この専務さんは、部長さんを試しました。答を知っていて相手を試したことに於いて、この専務さんの質問は、母親に向けられた子供の他愛のない謎々と同じなのです。ただしかし、一般にはこういう

〝異質〟のものを〝同じ〟という並べ方をしたりしませんが。

ここまでで明らかになったことを整理しますと、人にものを尋ねる〝質問〟というものには実は二種類があるということです。知らないから尋ねるのが質問であるというのと、知っていながら尋ねることだって質問である、ということの二つです。

実に現代が厄介だというのは、この一点にあります。というのは、少し前だったならば、子供の謎々と会社の重役が放つ質問がおんなじものだなどという発想はまず生まれなかっただろう、ということがあるからです。

両方とも答を知っていながら人を試しているんだからそれは謎々だ、などということは、少し前なら通用しませんでした。「それがどうした?」と言われるのがオチでした。でも、それが今では違います。少しばかり目新しいことを言い出せば、多くの人が「なに、なに?」と言って身を乗り出し、「なるほど」と言ってうなずきます。多分、何かが崩れて何かが生まれたので、その新しい〝何か〟に対して、人の好奇心というものが発動するのでしょう。

勿体ぶったことを言っていてもしょうがないのではっきりと言いますが、実は現代という時代は、一つの物事には同時に二つ以上の局面があるということがはっきりして来てしまった時代なのです。

分らないから質問をするなどというのは、これはもう常識でした。常識でしたが、この常識はぐらついて、「でも、分っててする質問だってあーるよォ、だ」という、子供の屁理屈に席を譲ってしまった、というのが現代なのです。だから、重役の発言と子供の謎々は一緒になります。力関係というものが崩れたのです。子供と会社の重役が並ぶということは、子供が一方的に上昇して来たのではなく、〝子供〟というものを押さえていた〝重役〟というものの力がなくなったということでもあるのです。力によって成立していた上下関係は崩れた、崩れたけれども、その力関係によって成立していた当時の痕跡を残す言葉――〝子供〟とか〝重役〟というものだけはそのまま引き継がれて、その結果、形はあるがその形というものがどういうものかはっきりしない状態になってしまった。〝不定形〟というのはこういうことです。だから、〝質問とは分らないからするものである〟という常識は、〝質問とは分っていてもするものである〟という常識と並びます。

相反する〝常識〟が同じことに関して同列に並ぶ――それは最早、常識というものがいくつも存在することではなく、常識というものが存在しなくなった、ということに等しいのです。

一つしかなかった常識が二つになった途端、その常識はゼロに等しくなりました。〝どう言ったっていいや〟ということは、〝どう言わなくてもいいや〟ということでしかないからです。

現代がとりとめのなくなってしまった最大の原因はここにあります。〝それをどう言ったってかまわない〟ということは、〝それに関して、何も言わなくたってかまわない〟ということでもありますし、それは同時に〝「それとは実はこれである！」と勝手に言い張ってもかまわない〟ということなのです。

〝意味の多様化〟とはこういうことです。

話が〝質問をする〟ということに関しての話でしたから、その〝質問〟に関しての意味の多様性というものを御紹介いたしましょう。実は現在、人にものを尋ねる〝質問〟というものには、これだけのバリエーション―種類―があるのです――

①――知らないから他人に訊く質問。

②――知っていて相手を試す質問―謎々―。

〝質問〟にはこうした二つの局面があることから、〝質問〟は次のような組み合わせのバリエーションを生みます。

③――知らないけれども、知らないということがバレたら恥かしいと思って、〝自分はそれを知っていてきみに訊くのだよ〟という態度を装ってなされる質問。

先の専務さんは、ひょっとするとこうだったのかもしれません。これは①と②の混合ですね。

④――自分は、一応は知っているけれども、ひょっとしたらそれ以外にも答はあるかもしれない――〝見つかったらめっけもの〟という感じでなされる質問。

右に同じです。

⑤——自分は知っているつもりだけれども、ひょっとしたら自分はなんにも分っていないのかもしれないという不安にかられて出て来る質問。

だいぶ現代らしくなって来ました。
もっとすごいのも出てきます。

⑥——〝そんな答誰も知ってやしないさ〟と思ってなされる質問。

答のない謎々——即ち、誰かれかまわず相手に喧嘩を吹っかけるようなハタ迷惑な謎々ですけど、酔っ払いって、こういうことをしませんか？

⑦——答がほしい訳でもないのに、惰性で出て来る質問。

これはテレビを見ているとよく出て来ます。インタビュー番組などでレポーターが、こんな風に言います——「それでは最後に、現代というのはどういう時代だとお考えになりますか？」これは勿論、答がほしいから尋ねているのではなくて、「こういう風に言えばそれでこの番組は型通りに終る」という、手順の問題だけで出て来た質問です。

ここまで来ると、次にはこんな風にもなります。

⑧——自分が何を訊きたいのかさっぱり分らないままに出される質問。

同じくテレビです。ある歌謡番組だと思っていただきます。その番組の中のあるコーナーで、一人のアイドル歌手が、スタジオではなく、どこかの地方に行っていたとします。「はい、こちらは仙台放送、追っかけマンの雨宮です」なんて言って、地方局のアナウンサーがそのアイドル歌手と一緒に出て来ます。面倒臭いから、それを仮に河合奈保子だとしましょう。河合奈保子が田舎家に坐っていて、その囲炉裏端にはジイチャン、バァチャンが一杯いるとします。折角河合奈保子ちゃんにここまで来てもらったんだから田舎のオバァちゃんと奈保子ちゃんとの間にコミュニケーションを成立させよう——なんてことを地方局のアナウンサーが考えたとします。彼はそばにいるおバァちゃんにマイクを向けてこう言います。

「おばあちゃん、何か訊きたいことはありませんか?」

マイクを向けられたおばあちゃんは黙っています。テレビで見ている限りでは、おばあちゃんが何を考えているのか、それとも何も考えていないのか、どちらかはさっぱり分りません。そして、おばあちゃんは口を開きます。

「お元気そうですね」

そう言われて奈保子ちゃんは「はい♡」とニッコリ笑います。ニッコリ笑って、「サァ、何を訊かれるのかな？」と、奈保子ちゃんは待っているのですが、それっきりおばあちゃんもなんにも言いません。やがて曲の前奏が流れて来て、アナウンサーは平然と「さァ、それではいつも明るい奈保子ちゃんに歌っていただきましょう」なんてことを言います。言われて初めてこちらは気がつくのです。なるほど、今のおばあちゃんの発言は、「お元気そうですね」という挨拶ではなく、「私にはあなたが元気のように見えますが、その私の認識は間違っているのでしょうか？」という質問ではあったのだなァ……、と。

質問ではないのに、結果的にはこれが質問になってしまった。それ故に、その〝質問〟を発したおばあちゃんが何を訊きたかったのか——一体、アイドル歌手に「自分の認識が正しいでしょうか、間違っているでしょうか？」と訊くことになんの意味があるのかがさっぱり分らなくなってしまったのです。

こういうことだってあります。シチュエーションはおんなじで、今度は河合奈保子の周りに若い子が集っていると思って下さい。そこに、自分はユーモアが分ると思っている暗い大学生がいると思って下さい——こういう〝矛盾〟だって立派に存在します。彼に、アナウンサーが「何か奈保子ちゃんに訊きたいことがありますか？」と言ったと思って下さい。ウケようと思って、その暗い大学生は「現代ってどういう時代ですか？」と、河合奈保子ちゃんに訊くのです。

一体、河合奈保子にどうして時代認識を教えてもらおうとするのかはさっぱり分りませんが、こういうことだって十分にありうるのです。

普通、質問者が何を質問したいのか分らないでする質問を〝質問にも価しない質問〟というのですが、現代という時代の意味の多様化は、〝質問にも価しない質問〟まで〝質問〟の範囲に加えてしまいました。

既にここまでで、〝質問〟のバリエーションは、もう八通りもあるのです。

〝質問〟とは、人にものを尋ねることです。しかし、現代に於ける意味の多様化は、〝質問にも価しない質問〟をも〝質問〟の中に含めてしまいました。

〝質問にも価しない質問〟が〝質問〟であるのなら、人にものを尋ねることになんの意味があるのだろう？　ということにもなります。そうなのです。実に、意味の多様化とは、気がついたらすべてが無意味だということに、いつのまにかなってしまっていることでもあるのです。

だからすべてがとりとめないのです。

この〝3　しかしコピーの時代とはこういう時代でもある〟という題がつけられた部分を読んで来て、「読んで来たはいいけれども、ここに何が書いてあったのかさっぱり分らない」とお思いになりませんでしたか？

各部、各部では「なるほど」と思えるけれど、じゃァその過ぎ去った部分を振り返って見るとぼやっとしてなんにも分らない――そう思われたらそれが現代だし、それが現代のとりとめなさでもあるのです――そう言われて「確かに」とうなずいたら、しかしそれも間違いではありますけれども。

意味がないわけではない、だがしかしどういう意味があるのかよく分らない。意味が分らないから〝意味がない〟と言ってしまいたいけれどもしかし、〝意味がない〟と言い切れるだけの確証もない――何故ならば、自分にはその全体の意味が分らないからということもありますが、しかしその一方では、この文章を書く〝私〟という人間が、いたずらに混乱を拡大させているだけかもしれないからです。

これがとりとめのなさに関してのややこしい実態です。

そして、すべてがとりとめのなさで覆われてしまった時に出て来る最後のバリエーションがこれです
——

⑨——答の存在によって初めて質問の存在が浮び上って来るような、そういう〝質問〟。

この場合の〝答〟とはコピーです。

いきなり、〝とりとめもなく現在は流れる。〟というコピーが登場して、そしてなんだか分らないけれどとりあえずは「なるほど」と納得して、そしてその後「〝とりとめもなく現在は流れる。〟というコピーを見て自分は〝なるほど〟と納得したのではあるから、なるほど、自分の中にはよく考えたら〝現代とはどんな時代なのか?〟という疑問は存在していたのだなァ」と気づく——そういう形で存在する〝質問〟だって現代にはあるのだ、ということなのです。

「なるほど」と思い、そう思ったことによって、自分の中には疑問があったと気づく——そういうような形で存在する〝質問〟がある。つまり、自分は漠然としていて何も気づけないけれども、ある一行の言葉によって、その自分の中にある漠然としていた状況に光が当てられる、そしてその漠然さによって「なるほど、自分はこういうところで漠然としていたのだなァ」と気づかされるというのが実は、コピーの時代に於けるコピーの役割でもあるのだ、ということなのです。曖昧さには曖昧さなりの役割とい

うものもあるというような訳なのです。

4

コピーの論理の展がり方

現代はある意味では完成した時代です。とりたてて不満を言う必要がないから、だから〝自分の中には漠然とした部分がある〟というようなことをわざわざ一行のコピーによって教えられ、そのことによって「なるほど」と、改めて自分の中に湧き出して来た疑問を確認するというようなことにもなるのです。逆に言えば、それほど〝漠然とした部分〟の存在を確認することは難しいということにもなります。言ってみれば、コピーというのは、行き止まりから戻って来て、改めて漠然とした中に問題意識を生みだすものでもあると言えましょう。

A

唐突に出て来るある一行のコピー

↓

「なるほど」という分り方

←

「だからどうだって言うんだ」という苛立ち

←

行き止まりの状態

今までの評論家的態度から見たコピーの無意味さというのは右の通りです。
これがあるから私は、〝私は、コピーの時代が好きではない〟と言っていました。
だがしかし実際、コピーというものは次のような生まれ方、展がり方をします——

B

ある漠然とした状況

⇦

それを察知するコピーライターの感性

⇦

ともかく生まれて来る、あるコピー

←

「なるほど」という分り方
←
そこから先には進まない行き止まりの状態

⇩はコピーを作る側、↓はそのコピーを受け止める側です。

AとBの最大の違いは、〝感性〟と呼ばれるもの〝感情〟と呼ばれるものの、それぞれのありどころの差です。

Aではコピーが〝唐突に〟登場します。この唐突さが後に、苛立ちという感情的反発を呼びます。ところでBでは、コピー出現の唐突さ以前に、⇩で表わされる感性の筋道があります。ともかくも筋道がそこにあるという安心感が、行き止まり状況からのフィード・バック――建設的な後もどり――を可能にするという訳です。

AとBとの違いというのは勿論⇩の存在であるのだというのは確かです。何かが存在すれば、それを生み出した因《もと》というのがあることは決っているのですから、それに気づかないでいるAとは一体なんなのだろう？　ということになります。

Aというのは実は、知性偏重の受け手の構図だということはお分りだと思います。

この、とりとめもなく流れてしまう――それ故にこそ一行のコピーで言い当てられてしまうと身動きも出来なくなってしまう時代に於ける手も足も出なくなった知性の構図、というのがAだったのです。

〝知性〟は〝感性〟がよく分りません。だから、Aでは〝感性〟の働きを示す⇩が消えているのです。

ですからそのかわりに、Aでは〝感性〟ではなく〝感情〟が剝き出しになるのです。

〝感性〟と〝感情〟ではどう違うのかということもありますが、そのことを明らかにする為には、〝感性〟と対立（？）すると思われる〝知性〟の構図というものを明らかにしなければなりません。〝知性〟の歯が立たなくなってしまったのが現代であるのなら、それ以前、〝知性〟はどのようにして立派に成立していたのか、というのが次です――

C

打開 ← 問題を含んだ状況

← それを明解にする一筋の論理

← 「なるほど」という分り方

← 新たなる展望

勿論、人間がものを考えるのは「それをなんとかしたい」という欲求があってのことですから、打開策という〝答〟は登場しなければなりません。〝知性〟の側に立つ人間が、コピーというものの構造が

Bのようであるということを知りながらも、なおかつAのようにしか把握出来ないでいるというのは、Bの構図がただ循環するだけで、なんの答も生み出さないからです。〝知性〟というものは、状況認識というものは必ずやCのようである筈だと信じているのでAのように苛立つのです。

しかし、現代ではこのCという構図は役に立たないということになってはいます。〝論理〟というものが新しい展望を抽き出さない、従って問題を含んだ状況を打開できない、問題を含んだ状況に歯が立たないということがあるからです。

それでは、Cの構図は何故時代遅れになってしまったのでしょう？　これだって「なるほど」という分り方が出来るのだったら、そうそう間違っているものではないからです。一体問題とはどこにあるのでしょう？

Cというのをよく見ていただければお分りかと思いますが、ここでは、問題を含んだ状況を明解にするものが〝一筋の論理〟だからです。

よく考えればお分りと思いますが、〝論理〟というものは必ず〝一筋〟です。最終的には一筋になって、それで結論に至るというものが論理なのであって、論理が二筋あったらそれは矛盾しているということになるだけです。一つの問題に関しては一筋の論理というのが、論理で物事を解明して行く上での常道で、それ以外に道はありません。

ということになるとどうなるでしょうというと、話はその一つ前の段階に戻ります。即ち、〝問題を含んだ状況〟というのはどういう状況なのか、ということです。

普通、〝問題を含んだ状況〟ということになりますと、これは、〝さまざまな問題を含んだ状況〟ということになります。
現代以前では、さまざまな問題を含んだ状況に対して、論理というものは有効だったのですが、それが、いつのまにか役立たずになってしまったのが不思議だなァ、というのが〝知性〟の側のうなだれる要因になっています。だがしかしそれは本当だったのでしょうか？　というのは、論理が常に一筋だからです。

現代以前に於いて論理が有効であったのなら、それは必ずや、ある一つの問題に対して有効であるある一つの論理があった、ということに他なりません。つまり、〝さまざまな問題を含んだ状況〟というのは、それを明解にする論理が登場する以前に、〝さまざまな問題というものは、煎じつめればこの一つの問題によっている！〟という整理がなされていた処理済みの状況であったということです。

Cというものをもう一遍整理してみましょう。こうなります——

C′

全体に「このままではいけない……」ということが明らかであるような、ある漠然とした不満足な状況

←

さまざまな問題を含んだ状況

←

打開◀……問題が整理されて〝元凶〟と見なされるものの正体がぼんやりと浮び上って来た状況

←それを明解にする一筋の論理

←「なるほど」という分り方

←……新たなる展望

C′に於ける〝新たなる展望〟というものがどこに働きかけて打開策を生むのかというと、それは勿論、〝整理された状況〟に対してです。これが更にさかのぼって、一番最初の〝不満足な状況〟に辿りつかないことにC′の悲劇があり、それに気がつかないことにCの悲劇があるのだと言ってもよいでしょう。〝さまざまな問題〟と〝ある一つの問題〟を知らない内に同一視してしまったC――C′がBの〝コピー〟を生み出したのだと思います。

それではC′を行きづまらせて〝知性〟の限界をAに変えてしまったものはなんでしょう？　ということになります。

言わずとしれたその正体は〝貧乏〟です。すべての問題の元凶は貧困である――という形で問題が統一されていた時代、Cの構図は信憑性を持ったのです。日本が一億総中流と呼ばれる時代に突入した途端、実にすべてがとらえどころのないものになってしまったというのが、このことを単純に証明しています。〝元凶は貧困ではない〟となった途端、すべての問題がとりとめもなくなって、〝論理〟というものがぼやけて来て〝知性〟というものが時代遅れになったのだとしたら、この〝論理〟や〝知性〟のすべては、〝元凶は貧困である！〟という整理から発生しているのだということが分ります。マルクス主義哲学の行きづまりというのはこういうことです。と同時に、こわいことに、〝元凶は貧困ではない！〟という考え方さえも、それは実に〝元凶は貧困である〟という考え方のアンチ・テーゼ―反対意見―として出て来たものであった――即ち、それを含めてすべての元凶は実に、〝すべての元凶は貧困である〟という考え方であったということになるのです。

世界はある一つのものを中心にして成立していました。だから、その中心命題が意味不明になった時――貧困が消えて行く時――すべては意味不明の役立たずになったのです。結果論的に、そのことが明らかになってしまったのが現在です。

しかし、実に〝すべての元凶は貧困〟であるという考え方が無意味になったにも拘らず、〝すべての元凶は貧困である〟という考え方もまだあります。〝すべての元凶は貧困である――そしてそれは心の貧困である〟という考え方です。

そりゃそうなのですが、ここでハタと困るのは、それが〝心〟の問題となって来ると、それは〝人間としての一つの心〟などではなく、〝それぞれの人間の心〟の問題になって来るということで、この考え方は、実は無意味です。

それぞれの問題はそれぞれに――即ち、必要とされるものは、打開策としての〝統一見解〟ではなく、それぞれに拡散して行くそれぞれの答ということになるからです。

一億人に見合った一億通りの答などというのは不可能です。という訳で〝評論家〟に代表される知性は「分んねェや」と言って、これを投げ出したのです。

そして、知性が投げ出した時、同時に浮上して来たものが〝知性〟に代る〝感性〟だった、という訳なのです。〝コピーの時代〟なるものが登場して来たのだとしたら、それはこのようにして登場して来たのだと思うのです。

5
感性と知性

感性というものはとらえどころがありません。前のBに於いて、〝感性によって、ともかくも生まれて来たコピー〟が、Aに於いては〝唐突に出て来るあるコピー〟であったのがその証拠です。

あるところからあるものが生まれたのなら、そこには必然性というものが当然あります。だから、ある感性があるものを生み出したのなら、そこには当然〝生み出される筋道〟〝生み出す筋道〟というものが存在している筈なのですが、その筋道がうまく説明されることは、ありません。この筋道を説明する言葉は〝感性の言葉〟で、それを代表するものが「なんとなく」だからです。「なんとなく出て来ちゃったんだよね」「なんとなく生まれたの」——こういう表現をとります。だから感性は唐突で、分りにくいとされます。「説明が説明になっていない」と、「説明することを拒んでいる」と。だがしかしこれは——説明になっていない説明は、これで十分、説明になっているのです。

感性の言葉が「なんとなく出て来ちゃったんだよね」と言います。それに対して、同じ感性を持った人間は「あ、それ、すごく分る」と言います。分られるのですから、その唐突なる〝発生〟の必然性は、うまく説明されたのです。

同じ感性をもった人間なら「なんとなく」だけで説明がつきます。しかし、違う感性の人間ならこれでは分りません。そこのところをとらえて、「それは説明になっていない!」というクレームが〝知性〟の側からつくだけです。

感性と知性というものは、本来ならば同じ人間の中に一つになっておさまっている筈のものです。ものですが、今迄の私の説明で行くと、どうやら、感性と知性というものは、〝感性的人間〟〝知性的人間〟という形で対立するようなものにも見えます。

まァ、確かに対立しているところもあります。ありますが、しかしこのとりとめのない現代に於いては、対立が対立として存在しないということがまずあるのです。

6

大人と子供

感性と知性という言葉は、実はもっと分りやすい別の言葉で置き換えられます。それは〝子供〟と〝大人〟です。

知性的な説明を求めるものとは何か？

感性的な言葉ですませてしまうものは何か？

――この二つを並列させれば分ることです。

知性的な説明を求めるものは〝大人〟であり、感性的な言葉ですべてをすませてしまうものは〝子供〟です。〝大人〟と〝子供〟、〝知性〟と〝感性〟で、この二つは見事に対立しますが、実はこれは、対立などしてはいないのです。

〝大人〟と〝子供〟という区分けの仕方は、ある意味で力関係による区分けです。「子供のくせに何を言うか！」という叱責は通用しても、「大人のくせに何を言うか！」という叱責は通用しないということを見てもそれは分ります。

本来ならば〝子供〟というものは〝大人〟の下にあったのです。その上下関係が崩れてしまって、

〝大人〟と〝子供〟が同等に並んでしまったのが現代だということは前にお話ししました。会社に於ける重役の御下問が、家庭に於ける子供の謎々と並んでしまったというところです。

現代では一つの物事に二つ以上の局面があって、それが現代を分りにくくさせているということは前にもお話ししましたが、その問題はここにも出て来ます。

現在、子供と大人は同等に並んでしまったけれども、果してこれは正しいのか？　ということです。

〈本来〝大人〟と〝子供〟は上下の関係にあったものだが、現在ではこれが同等になっている。これは異常である〉

という考え方と同時に、

〈過去に於いて〝大人〟と〝子供〟は上下の関係にあったが、現在ではこれが対等になっている。これが本来である〉

という考え方もあります。

どっちも正しいですし、どっちが正しいとも言えませんし、どっちも正しいとは言えませんし、どっちかが正しいというのは嘘ですし、どっちも正しいということなどありえません←──これが現代です。訳が分りません。

私は意図的に訳が分らないようにしているのでしょうか？

私は、正確に説明しようとして訳が分らなくなっているのでしょうか？

それとも、私は、正確に説明しようと努力はしているのだがその力が足りなくて説明しきれなくなっている自分をごまかす為に、意図的に訳が分らなくなるように見せているのでしょうか？

それとも私は、正確に途中までの説明はしているのだけれども、すべてを途中で放り出しているから分りにくいだけなのでしょうか？

それとも、私は正確に説明しているのだけれども、あなたの頭が悪くて訳が分らなくなっているだけなのでしょうか？

それとも、私は正確に説明しているけれども、あなたの頭は悪いだろうと私が先回りして思って、それで「訳が分らない」とあなたの為に言っているだけなのでしょうか？　そしてそのことを私が先取りして言ってしまうものだから、それで余計に訳の分らなさが増すだけなのでしょうか？

ここまで混乱させれば明らかだとは思いますが、本を書くという行為の中で、その著者が自分の主観を少しばかり遠慮させただけですべてはとりとめがなく分りにくくなるのです。

一切がそうです。少しばかりの遠慮と頭の悪さと、ちょっと余分なだけの頭のよさが一切の混乱を取り仕切っています。それが今の〝大人〟を身動きさせなくなっている元凶だというのはどうでしょうか？

「そこそこで出来上ってるんだから、それ以上はいいじゃないか」という、現状維持に見せかけた自信のなさが、すべてを曖昧のまま中途半端のまま野放しにしている。そしてその中途半端さに誰も〝中途半端〟の標識をぶら下げないのです。

7

自信のなさの研究

現代に於けるとりとめのなさの最大の元凶は、〝大人〟の側の自信のなさです。もう、このことははっきりしています。

〈今の大人は自信がない〉――この一行がはっきりと大人の空洞状況を撃つというのがコピーの時代です。〝大人〟という、力関係によって成立している筈の〝位置〟が、一方的に決められたまま宙ぶらりんになっている。そのことによって〝関係〟というものは機能しない。自信がないということはこうです。

言われて、「自信がないのは何故なのか?」と考えて――考えなけりゃそのまんまです――そこで改めて、自分の自信のなさを生み出している、もろもろの、さまざまの、色々な、漠然とした、曖昧な、複雑多岐に亙った、膨大な、そしてトータルとしては〝訳の分らない〟の一言で片のつく生成状況をぼんやりと目にして、なすすべもなく突っ立っているのが、〝コピーの時代〟と呼称されるような現代という時代に於ける〝大人〟のあり様です。「しっかりしなさい!」と言ったところでしっかりのしようのないものはしようがないし、「しっかりだけはしているが時代が悪すぎる」というバカもいる、というのがこれまた現代ではあります。

　そういう訳でとりあえずこの本の著者である〝私〟は、とりあえずこの本を成立させる為にとりあえず私の主観というものを色濃く打ち出すことにしました。どうも、客観的ってヤツをやると話がまだるっこくっていけねェ、ということも言います。

　そもそも本などというものは著者の主観が色濃く強く打ち出されているところに意味があるのですが、そういうことをやっていると不思議がられるだけが現代だったりするのは何故なんでしょう？　なんていうことは考えるのはやめにします。他人の主観の存在を不思議がってるような人間は、人間をやめちまえばいいので、ホントに、そういう〝人間もどき〟を〝人間〟の内には入れないでほしいと思いますが、これも勿論〝主観〟です。

　〝主観〟だと極端なことも言えます――現代をダメにしている元凶は本当に、野放しにされているバカの群れです。ああいうのはみんなまとめて東京湾に放りこんでしまえばホントにせいせいするのですが、こういうことを言うと「ファシズムだ！」って糾弾されるので困りますが、こういう糾弾をするのも勿論、バカですね。しかし、ここから先は〝客観〟です――。

　バカはバカで明らかなのですが、どうしてバカが平気で野放しにされてるのかというと、「バカはバカで明らかだ」と思っている人間に、それを口に出すだけの自信がないからです。

　〝バカ〟と〝バカでない人間〟は、実に、〝自信のある人間〟と〝自信のない人間〟という分類に重ねられます。

D

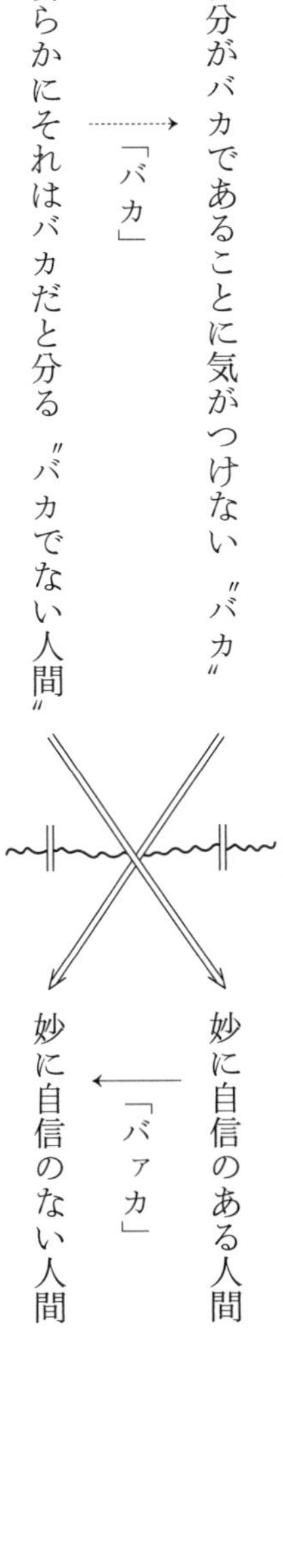

現状は、右の図のようにもつれています。〝バカでない人間〟は〝バカ〟に対して「バカ！」と決めつけられない。

〝バカ〟の方では、〝バカでない人間〟から「バカ！」と言われないであろうということに妙に自信を持っている。

妙に自信のある〝バカ〟は、〝妙に自信のない人間〟に平気で「バァカ！」と言える。

〝妙に自信のない人間〟はその一言でうろたえて、「確かに言った相手の方がバカなのだけれども……」とは思いながらもそのことを口には出せない。

口には出せないからふり出しに戻って〈〝バカでない人間〟──→〝バカ〟に対して「バカ！」と決めつけられない〉の縮小再生産を始める、という訳です。

全体の構図が閉じている時、ここでの循環がだんだん小さな円しか描けなくなるのは常識ですね。何故かといえば、このDの構図の中では、〝自信のある人間〟が〝自信のない人間〟に堕ちて行くことはあっても、その逆は起りえないからです。

〝妙に自信のある人間〟とは、自分のバカさに直面しないですんでいる人間のことですから、一度自分のバカさに直面すれば〝自信のない人間〟に変わる。又は、一度自信を失えば〝他人のことを「バカ」だと言えない人間〟に変わる訳です。つまり、今の世の中とは、〝バカ〟ばっかり増えて一時的な活況を呈するけれども、すぐにその〝バカ〟は自信をなくして落ちこんじゃう。どんどん、世の中の総体としては自信をなくした人間ばかり増えて、〝バカ〟が落ちこむまでのサイクルが短くなって行って最終的にはどうしようもなくなるであろう、というところまで見えている訳です。

一体この最終的なジリ貧状況がどうして打開出来ないでいるのかということになるとこれはもう明らかで、〝バカでない人間〟がはっきりと〝バカ〟に向って「バカ!」だと言えない、言わないからだということになります。

それでは、どうして〝バカでない人間〟が〝バカ〟に向って「バカ!」とは言えないのかということになります。

それは勿論自信がないからでしょうね。

それならばどうして、〝バカでない人間〟には自信がないのかということになります。

多分それは、〝バカでない人間〟が自分の中にうっかりと〝バカ〟な部分を見てしまう、ということに近いのだと思います。

近いけれども少し違うというのは最前の図Dを見ていただければ分るのですが、〝バカでない人間〟は、〝妙に自信のある人間〟の存在を察知して自信をなくすのです。このことは、〝バカ〟が〝妙に自信のない人間〟の存在を察知して勢いづくことに対応しています。

〝妙に自信のある人間〟の存在を察知して〝バカでない人間〟が自信をなくすということがどういうことかというのを少しやりましょう。この疑問を解く鍵は〝妙に自信のある人間〟の妙にの部分に隠されています。

〝妙に自信のある人間〟というのは〝バカ〟な訳ですから、この自信の由来は〝何かを知らなくてもすんでいる〟という、〝バカ〟のバカたるところにあります。〝本来なら知らなければならないような何か〟を知らないままでいるということは、本当だったら〝不安を生む〟だけなのですが、そこはよくしたもので、不安の前に立ちはだかるべき人間が〝妙に自信がない〟訳ですから、不安というものが意味をなしません。不安が存在しないのですから、〝バカ〟は知らないままで堂々としています。力関係が力関係として機能しないというのはこういうことです。

堂々としているから〝バカ〟には〝自信がある〟のですが、実はこの〝自信〟には、不安を生じさせる〝外圧〟がなくなった、ということ以外には根拠がありません。根拠がなくて堂々としているから、〝バカ〟は〝妙に自信がある〟ように見えるのです。

〝バカ〟の方はバカですから、知らないまんま堂々としていますが、これを見る〝バカでない人間〟の方は複雑です。「確かにあの自信には根拠がない筈なのに、しかしああも堂々としていられるのは何故だろう？　何か、自分の知らない根拠というものがあるのかもしれない」というように思います。

これは――この自信のなさの構造はコピーの時代に於けるフィード・バック―建設的な後戻り―の法則と同じことで、〝バカ〟という人間は、一種のコピーとして存在します。コピーが〝バカ〟という形で唐突に存在しているものだから、そのコピーを突きつけられた人間は自分の内部の漠然さに入り込む――というような形で、〝バカでない人間〟はフィード・バックします。フィード・バックして、「自分の中には確かに欠けているものがある」と、勝手に思いこんで自信をなくすのです。これが、〝バカでない人間〟の自信喪失の構図です。

確かにそれはそうなのですが、それでも少しおかしいところがあるというのは、〝自信をなくす〟の前段階に〝思いこんで〟があって、その前に〝勝手に〟というフレーズが傍点付きで並んでいたりするからです。

〝バカ〟の自信には根拠がありません。よく考えればそんなことは〝バカでない人間〟にはすぐ分る筈ですが、分らないで却って、「あの自信には何か自分の知らない根拠があるのだろう」と思いこむのです。この思いこみに〝勝手に〟という副詞がつくことはお話ししました。

問題は、この思いこみの中にある〝何か自分の知らない〟という部分です。現代の自信喪失は、各人が各様に「何か自分の知らない部分がよそにある」と思いこむことにあります。これが〝感性〟の領域に関わることは勿論です。

最前から申し上げているように、〝バカ〟の自信には根拠がありません。根拠がないから〝何か自分の知らない根拠がある〟などということはありえないのです。ありえないのにこんなことが起るのなら、その理由は一つしかありません。そんなこと――「何か自分の知らない根拠があるのだろう」と思いこむことが起るのは、その思い込む人間の中に何か欠落した部分があるというだけです。知性が感性に敗北するのだとしたら、それはこんなことなのだろうと、私は思います。

現代というのは完成した時代です――それがどう完成したのかというと、ただ〝貧困〟というものがなくなったというだけですけども。

〝現代というのは完成した時代です〟というのは、実に不思議な一行です。誰もこんなこと思ってやしないのに、そう言われると「そうですねェ」とうなずいてしまうような一行です。

実は現代というのは別に完成なんかしてやしないのですが、気がつくとどこにも問題意識が公然と入り込む余地がなくなってしまっていたから、それで人は勝手にフィードバックして、「ああ、自分の知らない内に、もう時代というのは完成してしまっていたのだ」と思いこんでしまうだけなのです。

完成してしまったものだから、もう時代は先に行きようがない――そのことは決っている、だから現代というものはとりとめもなく現在という瞬間々々がなんとなく流れて行くだけなのだと、平気で思いこめるのです。

私がそんなものいやだと思っているということは前にお話ししました。その理由は私がまだ若いからだと。

私はまだ若いから、完成してはいないのです。完成していないのにどうして時代だけがさっさと完成してしまっていいてよいのか！　と、私などは怒るのです。なんでこんな怒りに正当性があるのかというと、時代が完成していて私が未完成であったのなら、未完成な私は、完成した時代から、その完成した時代に合わせることを強要されるからです。バカの言いなりになるのなんかやなこった！　と私は思っている訳で、その一言故に、時代はまだ完成していないのです。

よそではどうか知りませんが、この本では――私というこの本の著者がその主観をほしいままにするこの本の中では、時代というヤツはまだ完成なんかしてないんです。してるんだとしたら、その現代という時代は、始末の悪いことに、程度が低く完成してしまっているのです。

現代という時代が完成してしまった時代だとしてとらえられることの根拠が、〝気がつくとどこにも問題意識が公然と入り込む余地がなくなってしまっていたから〟だと私は書きましたが、とんでもない、現代に於いての問題意識は〝公然とは入り込めないかわりに私的にブスブスくすぶっている〟という形で公然と存在しているのです。だから誰だって、現代が完成した時代だなんて思わないけれども、よそから〝現代というのは完成した時代です〟という一行が飛び込んでくればそこにひれ伏してしまうのです。

これほど明らさまに問題が存在していて――それは常に〝私的な問題意識〟として存在している――それでなおかつ何も問題がなくて、平気で現在をとりとめもなく流していられるなんて、バカだとしか言いようがありませんが、実に、現代に於ける人間の自信喪失の根拠はここにあります。

〈現代は完成している〉
〈にも拘らず自分は不安定である〉

〈それならば自分には何か欠落している部分が必ずある〉

この三段階が引き算となって、明確なる自信喪失を、確固として生むのです。

〈現代は完成している〉 ― 〈自分は不安定〉 ＝ 〈欠落している部分〉

←　　　←　　　←

〈外側に存在する全体的な思いこみ〉―〈個の実感〉＝〈明確なる自信喪失の根拠〉

〈思いこみ〉から〈実感〉を引くと、〈自信喪失の根拠〉が生まれて来てしまうのですから困ったものです。根拠のないところに根拠を生み出してまで、そんなにも自信をなくしていたいものなのでしょうか。

私には訳が分りません。

妙に自信を持っている他人を見ていると、自分の中では自信のなさが育ち、その自信のなさを検討して行くと明らかに自分の中には他人と比べて欠落した部分が存在するということが分り、自分の自信喪失だけは揺ぎないものとなるという、困った確信（！）だけは生まれる――それが現代の更なる完成ではあったりするのです。

8

減点法の時代

現代というのは問題意識が私的にだけくすぶっていてそれが決して表沙汰にはならない時代だということはお話ししました。それが表沙汰にならないでいるのは勿論、〝妙に自信のない人間〟同士が肩を寄せ合って、現代という時代を完成した時代にしてしまっているからですが、どうしてそうなっているのかということには勿論、そういう個人的な理由だけではなく、社会的な理由というのも存在しています。

初めからこの本を読んで来られた方なら既にお気づきと思いますが、私の論理は妙な進み方をします。前へ前へと論理を進めて論理を積み上げて行くのではなく、前へ前へと進んでいたものが、いつか後ろへと戻って行くのです。言ってみれば、この本の私の論理は加算法ではなく、減点法で進んで行くのです。

既に御承知と思いますが、現代が完成した時代だという思いこみが成立してしまったのは、実にこの時代が、気がついたらすべて減点法によって取り仕切られていたということがあるからです。時代は減点法だから、それに合わせて私の論理も減点法だという訳です。

出世する——次々と出世して行く——というのは加算法の最たるものですが、現代では、こういうことはありえません。現代に於いては既に、〈ある程度の出世は当然〉という回路が組みこまれています。〈ある程度の出世は当然〉という前提があって、そこに〈人並み〉〈まだ人並みには行っていない〉という減点法の採点が導入されます。みんなが人並みに出世するのですから〝出世する〟という加算法は成立しません。

勿論中には人並み以上の出世をする人もいますが、この人だとて決して加算法ではありません。人並み以上の出世をする人は次のような評価＝位置づけをされます——。

人並み以上の出世をする人は、まず〝持ち点〟が違います。

〝人並みに出世をする人〟の持ち点は〈ある程度の出世は当然〉ですが、〝人並み以上に出世する人〟の持ち点は、〈あの人ならある程度以上の出世は当然〉です。

〈あの人ならある程度以上の出世は当然〉という思いこみを前提にして、この気の毒な〝人並以上に出世をする人〟はスタートします。

この人の到達点は〈やっぱりあそこまで行った〉の〝あそこ〟です。そこを基準にしてこの人は減点法で評価されます—気の毒に——〈まだあそこまで行っていない〉と。

〈ある程度の出世は当然〉というのも思いこみですが、〈あの人ならある程度以上の出世は当然〉というのは、更なる思いこみです。そう思いこまれる根拠はあったんでしょうが、思いこみがつのると根拠というものは薄弱になって行くものです。〈思いこみ〉と〈根拠〉は反比例します。エリートの挫折が目立つ現代ですが、以上の公式をもってみれば、エリートほど挫折しやすいものであることぐらい簡単にお分りいただけると思います。

さて、世の中は減点法です。エリートの挫折でお分りでしょうが、この減点法は〝思いこみによる持ち点制度〟が前提になっています。大学に入れば会社に行くのが当然。会社に入ればある程度以上の出世は当然。いい大学に入ればある程度以上の出世は当然。全部、思いこみです。その思いこみを支える根拠があったにしろ、そこに思いこみをつのらせて行けば根拠は薄弱になって来ます。

根拠が薄弱になって来たので崩れる思いこみというのも出て来ます。いい大学に入ればある程度以上の出世は当然、という思いこみは崩れて来ました。来ましたかわりに、こういう永遠不滅の思いこみがクローズ・アップされて来ましたが、それだってやっぱり思いこみです。

永遠不滅の思いこみ、即ち——見込みのあるヤツはある程度出世して当然。

見込みと思いこみとどこが違うか？　同じです。

「見込みがある！」などと言われて高い持ち点を持たされて、それで減点法で算定されるんですから可哀想です。持ち点が高いほど、一回の減点度が高いというのが、この減点法の時代の裏ルールです。知らぬが仏で可哀想です。

減点法の特徴というのは、あらかじめ持ち点が決められているということにあります。そこから点がサッ引かれて行く訳ですが、問題はこの、あらかじめ決められている〝持ち点〟です。こんなもん、いつどうやって誰に決められたんでしょう？　思いこみと言ったって、どうしてその思いこみは斯くもしっかと持ち点制度にまで高められてしまったんでしょう？　ということがあります。

現代は一応の完成を見てしまった時代だから、そこでの採点が減点法になるのは当然だという考え方もありますが、私は別に現代なんかなんにも完成してやしないと思っていますから、こんなものは嘘です。

何か一つ重大な要素が抜けているというのは、完成した現代とは問題意識を私的にだけくすぶらせている時代であるということと関係しています。

私的な問題意識を排除することによって減点法の横行を可能にしているのが見せかけの完成を持った現代だ、と言った方がはっきりするでしょう。

問題は、私的に問題意識をくすぶらせるより他にない、その社会を構成する各個人の、内部の完成度でしかないのです。そのことが曖昧にされていることが、世の中の全部をとりとめなく野放しにしている大人達の自信のなさの根本につながって来るのです。

一体その自信のなさというのはどこから始まっているのでしょうか？　この次には唐突に、マッカーサー元帥が登場いたします。

9

ピーター・パン症候群《シンドローム》が通用しない国

今から三十九年前に日本にやって来た日本占領軍の総司令官マッカーサー元帥はこんなことを言っています――「日本人は精神年齢十二歳の子供だ」と、何を根拠に、何をどう見てこう言ったのかは私は知りません。知りませんが、マッカーサー元帥がこう言ったことだけは事実です。ちなみに、このマッカーサー元帥という人は、今から三十九年前、戦争に負けて主権を失った日本に君臨した、たった一人のエライ人です。日本というものを客観的かつ概括的に見ることを許された、そして見てしまった、日本の歴史上類を見ない特殊な人間が下してしまったのがこの「日本人は精神年齢十二歳の子供だ」という把握です。そう見ることが出来る位置にあったから、彼はそう見たのです。それだけです。

何を根拠に、何をどう見て彼がそう言ったのかは分りませんが、彼がそう言い切れる立場にあったことだけは確かです。確かだから、今から三十九年前、日本人の精神年齢は確かに十二歳だったのです――だったのでしょう――。それはそれとして、じゃァ、そう言い切った立場のマッカーサー元帥の精神年齢というのは何歳だったのでしょう?

今までこんなことは誰も問題にしていませんが、私は、日本人の名誉の為にもこういうことを問題にしたいと思います。

彼が日本人のことを誉めて「精神年齢十二歳」と言ったのでないことは確かです。彼は統治する側で、精神年齢十二歳の日本人は、その幼さ故に彼の統治を許してしまったのですから、マッカーサー元帥の精神年齢が十二歳から上だということだけは分ります。

分りますけれども、それ以上のことは分らないのです。それ以上のことは分らないままで「なるほど、俺達のことを〝精神年齢十二歳の子供だ〟と言い切ってしまえるのだから向うは〝大人〟なのだなァ」と思いこめてしまえるところが、〝精神年齢十二歳〟を押しつけられてしまった日本人の幼さだった、というのはどうでしょう？

こちらの精神年齢を十二歳と言い切ってしまったあちら――マッカーサー――の精神年齢は十三歳だったのかもしれません。

十二と十三、小学校六年生と中学一年生の差が「お前達はたかだか小学六年生」という発言になったということは十分に考えられるのです。

十二と十三、小学校六年生と中学校一年生の差というのは大きいものです。たかだか一年の差でしかないのに「自分はもうその幼さの象徴である小学校という場を脱してしまっているのだ！」というプライドは、そのたかだか一年の差を、十年、二十年にも拡大してしまえるものでもあります。〝毛〟が生えたからもう大人、という競争だってあります。

小学生が小学生のリーダーになるのは不安定であっても、中学生ならば、〝自分は中学生だ〟という根拠だけで、十分に小学生のリーダーとして君臨出来ます。

所詮それだけの差が日本人を小学生呼ばわりさせたというのは極端でしょうか？

マッカーサーに代表されるアメリカ人——占領地域に君臨するもの——が中学一年生だというのが極端だとしたら、高校生だというのはどうでしょう？　一通りのことは全部知っていても現実にはまだ足を踏み入れてない大学生というのはどうでしょう？　大学生なら小学生にとっては十分過ぎるほどの大人です。自分が大人だと思えるのならば、いつだって他人を小学生呼ばわりすることだって出来るのです。

出来るのですが、しかし私はここでは何も言っていません。言えていいませんというのが正解かもしれません。私がマッカーサーに代表されるものにいちゃもんをつけていることだけは分っても、相手の精神年齢がいくつであるのかは全く分りません。分りませんが、ここで問題になってくるのは、三十九年前に極東の島国までわざわざこちらの精神年齢を教えに来てくれた、向うの現在の精神状況です。

私はよく知らないのですが、なんですか、海の向うでは〝ピーター・パン症候群《シンドローム》〟とか言って、大人になりたくない男が一杯いて大変らしいです。

ほとんど他人事でよかったなァと私が思うのは、海のこちらの日本は相変らず大人の精神年齢が十二歳で、大人になりたくないもなにも、精神年齢が十二歳なら十分に大人なので、今更大人なんかになる必要がないということがあるからです。こういう国でピーター・パン症候群を言い立てる女も哀れですが、男と女の話をここに持って来るとややこしくなるのでそれは後回しにします。

さて、既にして問題は幾つか出て来ました。私は今〝海のこちらの日本は相変らず大人の精神年齢が十二歳で〟と言いましたが、この〝相変らず〟はかなり唐突です。マッカーサー元帥が日本を飛び立ってから既に三十年以上経っていますが、いい加減日本人だってそれから精神年齢は上っているだろうと考えるのが常識というものです。常識とは言うものですが、私はそこら辺に転がっている〝常識――実は常識的見解〟などというものを毛ほども信じません。

マッカーサーは「日本人の精神年齢が十二歳である」とは言いましたが、このことが日本人の間で全体的な討議の対象になったことは一度もないのです。

そりゃ「なるほど」と言ってマッカーサー元帥の言葉にうなずいたバカもいたでしょう。そのバカがどうしたかと言えば、「勉強しなくちゃ」と思ってアメリカに留学して「僕―又は私―はもう小学生じゃないもん！」と言って帰って来ただけです。自分は日本人のくせに（！）。

マッカーサーが日本に君臨していた時代、実に多くの日本人がアメリカへ留学に参りました。「日本人は精神年齢十二歳なんだから学ばせてやろう」という向うの仏心と、「日本人は精神年齢十二歳なんだから学ばなくちゃ」という、それを肯定した側とで作り出すフィーバー―熱狂―です。

という訳で、「日本人の精神年齢は十二歳だ」ということを肯定した日本人は向うへ行って、日本人であることから離脱します。斯くして、日本人が成長することは精神年齢を上げることではなく、日本人から遠く離れることであるという〝信仰〟が成立します。「向うの方が進んでいるから向うのようにしなくちゃ」と言うのは、既にその発言者がこちら側の人間ではなく向う側の人間になっていることの証明ではありますね。

という訳で、日本人であることを離脱してしまった一握りの数の日本人以外は、「日本人の精神年齢が十二歳である」ということをどう取り扱ったのか分らないまま戦後の三十九年という時は経つ訳です。日本人が成長しない訳です。

そしてここで問題となるのはマッカーサーは日本人の精神年齢が十二歳だと言ったけれども、それを許した、言われた側の日本人の反応はどうだったのかという、もう一つの前提です。

答は既にして決っています。一体どうしてマッカーサーにそんなことが言えたのかという前提を考えれば分ることとです。日本に占領軍が来て、そのトップにマッカーサーという一人の男を立てて、その男が「日本人の精神年齢は十二歳だ」という概括が可能になったのは、日本が戦争に負けたからです。大日本帝国という全体主義体制がアメリカ合衆国という民主主義を相手にして戦って、おびただしくも愚かしい犠牲を払って戦争に負けたのだということは、マッカーサーが日本の地を踏む以前に、既に日本人にとっては明らかなことです。「そんなバカなことをやっていたのは何故だろう?」という疑問への答を出してくれたのがマッカーサーの発言だったのだということになります。

日本人の精神年齢が十二歳であるということの根拠――それはあんなにも愚かしい戦争をやって負けたことである。廃墟という、明らさまな上にも明らさまな根拠の上に立つ日本人にとって、これほど明解に納得出来る話もありません。

という訳で、日本人も自分達の精神年齢が十二歳であるということを認めました――少なくとも日本人以外にも人間はこの世の中に存在するのだということが分る人間は全員。

という訳で、日本人の精神年齢はその廃墟に立っている以上、全員十二歳でした。全員十二歳で、その日本人達が廃墟の上で〝十二歳であること〟からの脱却を図ろうとしたのかというと、そうではありません。外人になろうとした日本人以外の多くは、「それはそれとしておいといて」と思って、精神年齢十二歳のまま、そこで生活の立て直しを図っただけです。

という訳で、日本人の生活及び社会は、〝日本人の精神年齢は十二歳である〟という前提の上に出来上っています。

その後日本人が戦争に負けたことはありませんから、誰からもその精神年齢が相変らず十二歳のままだと指摘されることもありません。

という訳で、日本人は自分達の精神年齢が十二歳であるということに直面しないですんでいるのです。

そして勿論、〝すんでいる〟ということは〝直面しないでもすんでいる〟というだけで、直面しないですんでいるからといって日本人の精神年齢が上ったという訳でもありません。日本人の精神年齢は相変らず、十二歳のままなのです。ですから、日本の大人というものは自信がないのです。

大人であることが実は精神年齢十二歳のままであるなどということが、どうして自信を生むでしょうか？　生む筈がないのです。

私は前に、日本の社会というものは私的な問題意識を排除することによって見せかけの完成を持っていると言いましたが、日本人の精神年齢が十二歳だとするとその表現も不正確です。日本人の精神年齢が十二歳であるならば、排除するもなにも、初めから〝私的な問題意識〟などというものはまだ存在していないことになるからです。

自我が成熟していない、そのことによって個人の内部がどうであればよいのかはまだ分らない――そういう年齢が精神年齢十二歳であるのだと、私は考えます。こと自分自身に関しては「そういうもんかもしれないなァ……」で納得出来てしまうのが幼い自我しか持てない十二歳。「でも、それだけじゃなんとなくやだなァ……」という形で自我が芽生えて来るのも十二歳。自我を主張出来ない幼い十二歳の自我とはこのようなものであると思われます。

そして、それだからこそ、私的に問題意識をくすぶらせている日本の社会は私的な問題意識を排除しているのだということが言えるのだと思います。大人になんなきゃね、というのはここら辺でしょう。

10
不定形時代の論理学

さて、結論というのは最早出てしまったように思います。大人に自信がないということがこのとりとめのなさの元凶であるのなら、サッサと大人は自信を持ってしまえばいいということです。この程度の低く完成してしまった社会の元凶が相変らず精神年齢十二歳のまんまであるということならば、サッサと精神年齢を高めるような方向に成長してしまえばいいということです。

結論は簡単なのですが、しかしこんな結論がなんの意味も持たないということは、「サッサと自信を持てばいい、サッサと成長すればいいと言われたって、自信の持ち方が分らない、成長のしかたが分らない――分ってればサッサとそうするけどさ」というようなことがあるからです。

どうして自信を持てないのか？　自信を持つその持ち方がどうして分らないのか？

そんなことは簡単です。どういう状態をさして〝自信を持っている〟というのか、それがよく分らないからです。

どうして成長出来ないのか？

それも簡単です。どういう方向に伸びて行けばそれが〝成長〟と呼ばれるようなものになるのか、それが分らないからです。

それがあると分っていたって、それがどこにどのようにしてあるのかが分らなければ、探しようがありません。手も足も出ないというのはこのことです。

手も足も出ないからジッとしている。ジッとしているから、すべてが曖昧になってとりとめがなくなって来る――というようなことになります。そうなって来ると一体、とりとめがないということが悪いことなのかどうかも分らなくなって来ます。

世の中の構造がしっかりしていれば、自信をなくしてしまった人間は一人で落ちこむだけです。ところがしかし、今のとりとめのなさというのは、自分が落ちこめば同時に、世の中全体も落ちこんで来るという同調作用を持っています。「自分一人だけ落ちこんでしまってヤバイと思いかかっていたけれども、世の中全部が一緒になって落ちこんでくれるなら、なんとか安心だ。同じスタートラインからもう一度やり直せるから」と思わせるような部分も、このとりとめのなさの中にはあるということなのです。

とりとめのなさというのは、ある意味で〝自分なり〟ということをもう一度確認してもよいという、そういう時間の再来でもあります。どこかにあった拘束力というものがいつの間にかなくなって、それ故にこそ全体がとりとめもなくなってしまっているのですから。全体にかかっていた拘束力の消滅は、同時に個人にもかかっていた拘束力の消滅でもあります。世の中ここまでとりとめがなくなったということは、ある意味で再出発のスタートラインがやって来たということでもありましょう。喜ぶべきことです。

ただしかし、それで一安心というようなものではありません。自信をなくしてしまった人間が「なるほど気がつけばみんながみんな自信をなくしておるわい、一安心」と思ったところで、その拘束力をなくしてしまった社会には一方で、〝妙に自信を持った人間〟というのもいるからです。

〝妙に自信を持った人間〟の側からして見れば、今迄私の言って来たことなんて「みィーンな、バカ」です。「そんなのお前が落ちこんでるだけだよ。そんなのお前一人が落ちこんでるからそう思うだけだよ。そんなのお前だけが勝手に自信なくしてるだけだよ」というような発言だってありです。

〝自信のない人間〟が辛くも獲得した一安心というか、か細い自信は、こうした〝妙に自信のある人間〟の一言によって、あっけなく潰え去ってしまうのです。

さて、ここまででははっきりしたことが一つあります。世の中には二種類の人間がいて、それぞれの人間がそれぞれに正反対のことを考えていて、どちらか一方の過剰がどちらか一方の過少によって支えられていて、妙なバランスのとり方をしているということです。

一方の側が「どうやらこうに違いない」と論理の道筋を伸ばして来ると、もう一方の側が唐突にやって来て、「そんなのお前の思いこみ」と言って、今迄確実であった――と思われていた筈の――論理を突き崩してしまうのです。

ある意味で、ここには明らかに〝対立〟があります。ありますが、この〝対立〟には〝ある意味で〟という余分な言葉がついています。私は前に〝現代では対立が対立として成り立たない〟と言いましたが、それはこういうことです。

一方の側が「どうやらこうに違いない」と論理を構築しますと、もう一方の側から「そんなのは論理ではなくてお前の思いこみ」という声が飛んで来てその論理を崩します。これは、Aという意見があって、それに反対するBという意見がやって来て、AとBという意見の間で論争があって、その結果Aが負けるというような〝対立〟ではありません。

ある一方の側が「どうやらこうに違いない」と言って論理を構築しますと、もう一方の側から「そんなのはお前の思いこみ」という声が飛んで来るということは、Aというある一方の側の声に対してBというそれとは反対の側から声が聞こえて来るということでは、ありません。Aという人間がある論理を構築すると、どこからともなく「そんなの無意味」という、それを否定する声が飛んで来るということです。

どこからともなくということは〝A以外の四方八方どこからでも〟ということですが、そのどこからでも飛んで来る筈の声が結果的には一つの声になっている――それがAという人間の構築した論理を否定するような一つの声であるから、そのことによって結果的に〝Aという人間の構築した論理に反対するような一つの論理〟というものが浮び上って来るということなのです。

かつては〈Aに対立するものはBである〉というように決められていたものが、今や、〈〝A〟に対立するものは〝Aではないもの〟〉として、〈〝Aではないもの〟が〝B〟と呼ばれることもある〉という風に変って来た――これが現代に於けるとりとめのなさの元凶であります。

今やすべてがとりとめもない――ということは、かつてに於いてそこにはとりとめがあった、ということです。とりとめをなくさないようにする力――即ち拘束力がかつては働いていたけれども、現代ではその〝力〟がなくなってしまったからとりとめがなくなってしまったというのがその正体です。

たとえば〈明るい〉の反対語は〈暗い〉ですが、これは〝〈明るい〉の反対語は〈暗い〉であるとする〟という取り決め―拘束力―が存在していたからです。だから、〈明るい〉の反対語は〈暗い〉でしたが、そうなって来ると、「じゃ〈明るい〉っていうのはどういうこと?」という考えもその中には生まれて来るという、次の事態の発生というのもある訳です。世の中には〝色々の明るさ〟というものだってあるからです。

真っ暗闇に比べれば豆電球一つだって明るい。でも、豆電球一個は煌々たる照明に比べれば暗い。〈明るい〉〈暗い〉って言ったって、どれを〈明るい〉にするかで話は違って来る、ということだってあるのです。

〝明るい〟という言葉は一つしかない——もしくは歴然とあるけれども、〝明るい〟という状態は色々ある——もしくは一杯あってはっきりしない。〈明るい〉の反対が〈暗い〉って言ったって、それは〈暗い〉ではなくって、正確には〈より明るくない〉という状態がズーッと続いているだけじゃないか、という考え方だって出て来ます。だから、この立場で行けば、〈明るい〉の反対語は、〈明るく・ない〉ということになるのです。

斯くして〈明るい〉の反対語は正確には〈明るくない〉になりました。正確になった途端、なんだか訳が分らなくなってしまったところがとりとめなさの所以です。〈明るい〉の反対語が〈明るくない〉なんて、別にどってことないじゃないか、だからどうだって言うんだ？　というところでしょう。

ところでこの〈明るくない〉ということは、実に〈暗い〉ということでもある、ということを入れればどうなるでしょう？　極めて簡単になります。

〈明るい〉の反対語は〈明るくない〉であるが、その〈明るくない〉ということはまた、〈暗い〉ということでもある、というだけです。

言ってみれば、この〈明るい〉⟷〈暗い〉という一組の反対語は、一筋の縄です。

光の状態をさして〈明るい〉〈暗い〉ですませていたところが、「〈明るい〉ったって色々あるよォだ」

という声が出て来たというのが、実は、事態が複雑になって一筋縄では行かなくなったという状態です、〈全体〉が〈一筋の縄〉でうまく行っていたのが、それではきっちり収まらない〈余分〉が出て来てしまった、と言えましょう。

〈全体〉＝〈一筋縄〉
↓
〈全体〉＝〈一筋縄〉＋〈余分〉

この〈余分〉が出てしまったという、困った状況をどうにかしようとして出て来た考え方が、〈余分〉というものを〈一筋縄・ではいかない部分〉という風に解釈したのが〝〈明るい〉の反対は〈明るくない〉である〟という段階です。

〈余分〉と呼ばれるところが少なかったら無視してもいい。だがしかし、その〈余分〉が目に余って来たら無視することは出来ない。無視することが出来ないのだったら、その〈余分〉と呼ばれる部分をなんらかの形で規定しなければならないというのが〈非〉という反対概念の考え方なのです。

〈A〉に対立するものは〈Aではないもの〉――〈非・A〉である。〈余分〉というものを独立したものとして扱う必要が出て来てしまったので、それをとりあえず〈非・一筋縄〉とする、というのがこれです。

これはこういう段階を辿ります。

うまく説明がついている段階
〈全体〉＝〈一筋縄〉

←

ほぼ説明がうまく行っていると言って言えないこともない段階
〈全体〉≒〈一筋縄〉

←

ほとんど無理―一筋縄では行かない―
〈全体〉≠〈一筋縄〉

〈全体〉≠〈一筋縄〉ということは勿論、〈全体〉＝〈一筋縄〉＋〈余分〉であり、〈全体〉＝〈一筋縄〉＋〈非・一筋縄――一筋縄では行かない部分〉です。

ある一筋の縄―A―の力が弱まって来れば、残りの部分が〈非・A〉という形で存在を主張して来る。存在を主張して来て独立してしまったのなら、その〈非・A〉をもう一筋の縄―B―ということにしてしまえばいいではないか。〈明るくない〉ということは〈暗い〉ということでもあるのだから、ということです。

一筋縄では行かないということは、実は二筋縄でならうまく行くということで、そのことにいつまでたっても気がつかないということは、初めにあったAという一筋目の縄のことにばっかりとらわれすぎているというだけです。

増えて行く余剰部分を、いつまでも「これは関係ない」で無視して放っておいたら、いつのまにか全体の量は減ってしまうというだけですね。

〈全体〉＝〈一筋縄〉

←

〈全体〉≒〈一筋縄〉

なぜならば

〈全体〉＝〈一筋縄〉＋〈余分〉

←

〈全体〉≠〈一筋縄〉

なぜならば

〈全体〉＝〈一筋縄〉＋〈もう一筋の縄〉

これが〝一筋縄では行かないということが実は二筋縄で行くことである〟という公式です。

世の中がとりとめなくなったのは、実は世の中が一筋縄では行かなくなった――一筋の縄の拘束力が弱まった――ということです。

だから、「世の中がとりとめもなくなった」と手をこまねいて見ているということは、二筋縄で行かせるということがどういうことか分らないということです。

そして、二筋縄で行かせるということが分られにくいということは、その二筋目の縄がどこから出て来るか分らないということによっています。

勿論、二筋目の縄というのは〈非・一筋目の縄〉という形で存在しています。

ある一つの考え方〈A〉というのがあるとすれば、そこにはいつだって〈非・A〉という考え方はあるのです。現代では一つの問題を設定すると、同時に二つ以上のシチュエーションがそこに展けてしまうというのは、そういうことです。

〈A〉という考え方は一つですが、〈非・A〉という考え方は〈A以外の考え方全部〉ということです。一を引いた残り全部が〈非・A〉なのですから、〈A〉という問題を設定した途端そこに様々の〈非・A〉が登場して来るのは当り前です。〈非・A〉によって問題が拡散してしまって、しまいには〈A〉という問題の存在さえも危うくなって来るということはそういうことなのです。

現代では一つの問題を設定すると、そこに同時に二つ以上のシチュエーションが展けて来てしまうと私は言いましたが、この〝二つ以上のシチュエーションが展けてしまう〟ということが〝〈非・A〉という考え方が浮上して来る〟と解釈出来れば、そんなことは別に現代に限ったことではないのだということはすぐ分ります。何故ならば、〈A〉なるものがあるところ〈非・A〉が存在するのは常道だからです。

そして、現代が過去と違ってとりとめがなくなって来たというのなら、それは〝〈非・A〉は無視してもいい〟という考え方が通用しなくなったからだというだけなのです。

「私〈A〉はこう考える。だがしかし他人〈B〉はこう考えるかもしれない。だとしたら、そうであることも予想して私はこのように言ってやろう」

〈A〉の反対概念が〈B〉であるということが明らかである時代はこれですみました。言ってみれば、自分以外の他人は〈他人〉という形で一人だけ存在していたのです。

だがしかし、現代では違います。現代ではこうなります――

「私〈A〉はこう考える。だがしかし他人〈非・A〉はこう考えるかもしれない。だとしたら私はこう言えばいい。いいけれども、ちょっと待てよ、別の他人〈非・A〉はそう考えないかもしれない。そう考えないんだとしたら……。でも、そう考えるヤツだっているんだから……。でも、それだけじゃなくて他人〈非・A〉っていうのはもっと一杯いるんだから……。もっと一杯いて、それぞれが違うことを考えてるのが他人なんだから……。ああ、もう分かんないよォ、自分と他人との調整がきかないよォ……。ああ、もうお手上げだ。でも、私〈A〉はこう考えるんだし……。他人〈非・A〉はそうじゃなく考えるんだろうし……。いや、ちょっと待てよ、私〈A〉とおんなじことを考える他人〈非・A〉だってやっぱりいる筈だし……。だとしたら、私は別に何も言わなくてもいいや――」

現代で人間が自信をなくすというのは、こんなことであろうと思われます。
〈A〉が〈非・A〉を認めた途端、その数知れない〈非・A〉の群れに足をとられ埋没し、そして結局は「どうでもいいや」と言って、〈A〉が——一番初めに存在していた筈の〈A〉が消滅してしまうという事態が起こるのです。

一体〈非・A〉というのはなんの為に浮上して来たのでしょうか？

〈非・A〉がどうして登場出来たのかというと、それは勿論、「そんなものの存在は認めなくてもいい！」と言っていた〈A〉なるものの拘束力が弱まった為です。

それならば、そのように登場して来た〈非・A〉にはなんの意味があるのでしょう？

それは勿論、拘束力を失って曖昧になってしまった〈A〉を、もう一度明確にする為です。曖昧になってしまった〈A〉にはどういう意味があったのかということを再検討する為に〈非・A〉は浮上して来たのです。

ですから、〈大人になりたくない男〉——即ち〈非・Aを志向するもの〉は、〈大人〉——即ち〈A〉とは一体なんなのか、ということを明らかにする為に登場して来たということになります。

〈感性＝B〉と呼ばれるような〈非・知性〉は、〈知性＝A〉とはなんなのか、もう一度〈知性〉というものを明確にするにはどのようにしたらよいのかということを検討する為に浮上して来たのです。

〈A〉の反対概念を〈B〉とすれば、〈非・A〉＝〈B〉であることもあるし、〈非・A〉≒〈B〉であることもあるし、〈非・A〉≠〈B〉であることもあるというのは、すべて、〈非・A〉というものを使う、二筋縄の論理に慣れていない単純ミスが往々にして存在するということです。

〈知性＝A〉の反対概念が〈感性＝B〉であって、この場合〈非・A〉＝〈B〉となるということは「知性だけでは人間はやっていけない、どうしても〝非・知性〟という部分の働きを認めなければならない。それならばその〝非・知性〟を〝感性〟という風に規定しよう」という前提があった、というだけです。ですから当然、知性と感性は対立する──喧嘩する──ようなものではありません。ありませんが、それがしばしば対立する──喧嘩する──ように思えるのだとしたら、それは知性という〈A〉が、長い間〈A〉を成立させる為に〈非・A〉を排除するという拘束力を持っていた、その名残りでしかないということになります。

〈知性〉と〈感性〉は対立概念ではあっても、対立する──喧嘩する──ものではありません。

知性と感性はそうですが〝ピーター・パン症候群〟ということに代表される〈大人〉と〈子供〉は、ほとんど喧嘩腰です。一方〈A〉が他方〈非・A〉を、AでないことＡ＝非・Aであることによって「病気だ！」と決めつけているのですから、混乱は対立を生んで、ものの見事に喧嘩です。

一体〝ピーター・パン症候群〟なるものはどのように位置づけられるのかというところで、二筋縄の論理のさばき方をお目にかけましょう──。

〈大人〉というものは〈A〉です。
〈子供〉というのはそれに対立するものだから〈B〉です。

それでは、〈大人になりたくない男〉というのは、なんなのでしょう? 〈非・A〉なのでしょうか? 〈B〉なのでしょうか?

どちらも違うというのは、私が前に〈大人になりたくない男〉を〈非・Aを志向するもの〉と言っていることでも分ります。

〈非・Aを志向するもの〉を〈a〉とします。〈大人になりたくない男〉というのが存在してしまったのだから、こちらが〈a〉です。

〈a〉が〈大人になりたくない男〉=〈非・Aを志向する男〉だとすると、〈非・a〉は、〈Aを志向するもの〉〈大人になることを望む男〉です。

〈大人を志向しないもの=a〉と、〈大人を志向するもの=非・a〉です。

〈大人を志向するもの〉が何かといえば、これは〈まだ大人になっていないもの〉です。〝なっていない〟から〝志向する〟のです。

それでは、〈大人を志向しないもの〉とはなんでしょう? 勿論ここには、〝まだ大人になっていないけれども大人を志向しないもの〟というのが含まれます。含まれますと同時に、ここには〝もう大人になっているから別に大人になることを志向する必要もないもの〟というのも含まれます。

なんだかとてつもないパラドックス―逆説―が登場しそうです。今の〈a〉〈非・a〉という考え方を使うと、〈大人になりたくない男〉というのは、〈もう大人になってしまっているからそれ以上大人になることを必要としない男〉ということになって、ピーター・パン症候群の〝症候群〟という規定が無意味になります。〝大人だと言っているヤツはまだ子供だ——A＝B〟というとんでもない矛盾もここから生まれて来るからです。

どうしてこういうことになるかというと、それはそもそもの前提である〈大人＝A〉を基準にして物事を考えて行く発想自体が間違っているからだということぐらい、もうお分りでしょう。

〈大人〉というものは〈A〉です。

〈子供〉というものは〈B〉です。

〈大人になりたくない男〉が〈非・Aを志向するもの〉ということになると、ここで「ちょっと待ってくれ」です。

〈大人になりたくない男〉というのは、実は〈非・Aを志向するもの〉ではなく、〈非・A′を志向するもの〉だからです。

世間には〈大人〉という考え方—A—があります。〈大人〉の反対語は〈子供〉—B—です。かつて、〈非・大人〉と言ったら、それはすなわち〈子供〉でした—〈非・A〉＝〈B〉—。ところがいつの間にか世の中には〈大人になりたくない男〉というのが出て来ました。

〈大人になりたくない男〉というのが〈子供〉—〈B〉—かといったら、それは違います。

〈大人になりたくない男〉というのは、もう〈非・子供〉—〈非・B〉—だから、何かを志向しなければならない。そうなった時、その志向する先を見て、そこには〈大人〉という考え方—〈A〉—もあるけれども、その〈大人〉という考え方はかなりぐらついていることが分った、というだけです。

〈大人〉という考え方―〈A〉―はあるけれども、しかし実際そこに存在するものは〈いわゆる〝大人〟と呼ばれているものたち〉―〈A′〉―だけしかいなかった、ということです。

〈いわゆる〝大人〟と呼ばれているものたち〉と〈大人〉とは同じものである―〈A〉=〈A′〉―、どこが違うのか分らないという考え方もあります。

〈大人になりたくない男〉というものの中には、「大人になんかなりたくない」と言う男―〈非・Aを志向するもの〉―もいれば、「そういう大人にはなりたくないんだよ」と言う男―〈非・A′を志向するもの〉―もいます。ここでは〈大人〉という考え方―〈A〉―には三種類あって、〈いわゆる〝大人〟と呼ばれているものたち〉―〈A′〉―と、〈それ以外の、まだよく分らないけれどとにかく〝大人〟と呼ばれるようなもの〉―〈非・A′〉―と、そして、「そんなメンドウクサイことどうでもいいだろ、ともかく大人は大人だよ」と言われてしまうような無検討な〈大人=A〉というのがそれです。

「ああ、メンドクサイ!」「そんなことよく分んないね」――という時の〈大人〉というのは、〈A〉=〈A′〉です。

「そうじゃなくて、〈大人〉には二種類あるんだってェ!」――という時の「大人」とは、〈A〉=〈A′〉+〈非・A′〉です。

「そんな考えは認めない」――というのは勿論、〈A〉=〈A′〉です。

「分るけれどもねェ、しかしそれでどうしようというんだねェ」――そういう一種好意的な譲歩を〝大人〟の側がする時は〈A〉≒〈A′〉です。

その譲歩をとらえて、「結局、スノッブってのは、分った風な口きくけど、分ってんのは口先だけだ」――という時は〈A〉≠〈A′〉です。

すべての混乱は〈A〉が〈A′〉であるのかどうかということから始まっているように見えますが、それも嘘で、すべての混乱は、「〈A〉が〈A′〉であるのかどうか？」という疑問が出て来た段階に於いて〈A〉の明確さは崩れてしまっているのに、〈A〉を基準とするものがそれを認めないところにあるのです。

既にして〈A〉≠〈A′〉であるのだとしたら、事態は、〈A〉≒〈A′〉とするか、〈A〉=〈A′〉+〈非・A′〉とするかのどちらかであるということです。

〈A〉≒〈A′〉というのは〈A〉=〈A′〉+〈余分〉なのであって、その〈余分〉が無視しきれなくなったら、〈余分〉=〈非・A′〉であるのが当然で、すべては〈A〉=〈A′〉+〈非・A′〉でしかないのです。

〈非〉というものは、〈本来あるべき全体像=A〉から、〈現状=A′〉を引き算した結果に登場します。


〈非・A′〉=〈A〉−〈A′〉

二筋縄の論理がメンドクサく誤解を招きやすいというのは、この二筋目の縄を生み出す〈非〉の部分が、〈本来あるべき全体像〉を一度想定して、そこから〈現状〉というものを引き算しなければならいというところにあります。

〈本来あるべき全体像〉を想定する作業は、かなりにメンドクサイ作業です。〈現状〉を把握するということも。メンドクサイ、メンドクサイで出来上ったもの同士を引き算にかけるというのですから、ここで計算間違いが起ってもなんの不思議もありません。

〝ピーター・パン症候群〟が〈非・A〉というものの存在にスポットを当てたというのは分りますが、それが〈非・A〉なのか〈非・A′〉だったのかがよく分らないというのがこの最大の誤りです。〈A〉=〈A′〉+〈非・A′〉であるのなら、〈非・A′〉には勿論、〈A′〉及び〈A〉を再度明確にするという意味があるのですが、それがよく分っていないから、〈非・A′〉を〝症候群〟=病気にしてしまうのですね。〈A〉=〈A′〉という立場に立てば、〈非・A′〉などというものの存在は認めたくないでしかないのですから、渋々譲って、その存在を病気として位置づけた訳です。ですから、〈大人=A〉というのを基準にして考えるのなんかもうやめたら、と、私は言っている訳です。

〈A〉=〈A′〉+〈非・A′〉です。

これは——

〈本来あるべき〝大人〟像〉=〈いわゆる〝大人〟と呼ばれているものたち=A′〉+〈それ以外の、まだよく分らないけどとにかく〝大人〟と呼ばれるようなもの=非・A′〉

ということです。

これは

〈A〉=〈A′〉

←

〈A〉≒〈A′〉　〈A〉=〈A′〉+〈余分〉

←

〈A〉≠〈A′〉　〈A〉=〈A′〉+〈非・A′〉

と来た結果ですが、

〈A〉=〈A′〉+〈非・A′〉

←

〈A〉=〈余分〉+〈非・A′〉

←

〈A〉≒〈非・A′〉

と、更に進むのかもしれないというようなことも予想させますが、まァ、〈A〉≠〈非・A′〉であることだけは確かでしょう。正解は〈A〉=〈A〉であるだけなのですから。

さて、ピーター・パン症候群を考えて行くと、〈A=大人〉に関して混乱が起っているのかと思っていたらそうではなくて、〈A′=大人の現状〉に関して混乱が起っているだけなのだ、ということが分って来ました。

分って来ましたはいいですが、それならば〈A=大人〉というものはなんなのか？　ということになるのです。

〈A′〉に関して混乱が起っているということは、勿論〈A〉にだって混乱が起っているというだけなのですが、〈A〉と〈A′〉を混同してしまったから〈A〉の混乱が見えなくなってしまった、というだけなのです――　〃ピーター・パン症候群〃というものの欠点は。

〈大人=A〉というものはなんなのか？　ということになると、これは実に簡単なことで、これは、〈もう子供ではないもの〉、つまり〈非・B〉なのです。

〈A=大人〉を基準にするのがバカなので、と私は言うのはここで、基準というのは、実は〈B=子供〉の方にあったのです。

二筋縄の論理というのはここです。〈A〉を基準にするものと〈B〉を基準にするものと、二筋縄の論理があるんだから、〈A〉からスタートする論理が曖昧になって、〃一筋縄では行かない〃というような行き止まり状態になったら、今度は〈B〉というものを基準にする論理をスタートさせればいいじゃないか、というのです。

〝二筋なら、うまくいくさ。〟というようなコピーがあったような気もします。なかったかもしれませんけど。

11
人生は二筋縄

反対概念というものについて、ちょっと考えてみたいと思います。

〈明るい〉の反対は〈暗い〉です。〈大人〉の反対は〈子供〉です。〈自分〉の反対は〈他人〉です。

ですから、反対概念というのは、二つのものが一組になっているものということになります。

〈明るい〉〈大人〉〈自分〉〈A〉
←→　←→　←→　←→
〈暗　い〉〈子供〉〈他人〉〈B〉

「〈明るい〉の反対なァんだ？」

「〈暗い〉！」

「じゃァね、〈大人〉の反対なァんだ？」

「〈子供〉！」

ですむのは、精々小学校の低学年までです。もう少し成長してくれば、

「〈明るい〉の反対なァんだ？」

「〈明るい〉ったって色々あるから分んない！」

というのだって出て来ます。

「〈明るい〉の反対は〈暗い〉だよ」

「違うね。〈明るい〉の反対は〈明るく・ない〉だよ」

というのだって出て来るのは最前やったことですが、〈明るい〉⇅〈暗い〉、〈A〉⇅〈B〉の一組のカップルの間に距離が出来て、途中で不明瞭になってしまったということです。夫婦みたいなものです。

新婚時代は〈明るい〉⇅〈暗い〉、〈A〉⇅〈B〉ですんでいたのが、倦怠期では次のようになります。

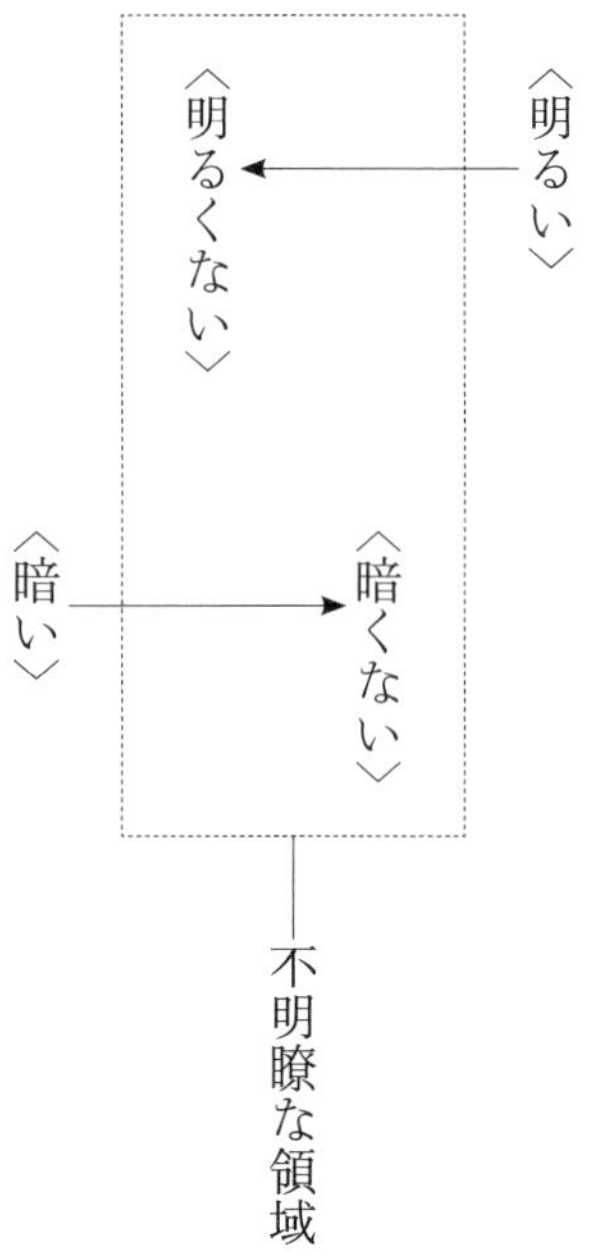

性格の不一致は、不明瞭な領域を設定することによって起ります。一致しているように見えて、実は不明瞭な領域内部では不一致を起こしている。不一致は明らかだが、だがしかし不明瞭な領域の内部では一致している。夫婦は常に離婚の危機を孕んでいる。あんな円満な夫婦がどうして離婚沙汰だなんて……。いつ別れても不思議のない二人が、結構もつのは何故なんだ？　というのはそこら辺全部が不明瞭な領域の内部に隠れているからです。

〈暗い〉？　〈暗い〉

不明瞭な部分を突きつめて行くとすれ違う筈の二つがどうしてか一組になっているのはなぜかというと、それは勿論「不明瞭な部分は不明瞭なままでもいいじゃないか」という大胆な発言があるからです。「なんだかんだって言っても、〈明るい〉の反対は〈暗い〉だろ？〈暗い〉の反対は〈明るい〉だろ？　だったらそれでいいじゃないか、もう一遍二人で反対概念になれよ」というところで、こうなります——

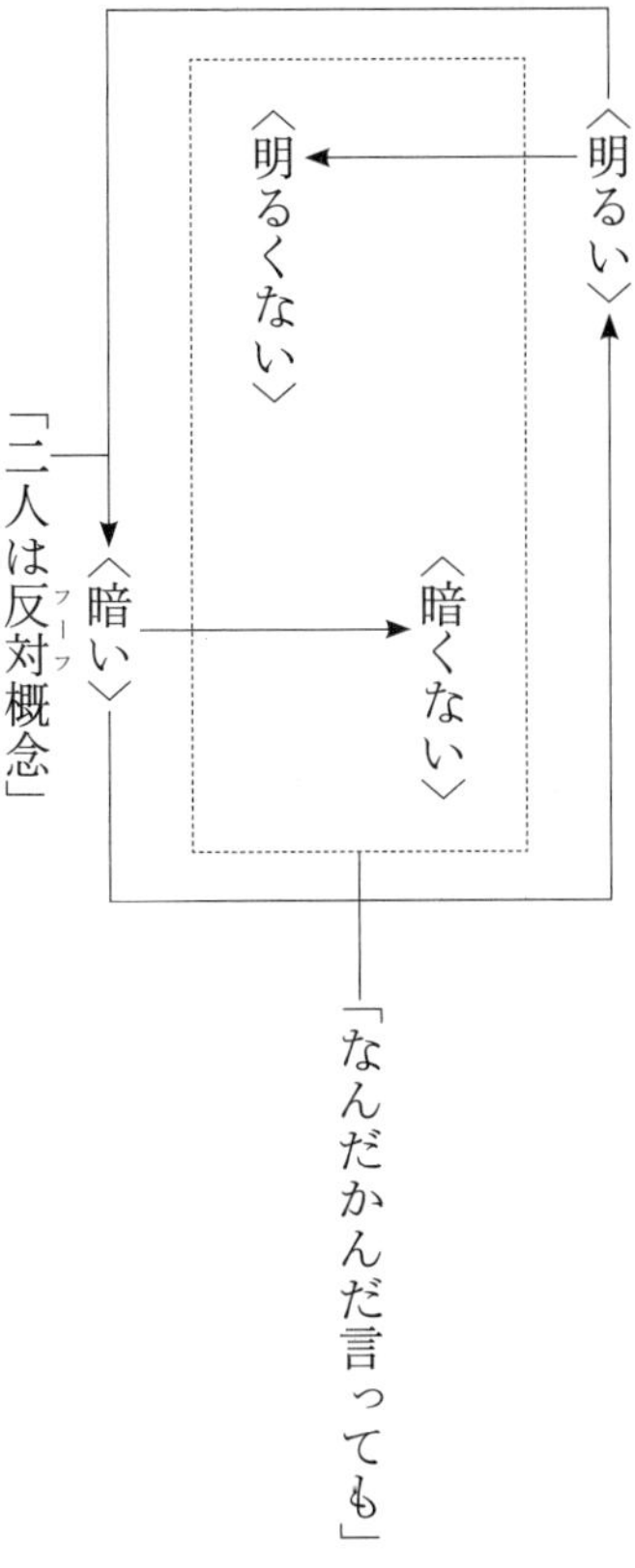

結局、〈明るい〉の反対は〈暗い〉、〈暗い〉の反対は〈明るい〉ですが、そうすると、「じゃァあの〈明るい〉の反対は〈明るくない〉という〝不明瞭な領域〟はどこに落ち着くのだ」ということになります。

結局この〈明るい〉⇅〈暗い〉の反対概念が元の鞘に収ったということは、「なんだかんだと言ったって〈明るい〉の反対は〈暗い〉だろ、云々」という発言に対して、〈明るい〉〈暗い〉の双方が「ウン」とうなずいてしまったということです。「冗談じゃないわ、〈明るい〉の反対は〈暗い〉だなんて、あたしは絶対に認めないわよ！」ということにでもなれば、この一組の反対概念は〝不明瞭な領域〟の中で破局を迎えていたということになるのですから。

この一件の収りがどのようについたかを含めると、次のようになります――

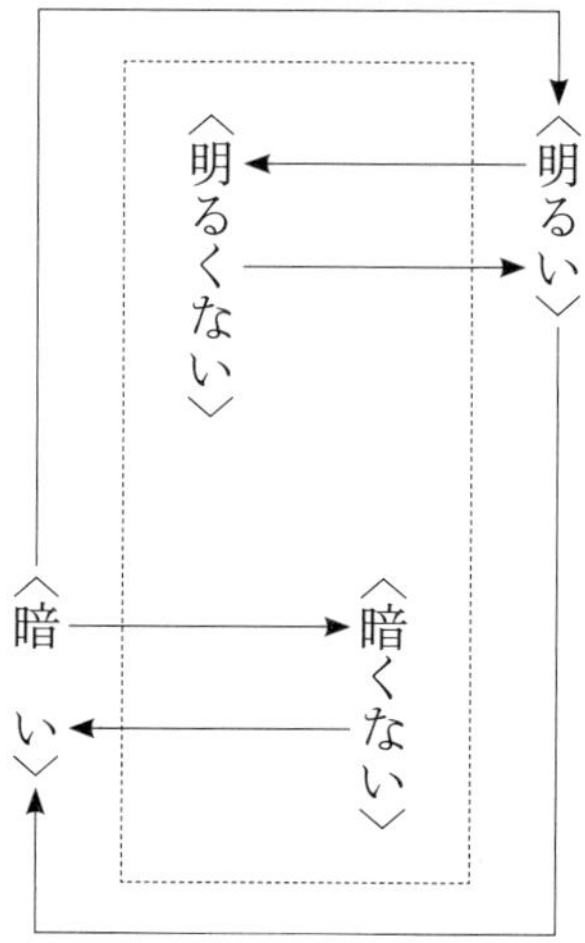

どうして〈明るい＝A〉に対して〈明るくない＝非・A〉という考え方が登場して来たのかといえば、それは、〈明るい＝A〉ということが不明瞭になって来たからです。不明瞭になって来たから、その不明瞭な領域の中に〈明るくない＝非・A〉という反対概念を設定したのです――そのことによって〈明るい＝A〉ということをもう一度明瞭にする為に。言ってみれば、〈非・A〉というものの登場は不明瞭になってしまった〈A〉の自己省察です。そこに深入りすればするほど不明瞭になって行くところなど、まさに自己省察以外の何者でもありません。

〈明るい＝A〉という概念は、〈暗い＝B〉という反対概念によって明瞭に照らし出されます。〈明るい〉〈暗い〉、〈A〉〈B〉が一組の反対概念ということはそういうことです。

人は〈他人＝B〉に教えられることによって〈自分＝A〉が分る。と同時に、自分のことは自分でなければ分らないこともある――これを自己省察という、そこのところが〈A〉⇅〈非・A〉というもう一組の反対概念です。

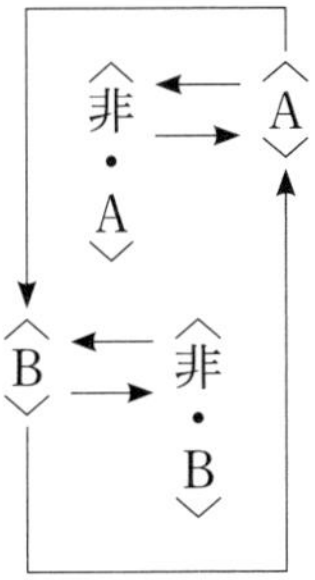

〈全体〉の筋道とはこのようになっています。

〝現代では一つの問題を設定すると、そこには常に二つ以上のシチュエーションが展けてしまう。そのことが〈非・A〉だ〟というように私は前に言いました。

そして、〝〈A〉が存在する以上常に〈非・A〉は存在するのであるから、それとは別に一つの問題を設定した途端二つ以上のシチュエーションが展けてしまうのは別に現代に限ったことでもない〟とも言いました。

要するに、〈非・A〉は常に可能性として存在しているが、必要のない時はそんなものを展開してみる必要はない、ということです。そして、〝気がつくといつの間にか二つ以上のシチュエーションが展けている〟のだとしたら、それは、知らない間に〈非・A〉という考え方を導入すべき段階に達してしまったというだけです。

知らない間に夫婦が倦怠期に達して不明瞭な部分が展がって行く、知らない間に人間が思春期に達して「自分てなんだろう?」とあれこれ悩む。これすべて〈非・A〉の浮上です。

それが浮上して来たのならそれを検討すればいい、それが済んでしまえば「なんだかんだ言っても二人は夫婦」だし「なんだかんだ言っても自分は自分」ということになるというだけです。

〈夫〉という反対概念によって〈妻〉というものは検討される。と同時に、〈妻〉自身によっても「〈妻〉にとっての〈妻〉とはなんだろう?」という形での検討がなされる。

〈妻〉という反対概念を持ってしまった〈夫〉によっても同じことがなされる。

それが〈全体〉の構図というものです。

「私という〈妻〉にとって、〈妻〉というのはなんだろう?」と考えて、「でも、そんなことを考えることに一体なんの意味があるのだろう?」ということになるのは、〈A〉・〈非・A〉の部分だけが全体からクローズ・アップされて、その結果全体から浮き上り、逸脱し、行方不明になってしまったというだけです。

現代が〝不定形〟でありながらもなおかつ〝社会〟になっている〝不定形社会〟であるというのは、〈全体〉という概念だけは残しながらも、それを構成する〈A〉⇅〈B〉、〈A〉⇅〈非・A〉という部分が浮上し、クローズ・アップされ、散逸し、全体の中での位置づけということが分らなくなっていることなのだ、ということが既にして出てしまった総論部分での結論なのです。

そういう訳なのですよ。

という訳で、〝とりとめもなく現在は流れる〟というのは、別にとりとめもないという訳ではなく、流れないと思っていたものが気がつくと流れているから、その流れの方向性が見極められないというだけなのです。

時代はいつだって

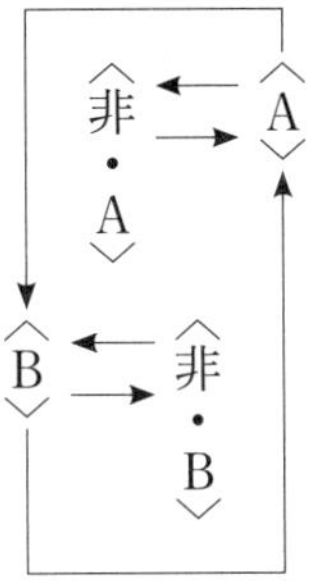

というように還流しているのです。

という訳で時代は、いつだって〈A〉という一筋縄では行かない、〈B〉という一筋縄だけでも行かない。〈A〉と〈B〉という一組の二筋縄だからうまく行くということになります。

忘れていましたが、それでは最後にピーター・パン症候群の不明瞭さというものを解明させていただいて、時代に関する総論を終らせていただくことにしましょう。

12

ピーター・パン現象の解明

まず、〈大人〉という考え方――〈A〉――と、〈子供〉という考え方――〈B〉――があります。

〈大人〉と〈子供〉は一組の反対概念ですから〈A〉⟷〈B〉です。

ところで人間とは、〈子供〉から〈大人〉へ向って成長して行くものですから、この二つは次のようにも並びます。

〈子供〉
←
〈大人〉

〈子供〉と〈大人〉の間に十分距離があって、明確なる両者の差というものがあった場合、〈〝大人〟から見て〝子供〟〉〈〝子供〟から見て〝大人〟〉という形で、この二つは相互に反対概念として成立します。〈大人〉⟷〈子供〉。ところが、〈大人〉と〈子供〉の間に十分な距離があっても明確な差がなかったら、これはなんだか分らないことになります。

〈子供〉
←
〝もう〈子供〉ではないもの〟
〝もう〈子供〉ではない筈だけど、さりとてまだ実質は〈大人〉ではないもの〟
〝もう〈大人〉であってもいい筈なのにまだ〈大人〉にはなっていないもの〟
←
〈大人〉

——不明瞭な領域

不明瞭な部分が発生してしまったところが現代です。そして、この不明瞭さをどう処理していいのかが分らないのが現代の限界です。そしてこの不明瞭な部分を指して嗤うのが〝ピーター・パン症候群〟という言葉です。

不明瞭を不明瞭なままにしておいてもしょうがないので、この〝不明瞭な領域〟を整理します。

〝もう〈子供〉ではないもの〟〝もう〈子供〉ではない筈だけど、さりとてまだ実質は〈大人〉ではないもの〟の二つは、〈大人でもない、子供でもない〉という形で一つになります。〈大人〉と〈子供〉の中間期間——別の言葉で置き換えれば〝十代〟〝思春期〟〝少年期〟〝青年期〟と言われる期間がこの時期です。〈大人〉を〈A〉、〈子供〉を〈B〉とすれば、この〈大人でもない・子供でもない〉というものは当然〈非・A／非・B〉という形で表わされます。

〈子供〉——→〈非・大人／非・子供〉と来た次に来るのが〝もう〈大人〉であってもいい筈なのにまだ〈大人〉になっていないもの〟です。これは勿論〈未熟な大人〉と称されるもので、〝ピーター・パン症候群〟という言葉で表わされるのがこの〈未熟な大人〉というものの存在です。

〈未熟な大人〉というのは勿論、〈大人〉という基準から見て〝大人ではない〟ということですから、〈大人〉が〈A〉なら〈未熟な大人〉は〈非・A〉です。

斯くして〈子供〉から〈大人〉への道程は次のように表わされることになりました。

〈子供〉

←〈非・大人／非・子供〉

←〈非・大人〉

←〈大人〉

ところでこの進行表を見ておかしいなと思うのは、ここに〈非・子供〉というものが欠けているということです。〈非・大人〉というものはあるけれども〈非・子供〉というものはない。

どうしてそういうことが言えるのかというと、それを反対概念を表わす図式の中に入れて見れば分ります。

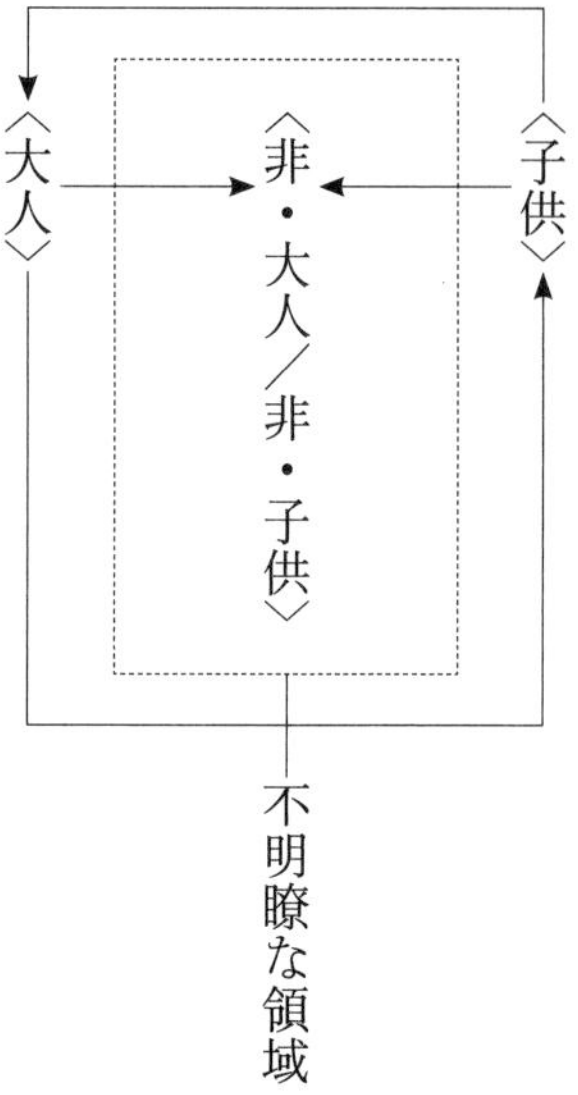

元々〈大人〉⟷〈子供〉で成立していた一組の反対概念はいつかその中間に〈非・大人／非・子供〉という不明瞭な領域を持つことになりました。そして、そこに更に出て来るのが〈大人〉の側から規定される〈非・A〉というものです。

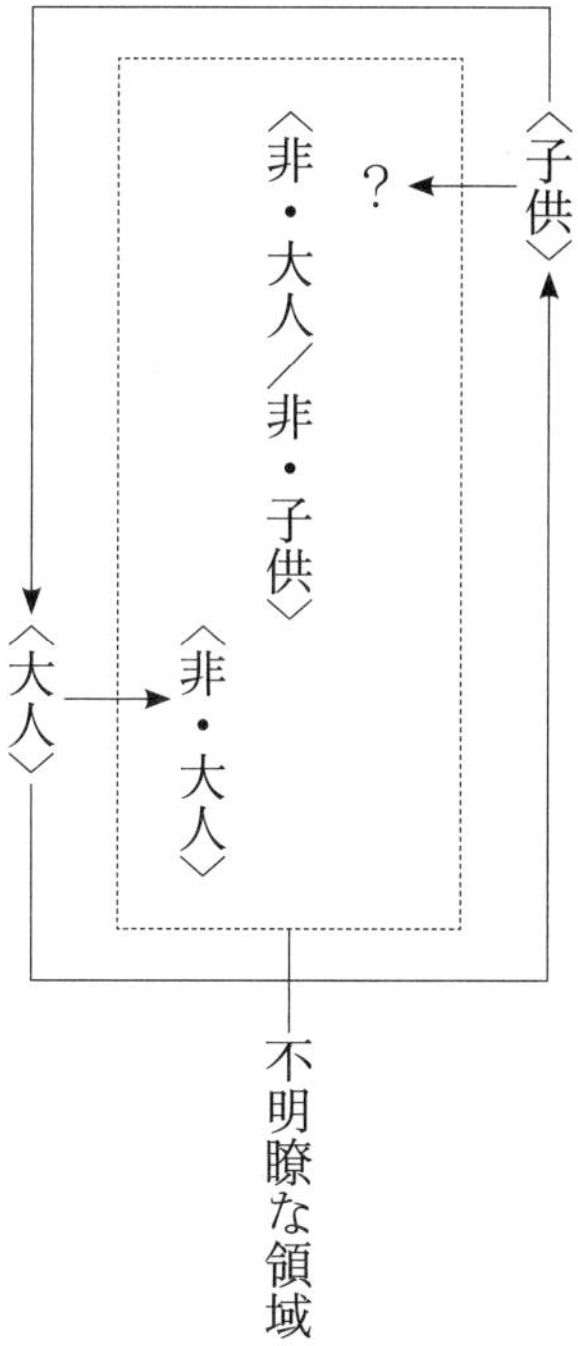

当然こうなって来れば〝?〟のところに〈非・子供〉というものがあてはまって、〈非・大人／非・子供〉で表わされていた不明瞭な部分は、〈大人〉から規定される〈非・大人〉、〈子供〉から規定される〈非・子供〉がバラバラに存在することによって、もう一度改めて〝不明瞭な領域〟として作りかえられるべきです。

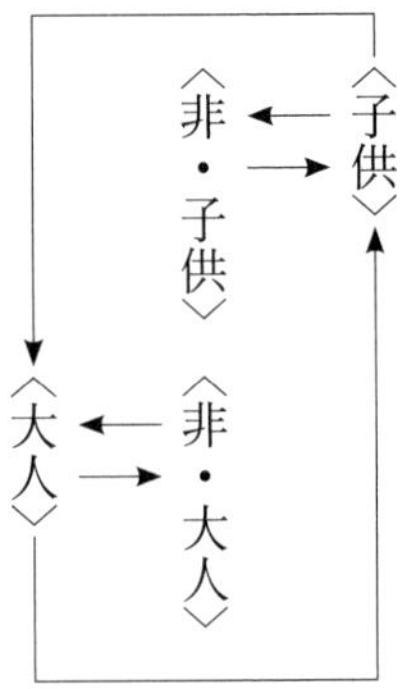

どうせよく分らないでしょうが、もうすぐよく分ります。

右の公式が成立するということは、実は、〈子供〉から〈大人〉への道筋が次のようにとらえ直されることなのです。

〈子供〉→〈非・子供〉
〈非・大人〉→〈大人〉

〈非・子供〉〈非・大人〉＝〈非・大人／非・子供〉

かつて――というよりは今でも――、〈子供〉というものは〝思春期〟というような不明瞭な時期を通って〈大人〉になって行くとされていました――勿論今でも〝されています〟――。

〝思春期〟が不明瞭な時期だというのは、更にその大昔、〈子供〉というものがある日突然〈大人〉になってしまったからなのですが、そのある日突然がいつのまにかダラダラへと変って行ってしまったのでその〝ある日〟という点が〝期間〟という不明瞭な長さを持つ線になったというだけなのです。

その太古の明瞭なる〝ある日〟を〝元服〟とか〝成人式〟とか言っております。人類学の方では〝通過儀礼〟と申しますが、かつてはそういう明瞭なる瞬間というものがあったのです。という訳で、〝思春期〟というものが相変らず不明瞭でもやもやしているのは、その太古の思考方式の名残りなのですが、それはおきます。

どうでもいいからおいちゃいまして、〈子供〉は〝思春期〟を経て〈大人〉になって行ったのがちょっと前だったのだけれども、困ったことに、〝思春期〟を過ぎても〈大人〉にならないヤツが出て来たというのが現代ではあります。ありますけれども、それは実は〝思春期〟が長くなっただけだということではあります。

太古に於いては〝或る日突然〟だったのがいつの間にか〝不明瞭な期間〟になって、その〝不明瞭な期間〟がいつかというと、大体人間の〝十代後半〟に当っていたというだけなのです。その〝十代後半〟が〝二十代〟にまで延びても不思議はなかろう、大体元が〝その時期は不明瞭な期間〟という前提なのだから、ということではあります。

〈非・大人／非・子供〉というのは、〈大人でもない・子供でもない〉ではありますが、実はこれは〈まだ大人ではない・もう子供ではない〉であります。

〈まだ大人ではない・もう子供ではない〉の内の後半部――〝まだ大人ではないけどもうすぐ大人〟というようなところが、〝まだまだ大人ではない〟という形で二十代からさらに三十代になっても延長されてしまったので困ったもんだ、というので出て来たのが〝ピーター・パン症候群〟――それは〈未熟な大人〉であるという、〈大人〉を基準にした〈非・大人〉という考え方でした。

　そして、ここから先はものの考え方―論理―ですが、〈大人〉以前を〈未熟な大人〉で切ってしまうのなら、〈子供〉だってやっぱり〈未熟な大人〉じゃないか、ということになってしまいます。

　なったって構わないけどというのは一種ファシズムを肯定する考え方で、一方の基準を拡大解釈することによってもう一方の考え方を消滅させてしまうのはいけないことです。〈大人〉⟷〈子供〉で出発して、そこから〈大人〉⟷〈非・大人〉という考え方が出て来たならば、当然もう一つ〈子供〉⟷〈非・子供〉というものも出して来なければいけないというのが厳正なる論理―まともな考え方―です。

〈大人〉⟷〈子供〉という一組の反対概念は〝人間〟というものに対する考え方です。これをもう少し詳しく考える為に〈非・大人〉＝〈未熟な大人〉というものを出して来るのなら、それとの対応上〈非・子供〉というものを出して来なければものの考え方が歪んでしまう、ということです。

　という訳でここで、〈未熟な大人〉に対応する〈非・子供〉を仮に、〈過熟な子供〉といたします。

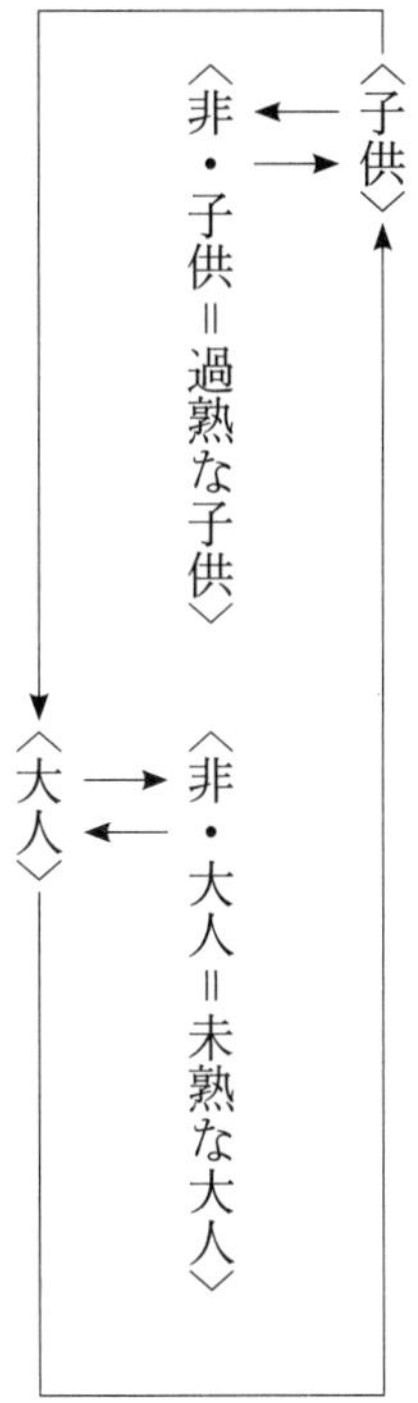

〈子供〉
←
〈過熟な子供〉
〈未熟な大人〉
←
〈大人〉

（〈過熟な子供〉〈未熟な大人〉）＝〈非・大人／非・子供〉

ものの考え方は以上のようになります。

ところで〈過熟な子供〉というのがなんなのかということになりますと、〈未熟な大人〉というものが〝もう大人であってもいい筈なのにまだ大人ではない〟というのであるならば、これは〝まだ大人である筈がないのにもう大人である〟というようなものです。〝もう大人なのにまだ子供〟が〈未熟な大人〉であるのなら、〝まだ子供なのにもう大人〟というのが〈過熟な子供〉ということになります。〝子供っぽい大人〟が問題になるのなら当然、〝老けてしまった子供〟というのだってそれと対応して考えられなければ片手落ちであるということです。

〝髭の生えた子供〟がいるのなら当然、もう一方では〝髭の生えない大人〟がいる――ということは、〝髭〟のある・なしで決定されていた〈大人〉〈子供〉という考え方が歪んでしまった、ということです。

さて、そこで更にものの考え方―論理―ということになって来ます。

〝子供っぽい大人〟がいるのなら、そこには当然〝大人っぽい子供〟がいる筈だというのは一種の推理です。この〝推理〟は演繹法と称しまする高級な考え方ですが、しかしなんのことはない、〝子供っぽい大人〟というのは実に、〝大人っぽい子供〟の言い換えではないかということでもあります。

「なんだ御大層に、ただの言い換えをしかつめらしく」というような発言も当然出て来ましょうが、それならと私は申し上げるのですが、ただの言い換えでしかないことがどうしてすぐに出て来ないのか？――〈非・大人／非・子供〉であるようなものを、どうして〈非・大人＝未熟な大人〉という方面からばかり検討して、どうしてそれが実は〈非・子供＝過熟な子供〉でもあるという面からの検討がなされないのか？　という問題だってある訳です。

〝子供っぽい大人〟が、実は〝大人っぽい子供〟という局面を持ったものでもあるということが検討されないのは、〈子供〉という考え方よりも〈大人〉という考え方の方が優先されているというだけです。もっと下世話に言ってしまえば、〝ピーター・パン症候群〟は女性誌とビジネス雑誌でしか問題にされないような問題だ、ということです。

「あなたの彼は〝ピーター・パン〟?!」とか、「警告!!　〝ピーター・パン症候群〟社員が激増中!!」というのがその典型で、その基本には、〝貴女《あなた》の彼がピーター・パンだったら貴女は困る――貴女が困っていたのは実は貴女の彼がピーター・パンだったからだ〟〝貴殿《あなた》の部下がピーター・パンだったら貴殿は困る――貴殿が困っていたのは実は貴殿の部下がピーター・パンだったからだ〟という功利主義的な考え方―それが自分の利益になるかどうかを第一に考える考え方―があるのだということを、〝貴女〟や〝貴殿〟が忘れているということがあるのです。もっと平たく言えば、「お前の役に立ちたくなんかねェよ。なんの権利があって、手前ェは一方的に俺に〝役に立つこと〟なんてのを要求出来んだよ、阿呆!」と〝貴女の彼〟や〝貴殿の部下〟が言っている可能性だってあるということです。

〝子供っぽい大人〟だったら「役に立たなくて困る」という形で検討される必要はあるけれども、〝大人っぽい子供〟だったら役に立つも立たないも、初めっから子供なんだから「関係ない」という考え方が前提にあれば、〝子供っぽい大人〟が実は〝大人っぽい子供〟だという考え方は出て来ません。そして、〝大人っぽい子供〟が役に立つものであるならば、決してこちら側の欠陥は問題になんかされないでしょう。役に立つ、だから、問題はない、なのです。

「なァんだ、言い換えか」と言うのは結構ですが、それを言う前に、そのことに気がつかなかった自分を反省してみなければいけませんね。何故かと言えば、それに気がつかなかったということは、そういう方面からも考えてみるという発想が抜けていたということですからね。

という訳で、〝子供っぽい大人〟がいるのなら、〝大人っぽい子供〟もいるのです。

そして、そういう考え方があるのとは別に「〝子供っぽい大人〟というのは〝大人っぽい子供〟の言い換えである」という考え方もあるのです。

〝子供っぽい大人〟というのは、たとえて言えば、小学生みたいな内実を持った三十男です。〝大人っぽい子供〟というのは、まだ幼いのに非常に堅実なものの考え方をする小学生です。

この二つは明らかに違います。

明らかに違いますが、〝子供っぽい大人〟というのは実に〝大人っぽい子供〟の言い換えです。言い換えだから、実は両者は同じなのです。

小学生みたいな子供っぽさを持った三十男は、実は、中年男のような考え方をする小学生とおんなじです。

「この二つをおなじことにするのには無理がある」と言うのなら、その発言は、「〝三十男〟と〝小学生〟という、外見の違いにだけ目をとられてその本質を見ないもの」ということになります。

「外見に目を奪われて本質を見ないな！」という声に「すいません」と言って首をうなだれてしまうとどうなるかというと、外見はどうでもいい、問題は内面だけだということになります。外見はどうでもいいのですから、三十男と小学生の見た目の違いというのはなくなります。

小学生と三十男の差がなくなるのだから、〈大人〉と〈子供〉の差も勿論、なくなります。

〈大人〉と〈子供〉の差は、今や内面の〝大人〟性、〝子供〟性だけです。

だけですが、こんなものはあるのでしょうか？

〈大人〉と〈子供〉というものが一組の反対概念となるような際立った特徴をそれぞれに備えていたのは、元々、見てくれによるものです。見てくれが明らかに違うから、それに引かれて内面だって違っていたというだけです。今やその外見がなくなっているのだから、〝大人〟性ってなんだ、〝子供〟性ってなんだ？　と考えても、もはやその手がかりはありません。ないから分らないのです。

という訳で、今や〈大人〉も〈子供〉もなくなりました。

今や〈大人〉も〈子供〉もなく、その中間の不明瞭な領域だけがどこまでも拡大され、〈未熟な大人〉と〈過熟な子供〉がプカプカ漂っているのが現代なのです。

そして、何故に現代が〈未熟な大人〉と〈過熟な子供〉の海になってしまったのかといえばそれは勿論、〈非・A〉〈非・B〉なる概念が〈A〉〈B〉なる概念を再び明瞭にする為に存在しているのだということだけを考え起せば十分でしょう。

現代とは、〈大人〉と〈子供〉がそれぞれに問い直されている時代なのです。

考えてみれば、ピーター・パン症候群というものは、こうした不明瞭さを呼び覚す為の不明瞭さであったのかもしれませんね。まことに、現代の実質というものは手がこんでおります。という訳で、これが今までの結論です。

第二部＝挑戦篇

ねエ、来年の夏は**みんなで半ズボン**を穿かない？

1

コピーの時代2

――スローガンの復讐

しかし我ながら驚いているのですが、第一部というのはうまくまとまりましたねェ。ああいう風にまとまるとは思わなかった。うっかり〝これが今迄の結論です〟なんて言ったらもっと一杯言うことがあった筈なんだけど、みんな消えてなくなってしまいました。実に不思議ですが〝結論〟というのはそういうものなんでしょう。私は今迄そういうまとめ方をしたことがなかったので分りませんでした。なんにも言わないままで終るというのは楽だなァ、などと思いました。

ところで、第一部は〝どりとめもなく現在は流れる。〟というコピーで始まりましたが、それの結びが〝結論〟で終ったりするということがどういうことかと言いますと、この第一部は「なるほど、やっぱり現在はとりとめもなく流れているのだなァ」というところで終ったということになります。

コピーの唐突なる感性にとまどう〝知性〟にすればもっともな終り方ではあります。ところで、そんなこと百も承知の、まず一番初めに〝とりとめもなく現在は流れる。〟なんていうコピーを出して来ちゃう〝感性〟の側からすれば、「そんなこと初めっから分ってるじゃん」ということです。そこから始めたものがそこで終ったとしたら、結局は何も始まらなかった――ふり出しにもどってしまったということなのです。「そんなこと分ってるからサ、問題は次に何するかじゃない」と口をとんがらかすのが感性です。

そんなこと百も承知だよとぬかす私は、自分で言うのもなんですが、生きてる永遠のピーター・パン症候群でありますから、分ってるんです。分ってますけど言えないんですっていうのが何故かということをまずやります。

〝そんなこと分ってるから、次に何をやるかを考える〟ということは、「私はこうしたい」と言うことであります。「私達はこうしたい」と言うことでもあります。「私は提言する。こうやりましょう！」と言うことであります。「こうやるべきだ！」と主張することであります。「こうやらねばならない、やりなさい！」と命令することでもあります。

ところでこれ全部、現代では無意味なことですね。

「私はこうしたい」――「ああ、そうかよ」と言われたらそれまでですね。

「私達はこうしたい」――「〝私達〟って誰だよ。俺はお前となんか仲間になりたくないぜ」と言われたらそれまでですね。

「私は提言する、こうやりましょう！」――「勝手にやれば」と言われたらそれまでですね。

「こうやるべきだ！」と主張して、「どうしてお前に〝べきだ〟なんてこと言う権利があるんだよ」と言われたらそれまでです。

よけいなお話

その1

ひょうろんとエッセーとはどう違うのか?

◎どう違うのかよく分んないですね。分んないけど、たった一つだけ違いがあるんだとすると、評論ていうのは「よく分んない」って言っちゃいけないけど、エッセーっていうのは「よく分んない」って言ってもいいし、最終的には「よく分んない」って言っちゃってもいいんだよォという気軽な立場に立っちゃうことを肯定しちゃうもんだと思うんですね。私にしてみればそうですね。という訳で、この〝よく分んないですね〟で始まっちゃったコラムは、明白にエッセーな訳ですね。ということを言っちゃうのが評論なんですねェ。◎どっちか分んないね。◎ホラ、エッセーやってる。◎しかしそれを言うと評論になってしまう。◎という程度の差なんじゃないですかね。◎外国のことはよく知りませんけど、日本だとエッセーというのは、評論の〝官〟に対する〝私〟でしょう。まともな日本語としてはエッセーの歴史の方が長いんでしょう——というよりも、エッセーによって日本語ってのは作られて来たようなもんでしょう。それがどっかでおかしくなったっていうのは、明治になって学者っていうのが出て来たからだと思うのね。ルビを〝インテリ〟とふるけどサ。学者がネクタイしめて文章書くと評論で、学者がドテラに着がえるとエッセーっていうそれだけの差なんだけど、今やネクタイしめるオケイジョンなんてのは、礼装という名の遊びでしかないんだと私は思うんですよねェ。でもやっぱりそういう常識っていうのはまだあんまり常識になってないしねェというので、私は今までズーッと、ネクタイをして本を書いていたのでした。あまりに見てくれがネクタイじゃないのでネクタイとは思われなかったみたいですが、ともかく私はループタイというダサイもんだけはしなかったつもりでしたが、なんでこんなことを言ってるのかというと、実はこの本が、私にとっては生まれて初めての長篇エッセーだったからなのです。残念でした。

「やりなさい！」――と言われたら「やだよ」と言う。

全部無意味です。

そんな否定的意見ばっかり出す必要はない、必然性があれば主張というものは通るものだ、という意見だってあります。「そうですね」と言って、その通りにします。

主張することは無意味ではないのです。

そうすると今度は、不気味になります。

「私はこうしたい」――「あ、私もそうしたい」「あ、僕も！」

「なんだ、あそこで異様に盛り上っている不気味な集団は？」ということになります。

「私達はこうしたい」で、「そうだ！」ということになりますと、「おお、おお、あそこでは不気味なイデオロギーが盛り上っておるわい」ということになります。

一挙に飛びます――

「こうやらねばならない、やりなさい」と声あって、

「はい」「そうだな……」という声が返って来ると、「お、あそこにファシズムが」ということになります。

主張することは無意味である。主張が通ることは不気味である。ならば現代は主張なんかしない方がいいと言って、私は第一部で極力自分の主張を抑えたのでした。

という訳で私は、第二部では提言します。「ねェ、来年の夏みんなで半ズボンを穿かない?」と。

という訳で第二部が始まるという由来なのでした。

2

どうして男は半ズボンを穿かないのか?

私が「ねェ、来年の夏みんなで半ズボンを穿かない?」って言ってるのは勿論、男に向って言ってる訳ですが、そういう発言があるということはその前提に〝男は半ズボンというものを穿かないものである〟というのがあるということです。

じゃァ、どうして男は半ズボンを穿かないのか?

知りませんね。

日本には男が半ズボンを穿いちゃいけないという法律がある訳でもないから。

法律で禁じられている訳でもないのに何故穿かないのかということになると、まず第一に、〝男はあんまり半ズボンを穿かない〟という社会慣習があるという外的条件のせい、第二、男が「別に穿く必然性感じないなァ」という、内的条件のせいということになります。

じゃァ、どうして男は半ズボンを穿く必然性を別に感じないのか？

さァ、知りませんね。

ところで私は「夏に半ズボンを穿かない？」と言っているのでありますが、男が半ズボンを穿く必然性を感じてないんだとしたら、男は夏になっても暑さを感じないのだ、ということが出て来るのですが、如何？

ところで私は、今年の夏は半ズボンを穿かなかったのです——もう少し正確に言うと、半ズボンを穿いて電車に乗ったりタクシーに乗ったりしなかったのです。ということは、私は、今年の夏は公的な場所に半ズボンを穿いて行かなかった、ということになります。勿論、私的な外出——近所をほっつき歩いている時は短パンしか穿いてませんでした。

ともかく私は、今年の夏は公的な場所に半ズボンを穿いてくまいと決めたのでありました——ということは、去年は半ズボンでどこへでも行っていた——。私は別に会社勤めをしてないので、あんまり公私の別というのは関係ないのだけども、一応、〝電車に乗る〟〝タクシーに乗る〟という手段による外出は全部〝公〟であると決めてはいたのでした。

まァ、早い話が、去年に比べて今年の私は社会性に関して少し大人になっていた、と。

で、私は電車に乗る時は長ズボンを穿かなくちゃいけなかったので、という訳で、私は暑いのがやだから、ほとんど外出というものをしなかったということになります。

私にしてみれば夏は暑いのである。

〝暑い〟という体感に殉じれば社会性を放棄せざるをえないのが男である——ということを、私は今年の夏、実践をしていたのではあった。

という訳で、会社勤めしてたりなんだかしてたりして働いている普通の男は、〝暑い〟ということを感じないのである——何故ならば半ズボンを穿かないから、というのが私の結論ではあるのだが、如何?

よぶんなエッセー

その

2

平社員は自由人である

◎去年の夏、私は『胸やけ新聞社』の社主というのになって、名刺を作って営業というのをしていたのであった。なんで『胸やけ新聞社』などというのを勝手に作ったのかというと、ミニコミ作って本屋に持ちこみをやる大学生というのを、突然やってみたくなったからであった。私はそういう訳で『恋するももんが』という、訳の分らない同人誌を作って本屋回りをしたのであった。ちゃんと、あの紀伊國屋書店新宿本店なんてとこに行って、仕入課長さんの面接なんて受けたんだから。そしてその時私は、ネクタイなんか締めないで、堂々と半ズボンを穿いていたのは何故かというと、本を60冊も肩からかついでいたからであった。暑いんだからしょうがないもんという、肉体労働者的特権は、ホントに理屈を無効にしてくれてラクでいい。考えてみれば、サラリーマンの名刺というのもホトンド肉体労働者なのだなァというのは、「こんにちは、胸やけ新聞社です」と言うと、そこには同時に、「こんなバカなことをやってるのは私じゃなくて、会社ですよ。胸やけ新聞社なんていうバカげたネーミングをする〝会社〟の方に文句言って下さいね」という免責が発生しちゃうのである。「ああ、自分と関係のない名刺があるとホントにラクなんだなァ」と、私はその時に思ったのである。胸やけ新聞社の社主と商品搬入係が実は同一人物であるということなど、名刺一枚の虚構的実際の前には簡単に消え去ってしまうのである。◎どうしてこういうラクなことをしてるのにサラリーマンてのはみんなつまんなそうな顔してんのかなァと、その時私は思ったのだが、よく考えてみれば当り前のことだが、松下電器の平社員は別に〝松下幸之助〟ではないのだった。でも、どうせ関係ないんだったらそういうことにしちゃえばいいのになァと思うのだった。社長になると土方になれるっていうのは、とっても倒錯しててカッコいいと思いました。

3

それではどうして男は暑さを感じないのか?

サァ、知りませんね。

感じない訳じゃなくって、我慢してるだけでしょう、ということになる。

実は、私の住んでいる家の近所にはドデカいスーパーマーケットがあるのです。スーパーマーケットにカルチャーセンターまでくっついているのだからほとんどデパートなのだが、だがしかしそれがデパートではなくスーパーなのは何故なのかというと、住宅地のド真ン中の、畑の中にあるからである。

私は東京の二十三区のはずれの、まだ畑の残っているようなところに住んでいる。そしてそこは住宅地である。そしてそこには、ほとんどデパートとまがうようなスーパーがある——ということは、その客層は近在のファミリィである。何故家族ではなくファミリィかというと、家族には文化はないがファミリィにはカルチャーがあるということである。要するに、〝ファミリィ〟というものを対象にした時の方がカルチャーというようなものに代表される付加価値を売りやすいということである。

という訳で、畑の真ン中にあるカルチャー・スーパーにファミリィは、胸を張って毛ズネ剝き出しで土日の夏には群れるのである。女房が財布を握り、その二歩後を、短パン穿いて子供かかえた旦那がトロトロとついて来るのである。勿論、帰り道にはこの旦那の右手にスーパーのロゴ入りのビニール袋がぶら提げられるのは言うまでもない。

私はこの光景を見るたびに、死んでも結婚なんかはすまいと思うのである。いつのまにか男女が逆転していることにはあまり気づかれていないようだが、正しく、今から十五年ばかり前までは、この光景は男女の役割が逆だったのである。まァ、そういうことはどうでもいいが、要するに男は半ズボン、短パンを夏になったら穿くのである。要するに男だって、家に帰ったら〝暑い〟と思うのである。この、カルチャー・スーパーに於ける短パンの群れは、そういうことを指し示しているのである。

さて、ここで再び話は畑の真ン中のカルチャー・スーパーに戻るのであるが、男は、ここに行く時は平気で短パンを穿く。さて、そうなって来ると話はその対比上、「じゃァ男は、都心のターミナル駅周辺にあるデパートに女房子供を連れて出かける時、はたして短パンを穿くであろうか?」ということになる。穿くのか? と言えば勿論穿かないのである。これは何故かというと、電車に乗ると男は暑さを感じなくなる、盛り場に来ると男は暑さを感じなくなるから、という訳でもあるまい。慣習上、男は、家の近辺をほっつき歩く時は短パンを穿くが、家の近辺ではなくターミナル駅・盛り場に登場する時は半ズボンを穿かないということであろう。この差は何故か? という答は勿論、〝慣習上〟という答である。

さて、ここまでで明らかになったことは何かというと、〝①男でもやはり、暑い時は「暑い」と思って短パン・半ズボンを穿くことがある〟〝②男は慣習上、「暑い」と思った時でも我慢して、短パン・半

よぶんな考察

その

3

亭主に赤ん坊を抱かせたその時から女房は亭主の悪口を言えなくなる

◎昔の男は、外出の時には絶対に、子供を抱いたりおんぶなんかはしなかったと思う。そういうのは、妻の役目だったと思う。そして、もっといいところの家だったら、妻さえも子供を抱いたりなんかしなかったと思う。そういうのは、乳母という専門職に従事する人間のすることだった。大体、人間というものは、その特殊性を輝かせる時にカッコいいということに、歴史的になっている。その歴史は最早終っちゃったからこういう言い方になるんだけども、カッコいいということは、「特殊に分業であったから」という前提があるのが歴史的な事実なのだ。◎なぜお姫様が美しかったのかというと、お姫様は、美しいということ以外になんにもやらなかったからだ。そういうような職制分担が出来ていたから、お姫様は美しい、が可能だったのだ。徳川将軍家の奥さんに代表される武士のかみさんなんて、みんな、一家を預る女としての心得しか持ってなかった。子供を育てるのは乳母の仕事、子供を生むのは愛妾の仕事、自分は、旦那様の御本宅の管理人というのが、武士の妻の仕事だった。という訳で、彼女等は堂々としていた。堂々とすることが彼女等の仕事だったから。およそ、カッコイイということは非人間的なことである。という訳で、自分で子供を生んで自分で子供を育てる女は、貧乏人のカミさんと相場は決っていたのだった。だから、貧乏人のカミさんが育児を亭主に手伝わせて、それで亭主がだらしなくなったとしたって、しょうがないのだった。夫婦して子供を育てるなんてことが常識として定着して来た時、男はだらしなくなってもしょうがないのだった。キゼンとしてるという義務から、女の手伝いという業務へと移っただけだから。自分の仕事が楽になった分だけ。自分の文句は抑えなくちゃいけないのは当然なのに、どうして女は、自分の男の悪口を平気で言うのだろうか？　よく分らない。

ズボンの類いを穿かないでいることもある〟。

どうやら、どうして男が暑さを感じないのか？　ということの答は、〝男は、暑さを感じるけれども、我慢をするので、暑さを感じないように見える〟ということになるらしいが、如何？

4 それではどうして男は暑さを我慢するのか？

どうやら男が半ズボンを穿かないでいることは、内側の必然性の問題ではなく、外側の慣習上の問題らしいということになって来たが、こういうまだるっこしい書き方をすると話がまた訳が分らなくなって来るので、すっきりさせる。

問題は、男は慣習上半ズボンを穿かないが、それでも暑ければ穿くこともある――「それだったら暑い時にはみんな半ズボン穿いて仕事すればいいじゃない」、という発言がどうしてすんなり受け入れられないのか？　ということである。

ただの我慢で通すには日本の夏はあまりにも暑すぎる。であるにもかかわらず、どうしてズボンの丈を切ってしまえという発想が出て来ないのか？　ということである。背広の袖なら切るくせに、ということである。

何年だか前、〝省エネ・ルック〟というものが登場して、時の内閣総理大臣大平正芳氏は、半袖の背広という珍妙なものを着て出て来たが、どうして背広の袖は切ってもズボンの裾は切らないのであろうか？

内閣総理大臣御自ら背広の袖を切ってみんなに宣伝して見せるということは、ほとんど日本の政府が「あまりにも日本の夏は暑いからなんとかしたい」と、非公式に問題提起をしたに等しい。

にもかかわらず、どうして半ズボンはダメなのだろうか？　それとも、省エネ・ルックというのは、一時的なエネルギー節減政策の反映で、もう今の日本ではエネルギー問題になんの不安もなくなったから今更、半ズボンも半袖も問題にならないというのであろうか？

私は今年の夏、テレビのニュースで国会の委員会の審議風景を放送する中で、一瞬、背広の袖をチョン切った省エネ・ルックの背広を着たオッチャンの姿を見てしまったことを忘れることが出来ない。時の内閣総理大臣中曽根康弘は平気で長袖の背広を着ていたが、世の中には、「あー、これで助かった、やっぱり暑いもんなァ」と言って、未だに――あのみっともない――省エネ・ルックを喜んで着ている人だっているのである。まともな人間はやっぱり暑いと思うのである。にもかかわらず、どうしてそういう発想が表に現われないのかということを私は問題にしたいのである。

どうせこんなことを問題にするのは今の日本に私一人であろうから、以下に、日本の男がどうしてこのクソ暑いさ中に長ズボンを穿いていられるのかという理由を列挙する。かなりアホらしいことばかりだが、それは私のせいではないのだということを、ようく心にとめておいてもらいたい。

①――日本の洋服史の中には、もともと成人男性の為の半ズボンという発想は存在しない。――日本に於ける男性ファッションの初めはイギリスの紳士服であって夏のロンドンは日本と違って、亜熱帯ではないから、半ズボンという発想そのものがない。

②――「大の大人が子供みたいに」という発想で半ズボンを嫌う。

③――長ズボン、上着という恰好で何年も夏を越してしまったので〝暑い〟という体感がマヒしてしまった。

④――毛ズネを剝き出しにするのは恥かしい。

⑤――会社に行く――この内には〝ターミナル駅のデパートへ行く〟という行為も含まれる――のは〝公式〟の行事だから、葬式とおんなじで、〝礼装〟をしていなければならない。

⑥――会社員がほとんど高校生と同じように、会社に行くことを好まないので、会社の中にいる

自分のことは極力考えないようにしている為、自分が長ズボンを穿いていて暑いなどという発想のしようがないという、退廃。

⑦――冷房が利いているから半ズボンを穿く必要がない。

⑧――私だけが異常体質で、日本の男は全員冷え症であるから半ズボンなどは穿けない。

考えられることは以上である。最後の⑧というのはほとんど冗談のようなものであるから問題にはならない。

まず私の立場というものを述べておこう。私の立場というのは次のようなものである――

日本人はどこか、官僚のような先例重点主義①のところがあって、その為にイギリスファッションに半ズボンがないから②と言って穿かないが、「大の大人が子供みたいに」とか「毛ズネを出すの恥かしい」③などと子供みたいなことを言ってないで、いい加減自主的④に自分の様式を確立すべきだ。⑤そうすればエネルギーだって節約出来るの⑥に、どうしてそれが出来ない⑦いんだろう？

試験問題みたいだが、この傍線部には全部問題が隠されているのである。

よぶんな楽屋裏

その

4

どうして私の話はこんなにもまだるっこしいのか

◎大体、目を開けていてもらえば分るんだけど、日本の会社男が半ズボンを穿かない理由なんて決ってんだよね。似合わないからだし、似合わないと当人が思ってるからなんだけども、だったらそう書きゃいいじゃねェかというのが自然な人情なのに、どうして私は素直にそれをやらないのか？　答は簡単であるというのは、そんなことをしたら、「どうして似合わないのか？」とか「どうして似合わないと思いこんでいるのか？」という、より重大な問題がどっかに行ってしまうからである。であるなんていう言い方をしてるとまた話のトーンがおかしくなって来るけれども――そのことを私が楽しんでいることも確かだけれども、大体私は、文章書きとして三重苦を背負ってるんだ。人が問題にしないようなことばかりを問題にする。人が使わないような口調を使う。重要な問題を、とても重要な問題とは思えないように扱う。こういうことを敢えてやるから誤解を生むというのは、これまた半分だけの正解で、敢えてやってるだけじゃなく、自然にそうなってる部分もあるし、全体として、「どうしてそれじゃいけないの？」という問い方をしたいだけだというのが、ホントに分られないんだなァ、と私は思っているからなのである。

◎唐突なのは私の宿命だからしょうがないが、突如として出現してしまった唐突さを定着させる為には、その唐突さを持続させて、相手を馴らして行くしかないではないかと私が思っているからなのだった。世間一般には、問題を提起すればすぐに問題提起になると思われてるみたいだけれども、そんなのホントにウソだと思うよ。突然の問題提起というのは、実は、問題提起だとさえ思われないっていうのが正解だと思うんだ。違和感というのとズーッと対面しつづけて、そこで初めて「ああ、問題提起なんだなァ」と気がつくってだけなんだと思うんですけどね。そこのとこをエンターテインメントにしちゃいけないのかなァ……、なんてことを私としては、思う訳です。むずかしいことを言ってゴメン。

5 日本の男が夏の暑さに半ズボンを穿かないでいることに関しての模範解答1

私は日本の男も、夏には半ズボンを穿いて仕事をすればいいと思うのである。そうすりゃ少しは快適になるであろう。〝自然回帰〟などと言って〝自然食品〟という名の加工食品を食べてばかりいるような愚を少しでも抑えることが出来るであろう。にも拘らず、ズボンの丈を切らずに冷房ばっかりガンガンつけているのはなんでだ？　ということを問題にしたいのである。

そりゃ冷房は便利だよ。涼しくっていいサ、という話だってある。あるけど、ものには限度だってある。あんまり冷房ばっかりガンガンだから、夏になると女はみんな冷え症になってしまうという隠れた現状だってあるのである。

「なんだってあたし達が冷え症になるまで冷房に攻められなくちゃなんないのよ！」という女の隠れた叫び声は、オフィスの中で背広を着たがるアホな男に元凶があるのであるという、フェミニスト的立場だってあるのである。なんだって世の中は女の為の便宜ということを、本質的なところで考えてやれないように出来ているのであろうか？　という大問題と、この〝半ズボン問題〟は重要な接点を持つことになるのだが、あなたはそんなことを考えてみたことがあるか？

如何？

日本の会社男――カイシャオトコ――私は今思いついてこういうカテゴリーを提出する――がどうして冷房をつけっ放しにするのかというと、それは勿論ステイタスの為である。冷房は贅沢なのである。もっと正確に言うと、冷房が贅沢であった時代の意識が、未だにピリオドを打たれずに続いているだけなのである。

未だピリオドを打たれずに続いているから、歯止めというものがなくなって行き過ぎているのである。行き過ぎているから異常なのである。前提がいつのまにか異常になってしまったから、まともな話が通じにくくなってしまったということがあるのである。

冷房が結構だというのならいいが、だがしかし、私は訊きたい。一体、この世の中から〝夏服〟というのはどうして消えてしまったのかと。

日本は四季のある国である。夏と冬があまりにもくっきりとしていて、春と秋が間にある。という訳で、春と秋には二回、衣替えという習慣があった。中間期はいつでも転換期であるという、極めてノーマルな発想である。だから日本には、〝夏服〟というものがあった。昔は、男だったら夏になると麻のスーツを着るというのがあったのだ。白い麻のスーツだったらあんなにもガンガン冷房を働かせる必要はないのであるが、どうしてあれがいつの間にかなくなってしまったのか？

そういう問題だって勿論あるのである。

麻のスーツが消えた理由は一つだけである。麻という天然繊維には皺になりやすいという欠点があったからである。その欠点を解消する為に合成繊維というものが出回ったのであるからして、それで麻は消えたのである。

消えたのであるが、だがしかし、それは麻が消えた理由にはなっても、〝夏服〟という概念が消えた理由にはならない。私は麻をたとえにひいて、〝夏服〟というものの存在を説明していただけなのである。麻が皺になりやすい——手入れが面倒——ならそれはそれでいいが、一体どうして〝夏服〟は消えたのか？

別に〝夏服〟は消えてはいないという話だってある。サマー・ウールだのなんだのを使って、冬服みたいに見えても涼しい夏服はちゃんとあるのだという話はある。あるのなら結構だが、だがしかしそれなら、どうしてその夏服は冬服のように見えるものでなければならないのか？　ということを私は訊きたい。

昔は確かに、夏になると男の服は白くなったのである。白くなるということは麻のスーッに着替えるということではあった。ところが今では、夏になっても男の服は白くならないのである。相変らず冬とおんなじなのである。黒と白を比べたら、白の方がズーッと熱の吸収率が低い——即ち白の方が黒に比べて涼しいということである。にも拘らず、皺になりやすいという理由で麻を放逐した新しい夏物は、どうして〝白〟という色を排除したのかという、その理由を私は訊きたい。

訊きたいと言ったところで誰も答えてくれないから私が自分で言う。

夏服から白が放逐された理由は二つである。一つは貧乏、一つは虚栄心である。

貧乏であることの理由その一、白は汚れが目立つのである。

ということは、クリーニングを頻繁にしなければならない。ということは着替えの着数を多く持たねばならない。ということは金がかかるのである。

ということから導き出される貧乏であることの理由のその二は、従って、夏服が白くなければ一年中着られるという、万年床の発想である。

夏服と冬服の差がなかったら、極端な話、スーツは一着で済む。スーツを一着で済ませようという万年床の発想が〝オール・シーズン〟という科学によって定着したのである。黒っぽいオール・シーズン用の上着を着てればそれ一着で、極端な話一年を過ごせる。汚れも目立たないし、日本の男は一生〝万年床〟の発想から抜けない貧乏人なのであるということを、科学技術は可能にしたのである！

私はこの間、大才女・有吉佐和子さんのお通夜に行ったのである——哀悼——。有吉さんは、八月の三十日に死んで、お通夜は九月の三日だった。この一九八四年九月三日がどういう日だったかというと、九月になったにも拘らず、東京ではこの年の最高気温が記録されたという、とてつもなく暑い日だったのである。

私はお通夜に行くのに喪服など持っていない――だから死ななきゃいいのに――。しょうがないから私は喪服を買いに行ったのである。

デパートの店員は「夏服ですか?」と私に訊いたのである。私は九月三日がそんなに暑くなろうとは思ってもみなかったが、それでもやはり、暑いに決ってるから夏服にしてほしいと言ったのである。

私は、普通の人間よりも少し金持ちである。であるからして、もうすぐ秋になっちゃってこんなの着られなくなっちゃうなと思ったって、目先の暑さの前で平気で札ビラは切れるのである。にもかかわらず、私に合うサイズの夏服はなかったのである。きつすぎるのとダブダブのとの中間のサイズがなかったのである。困ったなァと思ったら、店員は、「オール・シーズンのものならサイズはありますけど」と言ったのだった。

〝オール・シーズン〟というものは、明白には冬物ではない。夏物でもない。一年中春と秋で、夏と冬の暑さ寒さは冷房・暖房によっかかるという発想で出て来た現代科学の結晶である――少しオーバーだが――。暖房と冷房は現代に於いては完備されている。だから、少しばかりの暑さ寒さは平気である――我慢出来るという発想に、〝オール・シーズン〟は基づいている。「科学は自然を消滅させる」というのはまだ早いであろう――。

私は「半ズボン穿けないんなら外なんか行きたくない!」と言って外出を制限してしまう人間である。たとえ夏物でも、ズボンを穿いて長袖のシャツを着て、その上に更に上着を着るなどというのは、そういう私にしてみれば最早正気の沙汰ではない。だから有吉さんには死んでほしくなかったのだけれども……。

私にしてみれば、夏の喪服というものでさえ大我慢なのである。もうこうなったら、夏服がオール・シーズンになったってほんの僅かの我慢の上乗せでしかないと思って夏服をあきらめたのである。

さて、喪服というものは、年に一遍、着る機会があるかないかというようなものである。私なんか、二十年前に祖父が死んでからズーッと着る機会なんかなかったのである。まァ、その間二度ばかし着るような機会もあったのだが、私は「行かない！」という理由によって喪服を買う必要を斥けていたのである。それぐらい、喪服というものは着る機会のないものである、と同時に、いつだって着る機会というのは広がっているものである。

もし私がこの夏に夏物の喪服を買って、そして、この冬にまた誰かが死んだら、「あー、もう、どうして死ぬんだ!!」と呪いながら冬物の喪服を買うであろうことは必定である。「だって冬は寒いんだもん」と、私は言うであろう。そして又、来年の春にでも誰かが死んだら、「あーっ！　もうッ!!　どうして死ぬんだよッ!!」と呪いながら、又しても三着目の喪服を買うであろう。

こういう私には、喪服は三着もいるのである。下手すりゃその後、また二十年間着る必要もないかもしれないものを。こういうのを無駄というのであろう。だからして、オール・シーズンのを一着で済ませるのが賢明といえば賢明というものである。

そして、この私に於ける喪服というものは、サラリーマンに於ける背広とよく似ているのである。積極的に着たい訳ではないが、まさか着ない訳にはいかないという点に於いて。

唐突世相巷談

その

1

どうしてあの三浦さんはあんなにも〝あの三浦さん〟になったのか?

◎要するに〝疑惑の銃弾〟ですけども、まァ、あれの最初は、現実は三文作家の想像力を遥かに超えている、ということだったんだと思いますよ。思いますけどもその内、マスコミというものが、一体自分達は何故にこうまで執拗に〝あの三浦さん〟を追っかけなけりゃならないのか分らなくなって来た——事件の解明とは言いながらも、それとは別のファクター、吸引力によって追いかけまわさざるをえなくなって来てしまったと思うのは、私だけでしょうか? あの〝事件〟というのは、例の、スクープされた一枚の〝スワッピング・パーティー〟の写真のおかげで、微妙にニュアンスを変えてしまったと思うんですね、私は。◎あの写真で、世間の人というのは、噂に聞くスワッピング・パーティーというものは、はたして現実にあのようにして存在し、あのような人を代表とする人々が参加するものだということを、初めて大っぴらに認識したんだと思うんですね。そして三浦事件というのは、実に、このワキ筋というものが重要だった。◎二流のファッションモデルみたいな女を口説くということが、現実の中でどのようにして起りうるものか。女を次々に変えるということが、実質としてはどういうことであるのか。はたまた人間の中で性欲とはどのような形で位置づけられるものであるのか。そうしたことを、あのシャアシャアとした〝疑惑さん〟の中に見て、自分自身の潜在的願望のつき合わせをしたんじゃないかと思ったんです。だから、あの人を突っつけば何か出て来る。そう思って、人間的興味の権化であるＴＶのレポーター諸氏はひたすらに追ったのだと思うんです。犯罪ではなく、人間的であったからこそ、疑惑の主には〝さん〟という、絶妙なる敬称がつきっぱなしだった。◎今、普通の人っていうのは、〝自分自身と同じであるような他人〟と自分との比較検討をしたいんですよ。内面を照射してくれるサムシングね。ただ、そのことにキチンと焦点を合わせられないから、報道というのはから回りするんですね。問題が私的にだけくすぶっているっていうのは、こういうことだと思いませんか？

会社男に於ける背広というものは、消極的に着なければならないものなのである。積極的に着たい訳ではない、なろうことなら手抜きですませたいという発想が背広に生まれるのはこである。「そんなに着たいとも思わないものを何着も持ってたってしようがない、なろうことならあんまり金をかけないですませたい」という発想が背広の根本にはある。だから、夏服・冬服という二度手間を、会社男の社会は消したのである。

消してどうなったのかというと、〝合服《あい》＝オール・シーズン〟一着ですべてをまかなわせたのである。夏・冬という極端を捨てて、春・秋という中間をとったのである。

平均値一着だけですむのなら、誰だって買える。そこそこの金で社会的体面は保てるという、一億総中流の貧乏はこのようにして存在するのであった。

困ったものである。

そして話は、〝夏服〟という概念を消滅させたファクターの内に、貧乏から虚栄心へと移るのである。即ち、冷房の進展は男の虚栄心を肥大させて、会社男を〝平均値の墓場〟へと導いたという歴史的背景の方に移るのである。

6

日本の男が夏の暑さに半ズボンを穿かないでいることに関しての模範解答2

——冷房の研究

冷房には金がかかる。だから、昔はよっぽどの金持の家にでも行かないと冷房はなかった。会社にだってなかった。天井で扇風機が回っていた。おそらく、冷房というものを真っ先に取り上げたのは市中銀行に代表される金融機関であろう。まだ映画館に〝冷房中〟という貼り紙があったりなかったりした時代に、賢明な人間は、銀行に行けば涼しくなれるということを知っていたのである。但し、銀行に行く為には金を持っていかなければならないが。

広告というものにおよそ積極的になる必要のない銀行という民間企業は、このようにして陰湿な客集めをしたのである。

そして、ここでは全く会社男的な体質によっている〝銀行〟というものの実質が問題にされる。銀行こそが日本の——いや十九世紀資本主義社会の——最も典型的な〝市民〟なのである。〝市民〟というものはこういうものである——

まず第一に〝堅実〟。
なにしろ他人の金を扱うのであるから、信用第一である。
次に、〝礼儀正しさ〟。
なにしろ、他人様のお金をお預りするのであるから。
次に〝公共の福祉〟。
なにしろ、金を集めて社会の油さしみたいな役割をするのであるから。
次に〝プライド〟。
なにしろ社会の役に立っているのであるから。
最後に隠れた〝傲慢〟。
なにしろ社会に役立っていて他人に後ろ指をさされる必要がないのだから。
そして付け足して〝小心〟。
後ろ暗いことがあったら、今迄のすべてはくずれるのであるから。

〝卑屈〟——頭を下げて人の金を集める——から始まって〝傲慢〟に至り、結局として〝小心〟だけが隠されるというのが、ものの見事に銀行員である。
そして、注目されるべきは、〝卑屈〟から〝傲慢〟に至る迄を終始一貫して支える〝同一性〟である。〝礼儀正しい〟ということは、基本的にはそこが同一社会であるということによっている。みんな同じ人間だから、同じ一つの礼儀が罷り通る——成立するということである。

社会の同一性は〝礼儀〟を生み、〝礼儀〟は〝礼儀正しさ〟に進化をし、そして〝礼儀正しさ〟は、そこから「我こそが中心」という、礼儀の成立する同一社会への強制力を生む。礼儀正しい人間というものは、しばしば「自分こそが社会の中心である」という天動説を生む、ということである。

さて、日本の〝市民〟というものはこういうものである。勿論、この〝市民〟の中には〝女性〟というものは含まれない。

誤解されては困るのだが、私は「所詮、日本の〝市民〟なんてものはインギンブレイな〝銀行員〟とおんなじだ」というイヤミを言っている訳ではない。

〝市民〟が〝銀行員〟とおんなじだと言っているのではない。〝銀行員〟というものを基準にして〝市民〟という考え方が出来上ったということを言っているのである。

御承知のように、産業革命以降、十九世紀から二十世紀初めまでの帝国主義の時代をリードして来たものは、金融資本家——即ち〝銀行〟である。しかもその時代をリードして来た国というのがイギリスである。だから、この時代の男性風俗というのは、最も中心的な存在〝イギリスの銀行〟によって決定されたのである。上は頭取、下は平の銀行員——それぞれに合わせて、男性の風俗は決定されたのである。だから、男の嗜みと言えば即座に英国紳士が出て来るが、この英国紳士とは、実に銀行員なのである。残念ながら、英国紳士が世界に冠たるものになった時代というのは、ホントに〝銀行の時代〟だったのである。

という訳で、〝市民〟の核が〝銀行員〟なのであるから、ほんの少し前までは、「お勤めは？」「銀行です」「まァ♡」という会話が堂々と成立したのである。

銀行には金がある――だからクーラーが買える。

という訳で銀行には冷房があった。


銀行員は信用が売り物である――という訳で、いつも礼儀正しい服装をしている必要がある。

という訳で、銀行には冷房があった。それと同時に、銀行員は、何よりもスキャンダルを嫌う。

そして勿論、〝銀行員〟の本家本元イギリスには亜熱帯並の夏の暑さはないから、イギリスの銀行員は一年中おんなじ恰好をしていられる。

金で礼儀を買うところが、なんとも帝国主義時代的な発想である。


そして、銀行にはお客様が来る。大切なお客様に快適にお過ごしいただく為には是非とも夏の冷房は必要である。

自分の為ではなく、人の為。

帝国主義の時代というのは、実は社会主義とか社会福祉という考え方が生まれた時代でもある。

そして、どんな貧乏人でも、お金をお預けいただいたらお客様。

即ち、帝国主義の時代というのは、普通選挙というような形で、ドンドン民主化が推し進められた時代でもある。

というような訳で、銀行には冷房があったのである。

さて、銀行はひとまずそんなところでおいておいて、冷房の普及ということを考えると、高度成長と大学ということを考えねばならない――どうしてそんな考え方をするのかということはその内分る。そして、冷房の普及ということと夏の〝冷房〟というものの固定化というものを考えるとなると、どうしても〝官僚〟というものを考えない訳にはいかない。

日本の男に於ける〝夏の暑さ〟という体感の喪失を考えて行くと、どうしても、〝大学出〟〝銀行員〟〝官僚〟〝高度成長〟という、戦後日本の民主化を支える四大要素の複合汚染に話は進むのである。

先に私は、夏に半ズボンを穿いたっていいじゃないかという私の立場を説明するに当って、いちいち傍線などを引いてはいたが、愈々その隠された問題を解明する時期というものが近づいたようである。

ともかく、近代日本の最大のガンは、いつのまにか〝官僚のような先例重点主義〟――傍線①――がドッカと根を下してしまったことにあるのである。

7

日本の男が夏の暑さに半ズボンを穿かないでいることに関しての模範解答3

——自主性喪失の研究

まず、近代の日本というものは、近代化されなければいけないというところからスタートした。

こんなことは当り前のようだが、全然当り前ではない。何故かといえば、国そのものが〝近代化されなければいけない〟という発想自体が、ヨーロッパのものではなく、アジアのものだからである。〝近代のイギリスというものは、近代化されなければいけないというところからスタートした〟訳ではないのだから。

ヨーロッパでは、近代に突入したから近代になったのである。〝近代化〟などという目的意識を持って近代をスタートさせるなどという必要があるのは、非・ヨーロッパのアジアだけなのである。そして、日本以外のアジアというのは、ことごとく近代化を一時的に断念させられるのであるから、〝近代の日本というものは、近代化されなければいけないというところからスタートした〟という当り前の一行は結構重大なのである。

重大なのであるけれど別に深入りなんかはしないけどサ。

さて、近代の日本というのは近代化されなければいけないというところからスタートしたのだから勿論色々なチグハグを生むのだが、この時、実に注目するべきことが起っている。何かというと、日本という国では一旦、官僚機構というものが消滅したのである。

日本という単一民族による連綿とした歴史の一貫性を誇る国は不思議な国で、その単一性から来る一貫性によって時々突拍子もないことが起る。明らさまな変化が明らさまに見えない——〝激変〟であった筈のことが、気がついてみると〝なんとなく変っていた〟などということになってしまうこともあるのである。明治維新のある時一瞬、官僚機構がなくなってしまったというのもその一例である。

日本で最初に出来た大学というのは東京大学である。

大学の由来を〝私塾〟とか〝藩校〟に求めれば「もっと古いところはある」、ということになるのかもしれないが、残念ながら、日本で一番古い大学は東京大学である。何故かというと、これを作った明治政府は、東京大学以外に大学の存在を認めなかったからである。当時他に大学がない
のだからしようがない。東京大学が一番古い学校なのである——ついでながら、この〝東京大学〟という名称は、東京大学——→帝国大学——→東京帝国大学——→東京大学と変る——。

さて、なんで日本にはその初め東京大学しか大学がなかったのかというと、これが、官吏を養成する為に作られた学校だったからである。

官吏という規格品を作りたいと政府が思ったから東京大学は作られたのであり、それ以外の大学に存在されたら、官吏というものの規格が狂うから、それで明治政府は東京大学以外に大学の存在を認めな

かったのである。

右の文章を二度読めば分ることだが、官吏というものを作りたい、しかも規格外れの官吏は困るというのがどういうことかというと、その前提として〝官吏なるものがいない〟ということがあるのである。既に官吏というのが存在するのであったら構わない。既に存在するその官吏の規格に合わせて採用すればいいのである。ところが、その官吏そのものが存在しないから規格もない。そんなところに反政府分子が紛れこんだら困る。という訳で、東京大学以外の大学は存在を許されなかったのである。即ち、明治政府が焦っていたある時期、明らかに官僚組織は日本に存在しなかったのである。

それがどういうことかというと、こういうことである――

明治維新というのは、徳川幕府が朝廷に大政を奉還してしまったことに始まる。

徳川幕府というのは江戸時代の支配体制＝政府ではあるが、よく考えてみると幕府のトップ、将軍というのは征夷大将軍で朝廷の家来である。明治維新というよく訳の分らない政変が実にスムーズに進行してしまったのはこの〝よく考えてみると〟の一点にある。

徳川幕府というのは、三百年間、このことをよく考えなかったのである。なんだか知らないけど黒船なんていうものがやって来てジタバタした挙句によく考えたら、自分は日本の支配者ではなかったということに、将軍は気がついたのである。だから、たった一人の実質的支配者がよく考えただけで、日本は一八〇度変ってしまったのである。嘘のような本当の話である。

徳川十五代将軍がよく考えたら、自分は日本の主権者でないことが分った。徳川幕府が公式の政府でないことも分った。

実質というものが、〝よく考えたら〟の一言で、一挙に消滅してしまう凄じさというのがここからで、徳川将軍が朝廷の家来であるのなら、徳川幕府というのは、将軍の私的組織である。「よく考えたらそれは政府じゃない」の一言で、今迄の政府と、それを支えている官僚組織が消滅してしまうのである。

いくらなんでも、こんなことは世界の歴史に類を見ない。無血革命と言ったって、そういうものは、新しい権力者が新しい政策を抱えて、今迄の組織の上にやって来るということでしかない。トップは変っても組織は変らず、なのだ。それがよその無血革命というやつだ。日本にやって来たマッカーサーの占領軍もそうだった。

ところが日本の明治は違う。「よく考えたら」の一言で、今迄の一切が全部消滅してしまうのである。さぞやパニックが起ったであろうというとさにあらずで、ほとんど手品のようなものである。

よく考えたら徳川幕府が政府じゃないということは、よく考えたら天皇を中心とする朝廷が政府だ、ということである。江戸が消えたら京都が出るという、これはほとんど手品である。

まことに、言われてみりゃ朝廷というものは政府なのだから、官僚組織だってちゃんと持っている。征夷大将軍だって元々は朝廷の一官僚である。

よく考えたら――ただそれだけで、官僚組織は京都に登場してしまったのである。従って、徳川幕府を支える官僚組織が一瞬にして消滅してもなんの不都合も起らなかったのだから、日本という国は凄じい国である。

そして、もっとよく考えたらもっと恐ろしいことになる。何かというと、朝廷の官僚組織というのは、よく考えたら、何百年もの間、なんの機能もしていなかった官僚組織なのである。〝太政官〟などという、ほとんど大化改新以来久々のお目見得のようなものが登場してしまったのは、そこで時間が止っていたからである。

今までいた官僚は一切いなくなっちゃった。そしてまったく新しい官僚の、組織だけは忽然と埃を払って浮び上って来た。即ち、実質的な官僚をゼロとして、ある時期日本は動いていたのである。私はもうほとんど、ここら辺のことを考えてみると、日本人に果して〝政府〟というものが必要なのかどうか疑問に思えてしまうのである。

明治政府が官僚を養成しなければならなかったというのは、こういうことである。

近代的な官僚がいなかったから大学を作って官僚を養成したというのは嘘である。近代的もへったくれもなく、官僚がいなかったから作らなければならなかったのである。そして、作るんだからそれは当然〝近代的な〟という形容詞付きの官僚であった、というだけである。

貧乏士族の群れというものが明治の町にあふれたというのは、士族即ち、昨日までの官僚が、一瞬にして官僚ではなくなってしまったということの表われでしかない。

こんな大胆な変革というのは、よく考えたら人類の歴史には他にない。「いらない、ほしくなったら作ればいいや」で、国家の中枢を平気で廃棄処分にしてしまうのであるから、無鉄砲なまでの大胆さである。ここら辺の大胆さだけは、私なんかは是非とも見習いたいと思う。

閑話休題。

で、大胆なことの跡始末はもって回ってつけるという日本的な行動パターンは、士族の再就職となって表われる。即ち、貧乏士族の息子は、苦学してもう一度官吏になり直すというところに大学の門戸は開かれるということである。

そんなメンドクサイことするなら、武士という官僚を引き継げばいいのにね、というのに、明治政府はなんとも律気であったというのは、ここに四民平等という新しい考え方が登場するからである。

さて、それは日本だけの不思議ではないかもしれないが、実に日本という国では、一般人の〝出世〟という名の政治参加は、戦国時代の〝下剋上〟という力ずくを除けば、明治まで拒まれていた。日本がなんでも見習っていた中国には、〝科挙〟という名の官吏登用試験がズーッとあったが、日本にはズーッとなかったということである。武士以外の人間に政治参加は出来なかった。

政治の中枢に参加することが〝えらくなる〟ことかどうかは今では最早分らないが、確実に、それが〝えらくなること〟だという考え方は、少し前まではあった。明治になって、〝四民平等〟ということになって、誰でも政治中枢に参加しようと思えば出来ない訳ではないということが確立されてから、ほんの少し前まで、そのことが〝えらくなること〟という信仰があった。高級官僚といえばそれは〝やなヤツ〟という風に相場が決ったのは、つい最近のことである。日本人お得意のよく考えたらで、「よく考えたら官僚というものは国民に奉仕するものではないか」という考え方が定着したのも、やはりつい最

突然ながらの星占い

その1

◎今や人間というものは、ほとんど同一性の海に漂っている。漂っていながら、どこかでそれを不本意だと思っている。それは、突然に同一性の海が押し寄せて来ちゃったからである。よく考えれば、自分と他人は違っている筈なのだが、よく考えれば考えるほど自分と他人は違わなくなって来る。「一体自分の自分らしさというものはどこへ行ったのであろうか？　ヘンだなァ……」というのと、「自分は人並だと思ってたのに、この頃ドンドン他人と違って来ちゃったなァ……」というのが同時に起るというのが、同一性の大洪水時代である。という訳で、とりあえず付きのパターン認識がはやる。という訳で、星占いをやるのである。私の見るところ、十二星座というのは、こんなものである――

牡羊座――単純バカ　牡牛座――愚鈍
双子座――日和見　蟹座――根暗
獅子座――外柔内剛　乙女座――臆病
天秤座――営業マン　蠍座――隅の隠居
射手座――使い走り　山羊座――操り人形
水瓶座――小インテリ　魚座――病気

◎なんでこういうことになるかというと、そもそも占いというものが、パターン認識の循環だからである。◎牡羊座というのが一等最初に生まれ出るということは（三月二十一日から四月二十日生まれ）、なんにもないところにポコッと出て来たもんだから、一人でなんでもやってしまうというクセがついているということである。一人だからなんでもやるが、なんでもやれるというのは、他になんにもない――世界が単純であるという前提あってのことである。という訳で、まず最初にあるべきは単純バカであるという認識によって、占いというパターン認識の基本は据えられるのである。◎ちなみに私は牡羊座であるからして、こんなことを書くのである。当るも八卦、当らぬも八卦であるが、占いというのは大体に於いて、「当ってる……」という前提に立って読む結果論だから、当るのである。人間はそれぐらいフラフラしているから、とっかかりとなる暗示を与えられると、それが〃当っている〃という方向へ、自分の意識を向けてしまうので、当るのである。◎以降はつづく、のである――。

近であった。それまでは、官僚になることは出世コースだったのである。

この〝出世コース〟ということをよく考えてみたいのだが、私が前からしつこくも言っているように、明治の初めに官僚養成機関として存在したのは東京大学だけだったということを重ねて、四民平等になった途端、武士という身分の上限がとっぱらわれた途端、国民の前にあった出世コースは、官吏になることだけだった。

別に官吏にならなくたってよいけれども、身分を固定的に考える士・農・工・商という制限がとっぱらわれた途端——即ち、「出世ということもありうる」という可能性が国民に開かれたその時、その出世の為の窓口は官吏になるというところにしかなかった。その窓口は、明治政府が一つだけ作った、ということである。突然、科挙の中国に日本はなったということである。明治という時代の文化がやたら漢文文化というのは、ここら辺と関係があるのかもしれない。

「末は博士か大臣か」という、子供の立身出世を表わす言葉は、いずれも〝大学〟という窓口の通過を前提としている。そしてその初め、大学といえば東京大学しかなく、その先といえば官吏だった——勿論、官吏の他には医者というものがあったが——。

東大→官僚という出世コースは、明治になって、機会均等という事態が出現すると同時に現われた。即ち、その原初に於いて〝出世とは、東大を出て官僚になることである〟ということが決定され、それに準ずるものが出世であるという風になったのが、日本に於ける〝出世〟の意味なのである。以後は、惰性で続く。

近代の日本に於いて、出世の第一とは、東大の法科を出て官僚になることである——それは私が決めたのでなく、日本の近代をスタートさせる時に明治政府が決めて、なんにも知らない国民がコクンとうなずいて了承してしまったことなのである。

なんという単純なことであろう。

ということで明らかになるのは、今や歴史の闇の中に消えてしまいそうな由緒を探れば、市民とは銀行員のことであり、出世とは官吏・官僚になることであるという、そのことである。

さて、問題というのは実に、そこから先なのである。出世の第一が官吏になることはいいが、だがしかし、それを了承してしまった国民は、一体〝官吏・官僚〟というものが何をするものか知らなかったのである。考えなかったのであるということが大問題なのである。

実に〝官吏〟というものが何をするものかというと〝命令を実行するもの〟なのである。命令は上からやって来て、それをどのようにすれば実行出来るか、ということを考えるのが官吏なのである。そして、その命令が、たとえ百年前二百年前のものであろうとも、その命令が効力を失わない限りは、永遠にその命令通りに動き続けるものが官吏なのである。

即ち、官吏には創造性がいらない。自主性を必要としない。奉仕という前提の下に、なんにも考えないで命令を実行だけするのが官吏なのである。

従って官吏には、責任がない。責任は、その官吏を動かした命令の紙切れ一枚にある。その紙切れを発行した人間に責任があるとすればあるのであって、官吏には全く責任がない。官吏には、悪い法律と

唐突世相巷談

その

2

一体、あ、の、三浦百恵さんというのはなんなのか？

◎〝三浦百恵〟という存在は、世にも稀なるスターである。グレタ・ガルボが引退したら、それは〝引退したグレタ・ガルボ〟だし、原節子は引退しても原節子だが、三浦百恵というスターは、かつて彼女が山口百恵であったという、その一点でスターになっている、世にも不思議な存在なのである。◎三浦百恵はスターである。だがしかし、このスターは何もしない。三浦百恵がいまだに山口百恵をやっていて、それでスター根性を満足させているというのなら話は分るが、三浦百恵というスターは、極力スターであることをやらないようにしようとしている、珍しい素人なのである。◎素人であることをもってスターを成立させてしまった人間というのは、この人しかいない。自分からスターになりたいのではなく、他人の好奇の目が彼女をスターにしているというところが、素人・三浦百恵の異常さなのである。奇しくも、あの三浦さんと、この三浦さんが両方とも〝素人の三浦さん〟であるということがなんともすごいが、三浦百恵さんだって、三浦和義さんとおんなじように、それを見る人間の何かを満足させ、もしくは刺激をするのである。◎三浦百恵さんはなんでスターかというと、主婦だからである。あの百恵さんが斯くも熱心に主婦をやっているのだから、絶対に、主婦というものはすごいものであるという、主婦《ファン》の信仰によって、三浦百恵さんはスターなのである。現実という名の幻のステージの上で、この百恵さんは〝主婦〟を演じるのである。スターによって自分達が演じられているという思い込みが、ファンというものを幸福に導くのである。芸能週刊誌と女性週刊誌が同じだというのも不思議ではあるが、既にして、女性であるということはそれ自身で十分に芸能なのである。という訳で、既にして現実は、もう十分に虚構《フィクション》なのである。

いうものがない。何故ならば、彼等は〝命令によって動くもの〟であって、〝命令のよしあしを検討するもの〟ではないからだ。

このシステム及び性質は、議会制民主主義で特に露骨になる。法の根源は国民が決めた議員による議会に存在しているのだから、官僚は、まったくなんにも考えないで動いていればいい。

有能な操り人形であること――それが官吏というものの根本である。

〝官吏〟とか〝官僚〟という言葉が人を誤解させるのでここら辺は見過ごされがちだが、実は、〝官吏〟とか〝官僚〟というものは、永遠に〝下ッ端役人〟であるようなものなのである。だから即ち、〝高級官僚〟というのは、〝高級下ッ端役人〟と称すべきものなのである。

既にお分りとは思うが、この日本という国の近代のスタートの最初で、我々は、〝高級下ッ端役人になれることとは名誉なことである〟という前提を引き受けさせられたのである。そんなもんを引き受けてしまったにも拘らず、自分達が引き受けたものはそういうものであるという検討をしないで、アホみたいに、〝人並みの出世コース〟などという信仰を未だに受け継いでいるのである。

バカか！　と私は言いたい。

という訳で、この国の栄誉は実に、男にとっては〝自主性をなくすこと〟であったのである。

道理で、誰もなんにも考えないと思った――などと、一瞬にして冷静に返った私は言うのであった。

8

一体、日本の男が来年の夏の暑さに半ズボンを穿くということにはどのようなメリットがあるのか？

既にして話は〝メリット〟である。損得勘定を計算するのである。〝意味〟などという、どっちにも転べるような腰のすわらないものは二の次である——などと、既にして、自主性を持たないことを前提にして男達が社会を構成している国に自分は住んでいるのだということを知ってしまった私は、言うのだった。

さて、それでは夏の半ズボンにはどのようなメリットがあるのか？

①——夏が暑いものであるということが自然に体得できる。

②——冷房に使う電力が節約出来る。

③——「なるほど、今迄私達は暑っ苦しいものを穿いていたのだなァ」と、今迄に至る〝近代〟を、

客観的に把握することが出来る。

④——他人がどう転がっても半ズボンを穿かないのを目の辺りにして、「なるほど、自主性というものはこういうものか」ということを把握することが出来る。

⑤——長ズボンを穿いている他人を見ては、「きっと何か理由があるのだな」と思えるようになって、洞察力が増す。

⑥——冷房のひどい場所へ行って、「なるほどこれは有害だ」と思って、女達の苦難が偲べる。

⑦——少なくとも、長ズボンよりは暑さを回避出来る。

⑧——「なるほど、日本はヨーロッパではないのだなァ」という、文化の相違を確認出来る。

いいことだらけである。

いいことだらけなのに、どうしてこういうことが出来ないのかということを改めてやるのである。

9

どうして日本の男は半ズボンを穿けないのか? という観点から見た高度成長の研究1

日本の会社男がどうしてこの日本の夏のクソ暑さの中で半ズボンが穿けないかというと、それは同僚が穿いていないからである。

誰も穿いていないところで自分だけは穿けない。それだけである。

誰かが穿いていれば穿くかもしれない。かもしれないが、だがしかしそれは分らない。日本の男は官僚になることが出世だと根本のところで心得ているから、自分から何かをやり出そうとは決してしない。自分以外の同僚の誰かが穿いていたって穿く訳はないのである。自分が穿かないでいることから推して、それを穿いてしまった自分の同僚がどういう扱いを受けるかが分るからである。

かんばしくない注意を受けるに決っているからである。会社に半ズボンを穿いてやって来るなどという、ほとんど前例のない行為をやってのけた人間を罰する前例というのもこれまたないのである。彼がどんな扱いを受けるかは分らない。分らないということは恐怖を生むのである——「絶対によくないことが起こる」という確信だけは育つのである。

突然ながらの星占い

その2

◎他人というのはある種のパターンにのっとっているんだなァというのは、一番楽な認識の方法である。という訳で、星占いの続きである。◎なんにもないところに突然生まれ出たのが牡羊座だから、牡羊座は単純バカだという話だったが、それではなんで牡牛座が愚鈍なのかというと、なんでもやってしまう兄貴の下に生まれた弟がお人良しだということである。一通りの法則性は牡羊座という兄貴が引いてくれたもんだから、ノンベンだらりとしているのである。そして勿論、そのノンベンだらりにもそれなりの意味があるから、その二人の兄貴を見て「どっちを取ろうかなァ……」と思う双子座の日和見が登場するのである。話はいたって簡単である。◎で、牡羊・牡牛・双子の〝原始時代〟が終ると、蟹・獅子・

乙女の〝心理の時代〟が来るのである。その前の三人兄弟が、実は人間の内面のことなんかなんにも考えないで生きてるから、不安になった根暗の蟹座が登場する。前例がないもんだから、根拠なく蟹座は不安なのである。不安を平気で顔に出すと、うっとうしくってしょうがないというところで、外柔内剛という二面性を持った獅子座が登場するのである。ホントに獅子座っていうのは、人当りだけはいいけども、剣呑で剣呑で……。で、そういう複雑なものに立ちふさがれてしまったものだから、不安というものが他との比較不能というややこしい事態を惹き起して——なにしろ獅子座は内と外で違う——コンプレックスという高級なものを抱えた乙女座というものを生む。内で揺れるものだから、乙女座というのは臆病なのである。◎という、心理の時代の後をうけて、再び労働の時代が始まるのだが、これは別名〝社会性の時代〟である。天秤・蠍・射手というのは、そういうところを代表とするのだが、枚数がなくなったのでつづく——。

ある日突然、会社にあなたの同僚が半ズボンを穿いてやって来る。私のこの本を既に読んでいるあなたならば、それを見て「さてこそ！」と思うであろう。思うであろうが、こんな本を平気で読めるあなたのことであるから、さぞかし認識だけは先走っているであろう。平たく言えば、度胸のなさだけを棚に上げて、猜疑心だけは強いであろう。「あのまんまですむ訳はない」と、あなたは思うのである。「そんなおっちょこちょいがこの日本の会社で通るもんか」と、あなたは思うのである。「それぐらいのことは知ってるぞ」と、認識深いあなたは思うのである。「そんなことが通る訳もないから俺は黙って見ているのである」と、あなたは思うのである。あなたが黙っていると、はたして、あなたのおっちょこちょいな同僚は捕まるのである――「君ィ、なんだね、その恰好は」と。

ほとんど高校時代の風紀委員なのであるが、何故かは知らん、この国で風紀委員が敗北を味わったことなど一度もないのであるから、注意された男は退学である。私はもうほとんど、会社などというものは高校とおんなじものだと思っている。

斯くしてあなたの同僚は厳重に注意され、それを見ていたあなたは、「それ見たことか、日本じゃ十年早いんだよ。それぐらい俺は知ってたサ」と、自分の認識の確かさを確認して喜ぶのである。役立ない認識とはそういうあなたのことを言うのではないかと思うのだが、如何？

自分の同僚が半ズボンを穿いていないから自分も穿かないというのであれば、これは永遠に穿けないのである。早いとこ氷河期にやって来てもらうしか、日本の夏の暑さをやりすごす方法はない。

これで、自分の同僚が半ズボンを穿かないからという風に認識がスタートすれば、「穿いてやろうじゃねェか、それぐらいの度胸俺にはあるぜ」という個人的な問題になるのだが、官僚的発想は〝穿く・穿かない〟という〝意志〟を問題にしない。官僚が問題にするのは、〝穿いている・いない〟という〝状態〟だけだからである。現状認識は認識だけで、なにも生まないのである。

官僚が半ズボンを穿かないのは、暑さを感じない訳でもなく、「カッコ悪いなァ……」と思う訳でもなく、人目を気にするからでもなく、ただただ、「半ズボンを穿いて出仕するべし」という紙切れ一枚がない為である。「半ズボンを穿いて出仕するべし」という辞令が下れば、その日から官僚は、嘘のように半ズボンを穿いて来るのである。それが官僚というものである。

そしてそうなった時に、民間人は、官僚の半ズボン姿を見て嗤うのである――「みっともねェ。だからやだね、官僚は」などと。

従って、民間人のあなたがいくら待っていたって、「半ズボンを穿いてもいい」などという辞令は出ないのである。大体民間には、「半ズボンを穿いてはいけない」などという禁止条項はないからである。

という訳で、いくら待っても日本の男が半ズボンを穿かないでいるのは何故かというと、御承知のように、日本の会社男には、「冷房があるのになんだって半ズボンを穿かにゃいかんのかね?」という発想がガンとしてあるからである。

このテの男に「省エネ」とか言ってもダメなのである。このテの男は、冷房というのは最大限、〝強〟でなければ冷房でないのである。どんなに女がそれで困ってるかなんてことは考えてもみたことはないのである――このテの、ほとんど、強迫冷房症とでも言った方がいいような男は、実際にいるのである。

あなたが「半ズボンを穿いて会社に行きたい」と思ったとしても、このテの男がいる限り、決してあなたの夏服は軽快にはならないであろう。

このテの男は一杯いる。体感を失ってしまった男は、実は一杯いるのである。主体性のない男は平気で過剰適応するし、そのことに金輪際気がつけない。

このテの男というのは、冷房をつけっぱなしにするのであるから、暑さに対して「暑い」という体感だけはあるのである――いや、あったのである。暑いと思い、そして冷房に逃げこんで、決してそこから出て来ないのである。〝暑い〟という、原初の体感に殉じたまま、現在の状態が判断不可能になっている、そういう男は、実に、実に、多いのである。そこまで男は官僚なのだ。

〝暑い〟と思って冷房に逃げて、冷房につかりっ放しで、その冷房が作り出す室温がほとんど〝寒い〟という状態に陥っていることに気がつけない男の話を、これからするのである。

私は過日、電車に乗っていた。季節は勿論、残暑厳しい上にも厳しい八月である。私の横には、女子高校生らしい若い娘の二人が立って、ズーッと話をしていたのである。私は――今現在もこういう本を書いている私は「やっぱりなァ」と思って聞いていたのである。彼女等はこんな話をしていたのである。

それはA子の兄の話である。

A子と兄は、同じ部屋を使っているという――即ち寝室が一緒ということである。

考えてみればこれもこわいことである。なんの疑いもなく、A子は「あたし、お兄ちゃんと一緒の部屋に寝てるでしょ」などという。多分、近親相姦の心配をする必要のない兄なのであろうということはやがて分るが、しかし、日本の住宅事情は、高校生らしい妹と大学生らしき兄を一つ部屋に平気で寝かせてしまうほど貧しい。

貧しいのだが、これも一億総中流時代の貧しさだからどこか歪んでいるというのは、兄と妹の二人に対して一つの部屋しか与えられない貧しさは、実に、その部屋にエアコンを据えつけてしまう豊かさでもある、というところなのだ。

で、話は夜になる。A子はこう言う。

「でサァ、寝るでしょう。そうするとサァ、もう、お兄ちゃん、エアコンつけっぱなしなんだよね」

〝寝る〟というのは、勿論〝別々に〟である。

B子は相槌を打つ。

「あ、ホント」

「うん。そんでサァ、もうつけっぱなしでサ、寒いのォ」

「分るゥ」

「寒くてサァ、あたしなんか、毛布かけて布団かけて寝てんのよォ。それなのにサァ、お兄ちゃんたら、裸でなんにもかけないで平気で寝てんだからァ」

「ホント」

B子の相槌で終るこの会話は実に、「どうしたのォ?」「うん、風邪ひいちゃってェ」という、A子の鼻声から始まっていたのである。

問題は勿論、妹に風邪をひかせても平気でいられるエアコンつけっぱなしの〝お兄ちゃん〟である。彼が異常な暑がりかどうかを問題にしてもしようがない。彼は暑がり以前に、ただ異常なのである。妹は冷蔵庫の中で寝てるようなものだ。そして兄は、同じ冷蔵庫の中で裸で寝ている。そして季節は夏である。夏の夜に冷蔵庫に寝なければ耐えられないような体質の人間がどうして、それよりも暑い夏の日中に平気で生きていられるのか、私には分らない。これは〝暑がり〟というようなものではない。既にして異常であり病いである。一体この〝お兄ちゃん〟は、夏の日盛りにどうやって生きているのであろうか？　二六時中、冷房のきいた喫茶店のクーラーの前に貼りついているのか？　それとも、エアコンのきいた自室から一歩も出ないのか？　謎である。

謎にしてしまったのは私だが、これはやはり私の前提の立て方が間違っているからである。この〝お兄ちゃん〟は、〝夏の夜に冷蔵庫に寝なければ耐えられないような体質〟ではないのである。この〝お兄ちゃん〟は、〝夏の夜に部屋が冷蔵庫になってしまうことに気がつけない体質〟の人間なのである。もっと正確に言うならば、これは〝体質〟ではなく、精神構造の問題である。彼は〝暑い〟ということに象徴される〝平均値からの逸脱〟ということに耐えられないのである。

話が早いから、たとえを〝服〟というものに限らせてもらうと、彼の精神構造は春・秋均一の〝オール・シーズン〟――合服一着なのである。平均値から生み出された〝オール・シーズン〟は、原則として、それ一着ですべてをまかなえる。他に服を必要としない。それ以外に服を必要としないというところで、平均値から出て来た〝オール・シーズン〟は〝ユニフォーム＝制服〟と変る。勿論〝ユニフォーム——制服——〟は〝ユニ——単一の——・フォーム——形——〟である。

誤解されると困るのだが、私はこの〝エアコンつけっぱなしのお兄ちゃん〟を、いつも背広という制服を着ているサラリーマンだと言っているのではない。彼の精神構造がユニフォームを着ているに等しいと言っているのである。

中年サラリーマンのセンスのなさを「ドブネズミ！」と言って嗤うのは簡単だが、何故彼等が平気でドブネズミになっていられるのかはよく分らない。ドブネズミという制服をいつも平気で着ていられるのが何故かといえば、それは勿論、精神構造が単一で、ユニフォームを脱いだらノッペラボウになってしまうからだ。表層はいつでも内面によって裏打ちされている。だから例の〝エアコンのお兄ちゃん〟も、精神構造は春・秋以外——平均値以外は、ノッペラボウなのである。

彼は、世の中の季節といえば、春と秋だけだと思っている。勿論、世の中には〝夏〟という季節があることは知っている、が、知っているだけで、その存在が理解出来ない。もっと分りやすく言えば、彼は春・秋という、自分のよく知った身近な仲間としか付き合えない——なにしろ彼は〝オール・シーズン〟一着なのだから。彼にとって〝夏〟とは、いじめてもいい、排斥してもいい、付き合う必要もない、〝よく知らないヤツ〟なのである。

という訳で、彼は夏を排斥する。エアコンを〝急冷の強〟にして、最大限つけっぱなしにして、冷やしまくる。冷やせば暑さはなくなるのである。

だから彼は冷やしまくる。冷やしまくって部屋の中は冷蔵庫である。同室の妹は「寒くて寒くて、布団引っ張り出してる」――にも拘らず彼はまだ冷やす。

何故か？

彼が特別暑がりだからではない。いくら暑がりでも、そこまで行ったら目を覚す。妹は目を覚して風邪をひいても、彼は平気でパンツ一枚でなんにもかけずに寝ている。

何故か？

それは、部屋の中は冷蔵庫になったとしても、その部屋の外が相変らず〝暑い夏〟だということを彼が知っているからである。

彼は暑がりなのではない。彼は夏を撲滅したいのである。部屋の中は、夏を過ぎて既に初冬でありながらも、部屋の外は夏である。夏はまだ撲滅されていない。エアコンとは、夏を撲滅する為に存在する武器なのだから、夏がまだ近くに生きている間はその武器を止めることが出来ない。

彼は夏が存在して夏が暑いということは知っている――暑いから彼は裸で寝ているのである。即ち、彼は体勢としては夏と向き合っているのだが、仲のいい春、秋という友達としか遊ばない彼には、夏という厄介な他人との付き合い方が分らない。

夏との付き合い方というのは勿論、寝苦しくって悶々とするということであるが、彼はそれが「いやだ」。付き合わなくちゃいけないし、そのことは分っていても付き合い方が分んないというような時、人間はどうするのか？

少なくとも自分の立場を譲歩してみるということしか方法はないのだが、威丈高で愚かな人間というのはそんなことをしない。〝付き合うことが出来ない〟という無力感が自分の胸に突き刺って来て、その挙句ヒステリックな虐待へと至るのである。

〝エアコンのお兄ちゃん〟は、「夏なんだから少し我慢しなくちゃいけないな……」とどこかで思っているから、その自分の罪悪感を消す為に、「夏なんかなくなっちまえ、決定的になくなっちまえ!」と、ヒステリックにエアコンをつけっぱなしにするのである。なんという過保護な息子であろうか。

過保護で脆弱であるにも拘らず、彼が決してそう思えないというのは、彼が、その冷気の中でも平気で裸で寝ていられるという豪胆さの為である。

「ホントもう、あたしお兄ちゃんのことよく分んない」と妹が言うのはここである。

妹はこう思っているのである——

「私は女だからあの寒さには耐えられない。耐えられなくて毛布と布団を出して来てしまったけれども、男のお兄ちゃんは平気で裸で寝ている。男はやっぱりスゴイ。でも、そんな男が私には謎だわ」

一般的な男に対する女の信仰というのはこうである。「自分の出来ないことを男はやる。やるけど、何故やるのか私によく分らない」というのが女の見た男の謎である。

これが謎だというのは、前にも言ったように前提が狂っているからである。不安神経症で麻痺してしまった体感が、そんな異常を可能にしているだけである。謎というより、ただのバカだ。

よぶんなコラム

その

5

建売り住宅の美学

◎日本の男がつくづく可哀想だというのは、生涯借金を返し続けるその元凶となる、あの建売り住宅の趣味の悪さである。夢見がちのティーンエイジャーが住むんだったらいいよ。でも、自前でまともな家を買えるとなったら、どうしたって四十、五十になってからでしょう？　でもサァ、あれが四十、五十になった大の男の買うもんだろうか？　北欧風だか南欧風だかオールドアメリカンだかなんだか知らないけど、ディズニーランドみたいな家に住んでて恥ずかしくないのかなァ？　大の男がだよォ。自由業とかなんとかっていうんじゃなくって、カタギの男がああいう家にどうして住めるのォ。オモチャだよ、ありゃァ。あそこにドブネズミの服着て入ってって、あそこからゴルフバッグ提げたカジュアルウェアが出て来るなんて、眼鏡でデッパのカメラぶら下げた一昔前の、シャンゼリゼを歩く日本人観光客の悪夢の再現だぜェ。哀しいということは、そういう家しか住宅展示場には並んでないというこってすね。個人で注文を生かすんだったら莫大な金がかかる、いきおい既製品で片をつけるとなるとアレ！　あれしかない。◎ホントに貧乏だと思う。身装りとかっていうことに関心を払わないでいるのが男だっていう貧乏さのつけが、全部あそこに回って来たんだと思うね。"奥さん孝行" とかって言ったって、あなたの奥さん、それに似合う人？　まァ、女は夢想の中にたやすく適応するからいいようなもんだけど、男はそうは行きません。ますます自らの存在理由を軽薄にさせているとしか思えませんね、私には、あの建物は。◎ホントにそういう人生で哀しくないんですかァ？　ホントにそういうとこで、恥ずかしくないんですかァ？　言っちゃ悪いけど、都会の家に出て来て一生懸命見栄張ってる、田舎の大学生みたいですよォ、相変らず——。

バカが平気で理不尽な夏の暑さを他人に押しつけ、押しつけられた方がそれで自分の弱さを確認して「なるほどなァ」と男尊女卑を改めて成立させているのだから、ほとんどバカの上塗りとしか思えない。高度成長は一億総中流を可能にし、御丁寧にも成り上りの中流は、中流階級の保守性を改めて再現し、明治か大正の男権主義は無意味にものさばるのである。現実よりフィクションが大切なのは男も女も変らない。

男は、夏を存在させまいというフィクションに埋れ、女はその異常な男を見て「やっぱり男ねェ」と思って、十九世紀ビクトリア朝の女の虚弱体質をあがめるのだから困ったものだ。

大体、子供部屋になんだってエアコンなんかをつけなきゃいけないのかと、私は思うのである。兄妹二人に部屋一つしか与えられない貧乏人が！　と。

子供にエアコンなんかを与えれば、バカな子供は、夏の暑さなんか存在しなくてもいいんだと、平気で思うのである。大体、子供というのはそれぐらいバカでエゴイスチックなんだから――特に日本の男の子は！　などと私は言うのである。

ここでゴタゴタ一般論を言っても始まらないから、如何に日本の男が身勝手かという話を、私は体験でついでに話すのである。

10

ついでに語られる男の身勝手さとガラン洞さとノッペラボウさ

私がうっかり〝如何に日本の男が身勝手か〟などというと、私は日本の男ではなくなってしまうのだが、私は日本人である。日本人だがちょっと変っていて、こういうことはあまり日本の――少なくとも物書きなんかは絶対にやらないようなことをいくつかしているので、こんなことを平気で言うのである。

私の生家は商家である。一時期は住み込みの従業員が二十人ぐらいいて、私なんかは社長の御曹子だったのであるが、その社長の御曹子が毎日学校から帰ると何をやっていたのかというと、買い物籠さげて晩飯のおかずを買いに行ってたのである。なにしろ私の家は人数が多い。食事毎に二升の米を炊いていて、下手すりゃそれでも食い損ねる可能性だってあったのであるが、その食事の仕度は全部、私の母親がやっていた。私の母親というのも大変な人で、食事の仕度をして金勘定をして帳簿つけをして、夜は夜で三人の子供の服を縫っているのである。そして、私の家には、女中というものがいたことはない。食事の仕度は全部母親と、祖母がやるのである。私の家は三世代同居で別居というややこしい家なのだ

よぶんな自分史 その1

女はブスでも女だが、男はデブならただのデブだ

◎こういうことはあんまり問題にされないのでやっぱり言いにくいんだけれども、私という人間が口を開くきっかけを遅くさせられていたということと、自分がデブだったということは、すごく関係があると思う。◎男というのは、〝普通の男〟に関してはなんの制限も設けないけれども、〝普通じゃない男〟に関しては、とっても差別が激しいのだ。勿論、男の作った大前提なら無条件で引き受ける女というのは、その点に関してもっともっと極端に激しかったりするけども。◎という訳で、〝普通の男〟と

いうのは、個々それぞれに違った点を持った様々な男の寄せ集まりだということが、あんまり理解されない。という訳で、〝個性的な男〟というのが見事にステロタイプ化された〝個性的〟だったりする。◎私は思春期というような、一番男の子が美しかるべき時期に美しくなかったものだから、普通人の美学というのがよく分らないのである。「少年は美しい」って言われたって、私は美しくなかったのだから、ほとんど絶望的に信じられないのである。「内面の美しさ」って言われたって、「じゃァそれは、外面が美しくないことの代償作用なの？」とか思ってしまうのである。私は実に、この一点で〝文学〟というのがダメなのである。私にしてみれば、〝文学〟というものは、思春期の少年は美しいという、そのことを大前提にして出来上っているものだからである。そんなこと気のせいだって言われても、当事者には当事者特有の嗅覚というものだってあるのである。◎という訳で、私は、あの時期の自分というのは、これでけっこうなかなかのもんだったんだよな、ということを再認識するのに、非常に時間がかかったのである。◎という訳で、私の立脚点というのは、あくまでも〝特有の個〟なのである。

が、何故そうなるかというと、祖母は祖母で、これまた別に小売の商売をしているからである。

ともかく、家の女達は働く。男だって勿論働く。だから社長の御曹子がボーッとしてていい訳もないのである。という訳で私は、母親の書いたメモを持って、毎日市場まで晩飯のおかずを買いに行くのである。当時の私というのは、矢鱈背丈がデカイ上に肥満児で、もうこうなったら花籠部屋に入れるしかないなと思われていたような人間だったのだが、そういうのが買い物籠さげて、オバサン達の戦場である市場へボーッと行くのである。ほとんど山下清が服着て買出しに行ってるのと変りない。私としてはそういう生活になんの疑問を持つ必要もないので、家にいる時はズーッとやってたのである——小学校から中学まで。

中学に入って、やっぱりボーッと買い物籠さげて歩いてたら、隣りのオバサンが「アラ、治ちゃん偉いのね」と言ったのである。

言われりゃ嬉しいが、しかしそんなこと言われたって恥かしいだけの年頃でも既にはある。「偉いのね」と言われて「はい……」とか言っていて、よく考えたら、その隣りのおばさんの家には私と同じ年の息子はいるのである。同じ中学に行っているその息子が、お母さんのお使いなんていうのをしているのを、私は見たことがないのである。さすがの私も、その時に「ああ、男の子は中学に入ったら、もうお母さんのお使いなんかはしないのだ」と、悟ったのである。悟ったのであるから、最早それ以後は、「治、お使いに行っとくれよ」と言われたって、行きゃしないのである。行ったたって、ロコツに不機嫌な顔をして行くもんだから、さすがの母も「ああ、もうそういうことはさせられない年なんだ」と悟って、その後は妹にバトンタッチさせられたのであるが、よく考えたら私には妹というものが二人もいて

「晩飯の買い物だったら妹にさせればいいのになァ」という発想はいつだって可能だったのであるが、私の家には、私も含めて、ついぞそういう発想をする人間はなかったのである。

さて、そういう訳で私はそこら辺から家の手伝いなんていうものをしなくなるのであるが、だがしかし、私の体内には勤勉なる智恵遅れというか、鈍重なる水田用農耕牛というか、そういうものがどこかに巣食っていて、実は、私は小中高を通して、掃除当番というものを一遍もさぼったことのない人間なのである。さぼったことがあるどころか、そういう番が回って来ると、嬉々として働きまくるヘンな人間なのであった。

まァ、大体私という人間も、後にはこうやって〝作家〟などという職業になってしまう人間なのであるから色々複雑なところもある。複雑なところもあるから、ほっとくとロクなことを考えない。従ってロクなことを考えないでいられる単純労働は嬉しいということもあるのだが、だがしかし一体なんだってまた「掃除当番を一回もさぼったことがない！」などという妙な自慢をしなければならないのかというと、その間実に私は、他人が掃除当番をさぼるという光景を、ズーッと黙って目撃し続けていたのであったということがあるからである。

ホントにそうなのである。どうしてああもみなさん、平然と掃除当番をおさぼりになれるのかと、二十年前の執念深さがムクムクと鎌首をもたげて来るのである。

私の生まれ育ったところは東京の杉並区というところである。学校は小中高と一貫して公立で、杉並区から出ない人間なのである。

今から二十年以上前の杉並区というと、クラスに二人や三人農業という職業に従事する家庭の子もいたのであるが、まず七割は会社員・公務員の家庭の子であった。この比率は中学から高校へと、進むにつれて増す。高校になれば、九割が勤め人の子女である。ほとんど、今の日本の縮図である。ここで、どういう人間が掃除当番をさぼるかを、見るのである。

小学校の時に掃除当番をさぼる子は決っている。いわゆるガキ大将である。いまァ、ガキ大将というのは今では死滅してしまったらしいし、私だとて、い、敢然と規則を無視してくれる人間がいてくれると、それはそれで嬉しかったりするので目くじらは立てない。ここで言えるのは、〝いい子は掃除当番をさぼらない〟というのが理想主義の支配する小学校というところである、ということだけである。私は〝いい子〟のその後というのに興味があるのである。

小中学校は義務教育であるが、高校というところは試験があって、程度の差は学校によって異なるが、それぞれ選ばれた方々がいらっしゃるところである。ここで、〝いい子〟の成れの果てがどうなるのかを、私は見るのである。

まず、学校というところは、成績によって成立する秩序社会である。そのことが第一にある。そして、その各個人の性格というのもやはり歴として存在する。〝成績のいい子〟〝成績のよくない子〟、性格の〝おとなしい子〟〝活発な子〟と、まずは二つの基準が二つに分れる。分れるが、それだけでは不十分というのは、実に学校というところは、〝平均的〟というところに人間が集中するところだからである。

という訳で、成績と性格の相関関係は次のようになる——

①――成績がよくておとなしい子　(◯)
②――成績がよくて活発な子　(×)
③――成績が平均的で活発な子　(◯)
④――成績が平均的でおとなしい子　(×)
⑤――成績がよくなくておとなしい子　(◯)

高校というところは不思議なところで、〝成績がよくなくて活発な子〟というのは存在しないところなのである。成績が悪くなると沈黙を強いられるというところなのである。

そして、成績上位の人間を比べると、必ず、上位の中でも更に上位の人間は寡黙になるというところである。私のいう〝活発・おとなしい〟というのは、実に、〝弁が立つ〟ということであるが――高校程度になると〝活発〟というのがそんなことでしかないというのが私にしてみればつまらないところである――要するに、無駄口をきかずにいられるような人間でないと成績というのはよくなれないという、勉強の不健全さがここにはしなくも現われているのである。

さて、①~⑤までの下にある(◯)と(×)が何を意味してるかというと、掃除当番をやるかやらないかの識別である。(◯)はさぼらない、(×)はさぼる。

ジーッと見ていただければ分るが、実社会で平均的であればあるほど、一般的であればあるほど、そういう人間は掃除当番をさぼるのである。

よぶんな自分史

その

2

自主性のない作家

◎私は、〝特有な個〟に立脚してるワリには、あんまり主観というものがない作家なのである。よく言うぜという話もあるが、実はホントなのである。私は最終的には、「どうでもいい」ってとこで満足しちゃう、そういう〝特有な個〟なのである。◎なんでそんなことになるかというと、私は終始一貫、気がつくと受け身のまんま意志を通して来た人間なのであった。だからほとんど、斯くも濃厚に特有な自分の主観というのに、気がつけないである。「これは主観だ！」と思った途端、ほとんどそのことはどうでもよくなって来るのである。◎ひどいことを臆面もなく書くが、私はほとんど、どうしようもなく人に愛されて生きて来たらしい。愛されなくなったのは、どうやら作家になってからである。自分のことを愛してくれない人間が、自分のことを愛してくれる人間の数を上回ったというのは、大学闘争当時と作家になってからの二度だけである。こないだ、自伝というのを途中まで書きかけて、その途中で私の手はハタと止まってしまったのだが、よォーく考えてみると、私の場合、〝私は誰それが好きだった〟ということを書くよりも何よりも、〝私は確かに誰それに愛されていた〟というしかなくなって来るからだった。自分のパーソナリティーの出来上って来る来歴を探って来ると、どうもそういうことになって来る。さすがにそれに気がついたら、やばくなって書く手が止った。こんなもん出したら袋叩きだ――と、そう思ったのである。◎普通、こういう人間ていうのは大人になれないいんだけどねェ……。どこをどう間違って作家なんかになったんだろうねェ、と私は思うのだが、やっぱり私は単純バカなのかもしれない。基本的に私は、「みんながそれでいいんなら、俺もそれでいいよ」っていうところに落ち着いていたい人間だから、あんまり主張なんかはしたくないんだ。ホントのこと言って。

高校卒業後のクラス会で、一番噂をきかないのが、⑤の人間である。「あいつどうしてるの？」とさえも言ってもらえないぐらい影が薄いのだが、可哀想なことに、成績がよくなれなくておとなしくなってしまった人間というのは、決められたことだけは真面目にやるのである。私は、一緒になって机運んだりゴミ箱運んだりした人間のことは忘れないのである。

次に高校のクラス会で話題にならないのが①という人間である。大体、特殊な研究者とか特殊な公務員なんかになっているものだから、「へェー」とか言われて終りなのである。そして、こういう人間というのは、どこかしら生命力というのが弱くて、決められたことには反抗出来ないものだから、掃除当番というのをさぼるということは、あんまりしないのである。しないのであるが、だがしかし、このテのタイプは〝役に立つ〟ということもないのである。

大体、このテのタイプというのは、「何をしたらいいのかな……？」といって、ボーッと突っ立ってるのである。いくらやったってうまくならないし、手順も呑みこめない。私はもう、「ホントにイライラする！」と思った人間のことも忘れないのである。

という訳で、世の中というものは、上下を切り捨てたところで一般性を成立させる。即ち、飛び抜けて頭のいい人間と弱い人間を必要とはしない。極端な部分を切り捨てた後の、平均的な部分だけで序列というものを作る。

世の中で〝頭のいい人間〟と言ったら、だから、②の〝ある程度以上には頭がいいけども……〟という人間のことを示す。

ところがこいつはズルイのだ。

掃除当番をさぼってサッサと帰るということは絶対にしないかわり、絶対にやろうともしない。教室の隅に箒を持って立ったまま、友達と話しているだけなのだ。話しているだけで、決して掃除なんかしないのである。

こっちだって、①の役立たずの優等生がウロウロしていれば邪魔だから、「あれやれ、これやれ！」とは言うが、②というのは邪魔にならないところに立っているのだから、なんとも言えない。掃除当番のくせにサ！

話に熱中していてついつい掃除の手が疎かになってしまった、というポーズを取り続けるんだから大したもんだよ。こういうヤツに「さぼんなよ！」と言ったって、返って来る視線というのは「お前みたいな愚鈍なヤツと一緒にしてくれるなよ」という憫笑だったり冷笑だったりするもんだから、私はなんにも言わないことにしていたのである。

このテの男は弁が立つから、今でもどこかの職場では〝切れ者〟とかいう扱いを受けていたりするのである。私は、当年とって三十六だし、私とおんなじ年なら、そのテの男共は、もう課長とか係長とか、ヘタすりゃ部長なんてのになってるかもしれないが、私はまったく信用なんかしないのである。しないどころか憎むのである。二十年前の埃だらけの教室で「お前なんかと死んでも口なんかきくもんか！」と思ったことは、私はたやすく忘れないのである。

世の中なんてそんなもんサ！　俺なんか、高校の二年と三年、ズーッと保健委員で、教室の片隅の掃除道具入れは、俺が一人で守って来たんだぞ！　お前らが掃除しなくったって、絶対に誰かは掃除するんだ！　などと私は言うのである。

話は突拍子もないことになって来たが、更にまだ続くのである。私の目は、容赦なんかしないのである。

話は愈々核心であるところの〝平均値〟に近づくのである。そして核心に近づけば近づくほど気が滅入って来るのが何故かというと、〝成績が平均的でおとなしい子〟というのが掃除当番をさぼる（×）からである。彼等はやっぱりさぼるのだ、痛ましいほど陰湿に。

大体、私にとって学校というのは、小学校の後半から中学高校にかけて、ほとんど天国のようなところだったものだから、私は実に、あらゆる人間と付き合いがあるのである。

大体人間というものは物心がつき始めると決った人間としか付き合わなくなるのだが、私は浮気っぽいというのかなんというのか、ほとんど誰彼かまわないのである。だから、先程の①～⑤までの序列でいうと、私はホントは②なのであるが、しかしもっと正確に言うと、私はそんな序列から逸脱しているのである。どこにも所属していないから誰とも付き合えるという、一種被差別賎民の特権みたいなものを持ち合わせていた人間なのである――元々そうだから嬉々として掃除当番なんかやってたんだろうなァなどとも思うのである。

そういうところで、〝成績が平均的でおとなしい子〟ということになるのだが、やはり彼等も掃除はするのである。するのであるが、やがてさぼるのである。

別にそれは私のせいだというのではないが、おとなしい子というのは、友達を作るのが下手なのである。平均的な子というのは一杯いて、数こそは多いのであるが、実に彼等は、その〝平均的さ〟故に、あんまり取り柄というのがないのである。取り立てて取り柄のないもの同士が集まっても、精々が〝そこそこのお付き合い〟止まりで、決して友情というものは深まらないのである。こんなところで、子供社会に於ける友達付き合いの重要さなどという、二流の児童心理学者の真似をしても始まらないのであるが、しかしこれはやっぱり重要なのである。

友達付き合いというのは一種の拘束力というのを生むのであるが、これが薄れて行くと、人間というものは平気で卑屈になるのである。仁義にもとる行動を平気で取るようになるのである。仁義にもとるようなことをしたって誰も自分のことになんか注目しやしないからバレたりなんかしないさと思うと、人間は平気でズルをするのである。誰だって注目されたいし、誰だって愛されたいんだ。

誰もズルなんかしたくないんだけど、立派なことしたって誉められないかわりにズルしたって咎められることもないと思えば、平気で人間は卑劣なことをするのである。実に、〝平均的な人間〟の人間らしさというのは、こういうものになるのである。

彼等は、こそこそと帰るのである。なんとなく、掃除当番をさぼってもいいだけの理由が自分にはある、という顔をして、こそこそと帰るのである。実に、一番掃除当番をさぼってこそこそと帰る人種は、ここなのである。一番平均的な、一番性格温順な人畜無害な人間こそが、実に一番こそこそとズルをするのである。働けば一番役に立つ人間というのもここなのであるが――なにしろその気になれば彼等は一番気がつく――一番さぼるのもここなのである。もう、気が滅入って来る。

実は私は、こんなことをしつこく二十年間も覚えに覚えていた訳でもないのである。――まァ、忘れ

よぶんな自分史

その

3

私の人物判定法

◎あの榎本三恵子さんが例の〝ハチの一刺し証言〟というのをした近辺のこと。あの人の旦那さんである榎本敏夫さんという人は、人物の判定というのが出来なくて、「この人物は大丈夫かなァ……」とか思う時は、当時奥さんだったハチの三恵子さんに秘かに面通しをさせたという話を聞いて、私は「ハァ……！」っと思った。世の中には他人のことが判定出来ない男が多いという話を女性から聞かされてはいたが、なるほど、ホントだったのかと思った。◎大体、人間の言葉というのは常になんらかの感情を持って話されるものだから、話す内容と、その人の表情というのを見ていれば、どこにこの人がこだわりを隠しているのかということが、分るのである。「あ、今そこで無表情を出した！」とか、私は普段人と話しながらそんなことを考えてはいるのであるが、これはワリと、作家になってからの習性のようである。高校を出てから物書きになるまでは別の判定法を使っていた。これは、使っている人は結構多い方法であるというのがどういうのかというと、私は、その人間の十年前、二十年前の顔を探すのである。すると、小学校・中学校・高校という、私にとってはいとも濃密なる生活空間のどこら辺にこのテの顔がいたかというのが、大体のところ分るのである。分ったら、今度は逆に、そこから十年二十年の歳月を進めるのである。と、「あのテの顔はどうしたらこのテの顔になるか」という、人生の来歴のラフスケッチが浮ぶのである。二十代の頃なんてのは、電車に乗ってて暇な時、前の席に坐ってる人間の顔を見ては、この人間が十年年取ったらどうなるか、二十年年取ったらどうなるかとかやって、勝手に他人の顔をオモチャにして遊んでいたのである。悪いヤツだが、しかし、世の中にはこういう人間が結構潜んでいる筈だから、油断は出来ない。

なかったのも確かだが——私は突然、今年の冬にこれを思い出したのである。

11

夏に半ズボンを穿かない？　と言い出した人間の、その冬の行動について

今年の冬は寒かった。今年の夏がクソ暑かったのとおんなじ具合に、今年の冬はクソ寒かった。もうほとんど、私にこういう本を書かせんが為に天が厳寒と厳暑をもたらしたかと思うぐらいに、今年の冬も寒かったのである。寒くて、東京はやたらと雪が降ったのである。雪が降って、あまりにも寒かったもんだから、その雪が溶けないで凍ったのである。凍って根雪になるという現象さえ起ったのである。

私は去年まで、別に雪かきなんかしなかったのである。ほっときゃ溶けちゃったんだから。だがしかし、驚いたことに、今年は溶けないのである。溶けないからしょうがない、私はあわてて雪かきをしたのである。しなきゃ凍って人が転ぶ。よそじゃ雪かきがすんでるのに家の前だけこ汚くも雪が残ってたら、恥ずかしくってしょうがないというのがあったからである。

実は私は、住宅街の一軒家に一人で住んでいる。私の家では、私がしない限り、誰も雪かきはしないのである。しょうがないから私はする。と同時に、道路というものは大体二軒の家に挟まれて存在して

いるものなのである。一本の道路を挟んで両側に二軒の家が存在しているのである。私がしなけりゃ前の家だって雪かきをしないということもあるんですねェ、これが。もっとも、私は普段から自分の家の道路の掃除なんてしないもんだから、こういう時こそお役に立ってということもありますもんですから、別に道路の半分しかしたくないなんて、ケチな了見は起しませんけどね。

という訳で、私は雪かきをいたします。で、私の家の右隣りというのは、空き地であるにもかかわらず、その空き地と向い合った家の方々は勤勉だから雪かきをしてきれいです。問題は、その反対の左隣りで、この家から横町が始まってんだけど、何故かこの家はしない。道の始まりの角っこだけが凍ってんのもなにかと思って、私はやりましたけども、毎度々々はやっぱりねェ、いやでございますよ。よく考えたら私は、筋肉労働なんかとは無縁の、文筆業者なんですけどね。前の家の奥さんなんて、一遍途中までやって、「腰が痛い腰が痛い」と音を上げてらっしゃいましたが、私だって、セーター編んだり詩を書いたりするという、繊細と言えばこれ以上繊細な作家もないというぐらいなんですが、何故か、腰なんかピンピンしてるという不思議な人でした。

さて、なんだって私がこんな愚痴めいたことを書くのかというと、これはもう天の配剤かと思えるぐらい、今年の雪は週末に降った。金曜か土曜日に降って、日曜日は雪かきをしなさいと天の神様が言ってるぐらいに、今年の雪は週末に降った。週末、男はみんな家にいるんだよね。

そりゃね、私だって、この雪が平日に降って、奥さんばっかりで大変だと思ったらなんにも文句言わないで雪かきしてたよ。でもね、今年の雪は土・日に降ったよ。あんた達、家ン中で何してたの？　と、私は言いたいね。

人間、知らない他人同士が一番簡単に仲良くなれる方法というのは、実は、汗を流して肉体労働をすることなんですね。今迄一遍も口きいたことのない都会の隣同士が「やァ」なんてことをやれるのは、実はこういう時なんですけどね。私は東京郊外の住宅街にいて、四六時中こういうとこの様子を見てますから、一家の主である男が、ホントに普段はなんにもしないでいる影の薄い存在であることぐらいは知ってます。奥さん連中は隣近所とペチャクチャやってても、旦那というのは「はァ……」という感じで、家の中で孤立しているということぐらい。旦那っていうのは、ホントに家の外に出て来ない人間ですね。ホントに、いつまでも過保護でいらっしゃるなァと、日曜日の夜に一人で雪かきしてた私は思いましたね。勿論土曜日の昼下がりにも。

「みんな家で、コタツ入ってテレビ見てんだろうなァ」と思いましたね。

勿論、雪かきする旦那さんだっているけどサ、それとおんなじぐらい、いや、それ以上に雪かきしない旦那というのは多かったね。なんと、旦那がしないで奥さんが雪かきしてる家ってのも多かったね。マンション団地アパートといった、共同住宅ほど雪かきしないってのもよく分ったね。それから、近所付き合いがない家ほど雪かきというのはしませんね。引っ越して来たばっかりの家の前なんてのは、何遍雪が降ろうと、降りっぱなしでしたね。それと、私にしてみれば意外だったのは、奥さんがしている家で、その家の息子が雪かきをしないことね。

ホントに今の子ってしないね。大事にされてるんだなァと、私は思いましたね。大して出来がいい訳でもないのにサ、ってね。お父さんと息子と、二人揃ってこたつに入って、お母さんだけ寒い外でスコップ振るってるっていうのも、すごい光景だなァと、私ははっきり思いましたけどね。

私がそういう小姑根性を発揮するぐらい、雪かきしない家っていうのは、ありましたねェ。多分、普段近所付き合いしないお父さんが、昼日中外に出てスコップ振るったりするのが恥ずかしかったんでしょうねェ。〝恥ずかしい〟ということは、存外男に行動をためらわせる上での重要なファクターだとは思いますね、私は。「スコップもないしなァ……」とか思ったりしてね。でも、スコップのないことなんて言い訳にならないと思うのね。僕にしてみれば。

買いに行けばいいんだもん。売り切れだったら、雪かきの終った家に行って、「すいません、スコップを貸していただけませんか?」って言えばいいんだもん。

付き合いの薄い人間ほど――そのことを当り前だと思ってる人間ほど卑屈になりうるってこと、お分りになりました? 大の男が、昼日中から――雪が降ってるとはいえ――こたつの中でジーッとしてるのなんて、不健康だとは思いませんかしらん? おまけに外ではスコップの音がガリガリ言ってるっていうのに。

私はこの時に、昔のことを全部思い出したんですね。「あー、こそこそ帰ってったヤツらが、やっぱり今でも家ン中でこそこそしてる」って。

私、子供の時におとなしい子の家に遊びに行ったことってあるんですね。私にもおとなしい時期っていうのがありましたし、そういう子はそういう子同士で遊びますから。

おとなしい子はおとなしい子同士で学校で遊んでて、そのまんまおとなしい同士で家に帰るんです。

家に帰る途中でその子の家に寄ったりすると、驚いたことに、その子はいきなり〝元気な子〟になっちゃうんですね、家に帰ると。「ただいまァ！」って言って、いきなり「お母さん、なんかなァい？」って感じで、おやつなんてねだるんですね。私にしてみると驚異ですけれども。

私は、おやつをねだった経験ていうのがあんまりないんです。申し訳ないんですが、実は私の家、お菓子屋もやってまして、「ほしけりゃ店の物勝手に食え」という感じでしたので、おやつねだったことってないんです。

私はここで、お菓子という物質的な満足と、母親のやさしい愛情という精神的な満足を比較してるんですが、お分りいただけますでしょうか？

早い話が、おとなしい子というのは、家に帰ると〝暴君〟なんです。そのことを自覚させないぐらいに、その子の母親というのは、へりくだってやさしいんです。そういう形で、その子の家は釣り合いをとってるんです。

私の小学校時代の話ですから、私も幼くてそういう形では分らなかったんです。ただ、その子は家に帰ると突然元気になっちゃうということと、その子のお母さんはやさしいということを、バラバラにしか理解してませんでしたけどね。

家は商売やってましたから、家の母親なんてのはもう、髪振り乱して大変でした。「昔は家《うち》のお母さんだってきれいだった筈なのになァ……」と私が悩んでいたのは、友達のお母さんていうのが、みんなやさしくってきれいだったんですね。友達は大体会社員の子でしたけれども、もう、家に遊びに行くと驚きましたね。どのお母さんも、まるで、子供を舐めるようにやさしいし、物静かだし、きれいだしね。

家はもう、怒鳴られるわ引っぱたかれるわで大変だったんですけれども。

サラリーマンの奥さんていうのがすることがなくて暇だから、それで平気でやさしく物静かにしてられるってことに気がついたのは、それからかなり経ってのことですけど、その当時はそれが分らなくてショックでしたね。まァ、私の話が丁寧になって来るとイヤミになって来るというのは性分ですからしようがないですけど、そうでしたね。

日本のお母さんていうのは、やさしかったと思いますよ。別に会社員の妻と商家の妻とを問わず、日本のお母さんというのはやさしかったと思いますね。

日本は男尊女卑でしたけれども、この男尊女卑というのは実は封建時代の遺物ではなくて、明治になってから改めて明文化されたような、実は近代日本の産物でもあるんですね。封建制度は女を泣かしたなんてことになってますが、実は、明治の男というものの方がもっと女を泣かせてるんですね。あんまり深入りは出来ませんけども、お暇な方は明治の家族制度とか女性史のようなものをお読み頂ければと思います。

〝近代〟という、実に日本の生活実感から浮き上ったスローガンというのは、それ故に生活そのものであるところの〝女〟を踏み台にして成立してるんですね。これが、日本が戦争に敗けて——例のマッカーサーがやって来て一転します。男尊女卑が男女平等に変るんですね。

「男尊女卑が男女同権に変ったって言っても、どうせスローガンだから実態は何も変らないって言いたいんだろう」なんてことをおっしゃる方もあるかもしれませんが、それはやっぱり違いますですね。意

よぶんななにか

日本の男における〝親孝行〟の重圧について

◎親孝行なんて古いってことになってるけど、ホントにそうかなァと、私は思いますです。日本の男ほど母親の心配をする人間ていないような気がする。外国のことは知らないけど。◎母親のこと心配してるんだけど、同時にこれまた、自分の母親のことを口に出さないようにしてる男ってのもスッゴク多いと思う。◎心配してて、口に出せなくて、出せないから「どうせ自分は親不孝なんだ……」っていう形で、母親に対して自己完結的に邪慳にする人間ていうのも、また多いと思う。◎どうしてそうなのかというと、「自分は男だから母親のこと分れないしなァ……」と勝手に不器用を装ってるか、さもなかったら、「お母さんのことだけ分ったらお父さんに悪いしなァ……」という遠慮があるかの、どっちかだと思う。それぐらい、日本のお父さんていうのは寂しい存在なんだと、私は思う。と同時に、他人のこと――特に女性のことを分りうると思うのは、非常に女らしいことだという信仰が、まだはびこっているのだと思う。寂しいお父さんは、自分のどうしようもない寂しさを認めたくないから〝他人が分りうる〟ということを根底で認めたがらない。そして同時に、男というのは、男の子になってしまえば、自分の母親という〝女性〟の心理状態は手にとるように分ってしまうものでありながら、それをやると「変態！」とか「マザコン！」とか言われるんじゃないかと思ってそれをやらない。

◎私には、どうしてもそういう風に思われる。これは、なんだか知らないけど、とってもつまらないヤセ我慢の連続で、永遠の不毛の荒野だと思う。私としてはそういうのにもう飽きたから、なんでも「分る！」って言っちゃうんだけど、もうそろそろ〝分る〟ことにしません？

識が変るということは大変なことだと思いますね。

戦後、男女同権になった時、やっぱり若い男女は幸福だったと思いますよ。「一緒に力を合わせてやってこうね」なんてことを男が女に言えるってことは、やっぱり男女同権の成果だと思いますもんね。男尊女卑だったら「一緒に――」じゃなくて「ついて来い!」でしょ。さもなかったら〝女に何か言うなんて女々しい〟で、黙ったまんまでしょ。やっぱり、若い男っていうのは、いつの時代だって女にやさしくしてやりたいと思うと思いますよ。男女同権というのは、男が大っぴらに女にやさしくしてあげてもいいということですからね――戦後すぐの〝男女同権〟というのは、実はこういう意味だったんですよ。そういうものとして、若い男女の恋愛実感に反映されてったんですよ。男女同権というのは。同時に〝恋愛の自由〟というのも進駐軍はもって来ましたしね。

で、男女同権と恋愛の自由の上に、戦後すぐの若い男女は結婚する訳ですね。勿論、意識の上では男女同権だけれども、生活制度の上では男尊女卑というギャップはある訳ですけどね。早い話が、日本の戦後というのは、男は外へ働きに女は家で留守番にという旧態依然が、〝男女同権〟という新しい意識の下にスタートされたと言ってもいいと思います。

〝意識が変った〟というんだから確かに何かは変ったろうと思って、私は、この時代に結婚した新妻の意識というものを探ります。戦後すぐに結婚した日本のお母さん達というのは、多分こういう意識構造を持っていたのではなかったのかと思うのです――。

12

一見無関係に繰り広げられる、〝やさしい母〟の終焉について

「私にだって色々やりたいことはあるけれども」と、まずは日本のお母さん達は思ったに違いないと思います。

「私にだって色々やりたいことはあるけれども、でもそれはこの人がやってくれる筈なんだ」と、終戦直後の新妻は思った筈だと思います――復興しなければならない焼け跡の前で。〝この人〟というのは、その新妻の夫になる人ですけども。

「私にだって色々やりたいことはあるけれども、でもそれはこの人がやってくれるに違いない。だって今は日本も大変な時だし、この人だって〝頑張る〟って言ってるんだもの、まず私はこの人を助けて上げなければいけないんだ」と、戦後すぐの新妻は思った筈であると、私はもう断定してしまう。そうでなければ、あの日本の母のつつましくも愛情深いやさしさと、その後のしつこいまでに義務感を漂わせた〝気のいいオバサン〟との間のギャップが説明出来ない。

彼女達は、〝男女同権〟という新しい意識の下で、夫達と秘やかなる契約を交わしたのである。昭和も二十年代のすぐ初めに。

その契約というのは、「あなたは外へ出て行く、私は家であなたに尽す。どうしてこういう封建的なことが〝男女同権〟というものを知ってしまった私に可能かというと、それは私が、〝いつかあなたが働いて、私が幸福に生きて行ける社会を作って行ってくれる〟と信じているからだ」というものである。かなり感動的なスタートを、彼と彼女はあの時に切ったのであると、私は思う。という訳で、その後のその人妻の生活方針というのはこうなる――

「お父さんは、ちゃんと私達の為に働いていて下さるのだから、あなたもしっかりしていなくちゃだめよ」

これが誰に言われる言葉かというと、やがて〝お父さん〟の後継者になる息子達に対してである。言葉のトーンは違っても、日本の男の子の大部分は、こうした言葉を吐かれた筈である。お父さんがいない家とかお父さんが酒乱だという家では、〝お父さん〟という言葉の代りに、〝日本のお父さんというものは〟という、一種の抽象概念が使われた。そして、こういう言葉が母から子へ伝えられたということは、勿論、私が先に推理したような〝契約〟の観念が前提にあったということである。

子供が父親のような〝立派な人〟になるということを前提にして、ここで母と子は新たに契約を結ぶ。という訳で、日本の男の子も父親に準じて暴君となるのである――という風になる。

「なんだそんなの、封建的な男尊女卑とちっとも変らないじゃないか」と言うなかれ。男尊女卑には〝女からもちかけられる契約〟などというものが存在しないからである。

という訳で、戦後新たにスタートした形式上の男尊女卑は、女性の側から〝信頼〟という形で支えられていたのである。それあらばこそ、彼女等はのびやかにやさしかったのである。それあったればこそ、その契約がホゴ同然となった時、何かのインフレでその契約書がメ減りしちゃった時、彼女等は亭主を平気で粗大ゴミと呼ぶ現在になるのである。

「契約しちゃったから一緒になってるけど、しかしまァ、この人はなんとかならないのかしらねェ」と、かつての日の希望に燃えた新妻は、かなり前に先というものが見え切ってしまった己が亭主——かつては誇らかにも胸を張った青年の成れの果てを見ているのである。

まァ、女の意識の変化から戦後の終焉というのが見てとれるのであるが、このデンで行くと、亭主の先が見えた時に戦後というものは終ったということになる。ところがどっこいで、女というものはなかなかにすごいのである。

戦後の終焉というのは、いつやさしい母親がいなくなったかということを考えるとすぐ分るのである。亭主を粗大ゴミ扱いするずっと以前に、実はやさしい母というものは消え去っているのである。それがいつかというと、実は、一九六四年の東京オリンピックのかなり前なのである。なんでそんなことを言うのかというと、その頃、戦後すぐに結婚して子供を産んだ、新妻達のその息子というのに、髭が生えて来たからである。

男の子は中学の真ン中辺から高校生ぐらいのところで、髭が生えて来る。声も太くなって来るしスネ毛も濃くなって来る。こういう〝男の子〟に対して、やさしい母親を演じられる、その様式を、彼女等は知らなかったのである。相手が半ズボンを穿いてる可愛い――かどうかは全く主観的な問題――男の子に対してだったら、相手がいくら暴君になっても、彼女等はやさしく出来る。こういう〝やさしい母〟というのは、ほとんど歴史始まって以来の万国共通的に古い――と思われている――ホントはそんなの伝説だけど――。そこら辺の詮索はまァいいからとおいといても、〝やさしい母〟というのはほとんど普遍的である――相手が子供であれば。子供に髭が生えて声が太くなった時、戦後のやさしいお母さん達は「あら、薄っ気味悪い」と思ってやめたのである――やさしい母であることを。

私の知っている、やさしくってきれいなお母さんというのは、みんな息子の髭が目立ち始めると、ただのオバサンに変った。「そうかァ、サラリーマンの奥さんて、なんにもすることないからやさしくやってられるんだなァ」ということに私が気づくのもこの頃のことである。

オバサンは、みんな健全なのである。「髭の生えた息子相手に、やさしくきれいなお母さんやってるなんて、薄っ気味悪いわよねェ」と思うのである。そしてそれ以前に、戦後の男女同権という新制度からスタートした彼女等は、髭の生えた息子に対してやさしくするということは、実は、髭の生えた息子に仕えるということでしかないということを、本能的に知っているのである。

戦前の民法というのは家長制度の長子相続だから、長男というのは群を抜いて偉いのである。だから、長男に髭が生えるということは、ほとんど母親にとって、父親と同様にその子を丁重に扱うという、新しい忍従の始まりでしかないのだ。それを知っているからこそ、戦後の母親というのは、長男に髭が生えた途端、やさしい貞女をやめたのである。「それは戦前への逆コースよね」と思って、戦後の母は、ただのオバサンになったのである。

一般に〝戦後〟というものが終ったのは、東京オリンピックの頃だと言われている。そして、戦後の理念というものが死んだのは、あの六〇年代末期の大学闘争の時代だと言われているが、ところがどっこい、オバサン達の間では、それよりも六、七、八年ぐらい前、戦後の理念というのは死んでいるのである。

母親というものを支える理念は死んで、お母さんはオバサンになったのである。オバサンになって、そしてもう一度、彼女等は彼女等なりの義務感によって、再び〝母親〟になり直したのである。一体それが何かというと、言わずと知れた、かの受験戦争である。

こんな形で〝母親による戦後史〟が語られるなんて思わなかっただろォ、なんてことを私は言うのである。

髭の生えた息子達の前でアッケラカンと母親をやめてしまった彼女達は、そのまんまで行けば、それはそれで結構幸福だったろうと思われるのだが、その前に立ちふさがったのが戦後突如として登場してしまった、あの悪名高い受験勉強である。理念の尽きた先に、〝なんだか知らないけど大変らしい〟という戦後的現実が初めて姿を現わしたのである。

「ホントだったら降りてもいい筈なんだけど」というアッケラカンとした彼女等の前に〝なんだか知ら

ないけど大変なもの〟というのが現われて、それで息子達は大変らしいと思えば、気のいい彼女達も平静ではいられない。「大変だ」という、根拠のない義務感が彼女等を襲ったから、ここで彼女等は、義務感から再び母親になり直した。

信頼感でスタートした結婚生活は、息子の髭が生えた段階で一遍御破算になり、そしてここで義務感による再スタートを切るのである。

義務感による母というのは、実に、戦前の男尊女卑体制下に於ける〝母〟というのに等しい。今の世の中、ここからおかしくなったのである。

今から二十年ちょっとばかり前には、ホントに〝やさしくきれいなお母さん〟という人がいた。今はいない。今の〝やさしくきれいなお母さん〟はみんなどっか、顔が硬張っている。「そういう風にしていなければいけないんだ」という義務感が、母親というものをこわくするのである。ホントに、意味のない義務感というものほど人を狂わせるものはない。今の母親像を歪ませているのは、戦後第一世代の母親達の、つまらない義務感だっていうのはホントだよ。このことを女の人は真剣に考えるべきだと僕は思うよ。この義務感が、戦後の男女平等を、表面上だけ実現させて、そしてその下にあるモラルの面では戦前の男尊女卑への逆転を可能にさせているんだからね。息子と亭主に雪かきさせないで、自分一人でスコップ振るってるお母さんてのは、正に、戦前の男尊女卑の再現だからね。そういうことは「いやだ」と言うべきだと思うね。

まァ、こういう異常事態、非常事態が一般に気づかれないのは何故かというと、オバサンの戦後が、一般よりもかなり早く終ってしまっていることによるのだけれども、そしたら、そのオバサン達の〝終った戦後〟の後に来る義務感がなんでいつまでも消えないのかということもある。オバサン達の義務感というのは、息子達によってもたらされたけれど、そのオバサン達の義務感の持続というのは、当然のことながら〝粗大ゴミ〟となってしまった亭主達の戦後の結着のつかなさによる。

オバサン達の戦後の理念の崩壊は、その息子達による戦後理念の崩壊よりも数年早かった。ところで、そのオバサン達よりももっと早く戦後理念を終焉させているものがあったのを御存知でしょうか？

オジサン？

残念でした。オバサン達の義務感を今に至る迄継続させている〝オジサンの戦後〟というのは、いまだに終っていません。コンプレックスというものは、放っといたって消えないんです。

オバサン達の戦後の終焉に先立つ数年前、既にして終っていた戦後の理念があったのが何かというと、それは勿論、〝女の子に関しての戦後理念〟でした。さすがに二筋縄の論理の人は、こういうものを周到にも出して来るのでした。

13 それぞれの戦後の終焉は、一体〝半ズボン問題〟とどうからむのだろうか？

女の子の初潮は、男の子の髭が生えるよりも早い。男の子は髭が生えると男の子じゃなくなるが、女の子は女の子のまんま女になる。戦前、女の子は初潮というものが始まると、すぐに隔離されたものである。どこへ？　女学校へ。

戦後の男女共学というものは、この戦前的原則を、いともあっけらかんと覆した。〝女〟になった女の子が男の子と遊ぶなどということは、戦前にはなかったのである。という訳で、女の子の戦後理念は小学校六年生で終るのである。戦後理念の終り方、尽き方は、女の子が一番早い。

戦後理念が終るというのは、この戦後日本の新しいスタートが、実は戦前的生活の再スタートであったことによっている。人間の意識なんて一挙に変るけれども、人間の生活なんて一朝一夕では変らないという隠された原則だってあるのである――逆も又真なりというのでついでに言うが、この言い換えというのが、人間の生活なんて一挙に変るけれども、人間の意識なんて一朝一夕では変らないということである――。

という訳で、戦後的理念は戦前的現実の上に乗り上げると簡単に座礁して終る。「そこから先は先例がないから、自分自身で考えなきゃならないとなるとお先真っ暗」ということである。

女の子は女になると暗くなる。

お母さんは、男の子が男になるとオバサンになる。

男の子は、社会に出るとウックツする。

オジサンは、いつまで経ってもモーヤモヤ。

これが、それぞれの戦後の終り方と終らなさ加減であります。

〝戦後〟が終るとウックツするんです。で、人間の賢さというのは、そのウックツ期間に比例するんです。という訳で、一番最初に登場しちゃったラジカルが少女マンガだった、ということになるんですがお分りでしょうか? 但し、私の方が少女マンガ家より頭がいいんですが——ホントかよ?——、それが何故かと言いますと、私は、小学校に入ると同時に戦前的な男の現実とぶつかって挫折させられたからなんです。私に関しては、戦後理念というのが六年しか持ちませんでした。個人差というものはあるもんです。まァ、そこら辺のことは別の本で書きますけども、問題は、社会に出た時の男の子のウックツです。

社会に出ると男の子はウックツするんです——という訳で、私は小学校に入ると同時に〝社会〟と衝突したんですけども。

という訳で、社会は戦前なんです。

という訳で、オジサンの戦後はまだ——というか永遠に終んないんです。

この世の中で哀れなものがあるとしたら、それは、新妻と結婚して社会に出てった戦後最初のお父さんでしょうね、ここでは、〝戦前を生きる〟ことが〝戦後を生きる〟ことでしたからね。基本的には、男の生活現実に関しては、戦前と戦後でなんにも変ってませんよ。

家に帰れば奥さんはいるし、〝出世〟に関してのモデルケースは、明治以来の〝東大を出て官僚になる〟のパターンだけですから。戦後が戦前と変ったのだとしたら、会社という機構が官僚的になって、それを真似して官僚機構が民間的になっただけですからね。そして、そこにいる人間の胸の中に戦後理念というものが植えつけられたというだけですけど、個人的な意識として理念を持ちこたえさせるというのはつらいですね。そんだけですけど。

大学闘争をやった男の子達がなんで挫折して、どうしてそこで戦後的理念が死んだなんてことを言われるのかといえば、ハタと気がついたら、そこには戦後理念が通用しない社会があったってことですからね。戦後理念が通用しない社会というのは、それは勿論戦前の理念で出来上ってる社会ですからね。戦後すぐ、奥さんを家に残して社会に出てったお父さんというのは、だから、そういう形で息子達に気がつかれちゃったんですけれども、戦前の社会を、そっくりそのまんま戦後にも作ってたってことになるんですね。

戦後がそっくり戦前なんですからね、こりゃ永遠に戦後というのは終りませんです。戦後というものはトラウマになってお父さんの中に残ってますから、これはもう、永遠に消えませんですね。という訳で、「戦後なんてとうに終ってるのに！」って言って、「それでもお父さんの戦後が終らないんだからしょうがないわねッ！」って言って、それで義務感背負っちゃったお母さんの抑圧がいつまでもとれないのに代表されるみたいに、みんなはいつまでも半ズボンを穿けないんですね。

半ズボン穿かないでいるのは、お父さんの戦後に対する、男の子の義務感ですね。

という訳で、「もういい加減にしてよ！」と言って、成長しちゃった男の子のお嫁さんになった女の子が「この暑いのにいつまでもズボンなんか穿いてないでこれ穿きなさい！」なんて言って、スーパーで短パンを買ってくんでしょうなァ。「どうせウチの亭主にゃ似合わないだろうなァ」なんてことは百も承知だから、若い奥さん、どっかで気が晴れないんでしょうねェ。相変らず世間一般の男ってのはみんな戦前だからね。

太平洋戦争前と戦後で変ったのは何かといいますと、個人の自由の問題ですね。戦前は個人の自由に制約というものがあったけど戦後はなくなった。戦前の日本人というものはみんな天皇陛下の赤子《せきし》——赤ン坊——だったから、最終的には国民というものは天皇陛下に奉仕するものだった。勿論国民全部が犠牲になって天皇陛下一人がトクをしていた訳じゃない。それをトクしてると思うのは抽象概念というものを知らない貧乏人の僻みだ。

日本国民全部が、〝陛下の赤子〟だったら、天皇という人はたった一人で全国民に対しての〝父親〟という役を演じなければならない——演じさせられる。演じさせるの主体は一方的に〝赤子〟にさせられた国民。天皇も受け身なら国民も受け身という、主体性がどこにも見つからない元凶はどこにあるのかというと、これが勿論明治維新というところにある。

明治維新というのは日本に近代的国家を作らなくちゃいけないというところからスタートした。スタートしたけど、そんなことを正確に把握したのは維新の志士というようなホンの一握りの人達で、大部分の人間はそんなこと知っちゃいない。

一体なんだって日本に近代国家が必要なのかというと、日本の周りを全部西洋という近代国家に囲まれちゃったことによっている。西洋の近代というのはこわいとこで、自分達と同じ近代というスタイルで一つにまとまってない国は全部植民地にしちゃうというところだから、インドも中国もそれでズタズタにされた。日本もそうなっちゃ大変だという、実に防衛的な理由でしたね。

で、近代国家というのがどういうもんかというと、命令系統が一つで、上から「こうしろ！」という命令が降って来ると下が「はッ！」と言って動くという軍隊みたいなもの。元々が防衛上の必要で生まれたもんだからこうなって当然。で、命令系統は一つなんだから当然命令をだすエライ人は最終的に一人だけ。その一人が〝上御《かみご》一人《いちにん》〟という形で天皇に押しつけられる。押しつけたのは維新の志士という人間達で、押しつけられた天皇の方は喜んだかもしれないが、それは喜んで犠牲になったということに等しい。

斯くして天皇は防衛上の必要から生まれた機構上の要請で、たった一人の〝父親〟になった。そして、このことを押しつけた維新の志士というのはみんな、途中で死んじゃった。坂本龍馬、高杉晋作といったところを始めとして、明治維新を動かした頭のいい人間はみんな死んじゃって、明治維新を動かしたのはその下にいた、ロクに頭のよくないヤツだったということは常識になっている。

天皇に一つの役割を与えるという主体性を持ってた人がみんな死んじゃったもんだから、明解なる理性というか論理は忘れられて、みんな与えられて、受け身のまんまエライ人はエライ、エラくない国民はみんなエラくなくさせられてしまった。

太平洋戦争が終って進駐軍がやって来てまず崩れたのがこの考えですね。誰か一人がエラクて、残りの人がみんなエラクないということがあってもいいのかということで〝個人の自由〟というのがこの日本という土地に植えつけられちゃった。それに合わせて天皇陛下という人も「私は人間です」という〝人間宣言〟をする訳ですね。この〝人間宣言〟というのも受け取り方があって、「私一人が神様になってみんなをたぶらかしていて申し訳ない」と言っているのだって取る人が一番多いけど、それは勿論、たぶらかされていた人の僻みですね。別に天皇だって好きで神様をやってた訳じゃない。基本的に、その元を糾せば喜んで犠牲になっていいたっていうだけだから。

天皇が人間になったんだから——天皇が〝父親〟という拘束から解放されたんだから、〝赤子〟である国民の方だって、あの時人間になりゃァよかったんです。よかったけど、国民というのは既にその時十分に〝人間〟であったからそれ以上の解放のされようというのがなかった。なんてことのない話だけど〝それ以上の解放〟っていうのは重要なことですよ。

戦後、解放されたものっていうのは、祀り上げられていたものと虐げられていたものだけですからね。祀り上げられてた人っていうのは、人間になってしまった天皇の他に、華族とか地主っていうような人もいましたね。この人達は、貧乏になることによって人間になれた。人間になるってことがどういうことかよく分んないで、ただ一時的に貧乏になっただけの人っていうのもいたかもしれませんがね、中には。この人達は元々特権階級に属するんだから、元々〝自由〟というものを知っていた——ちなみに〝自由〟というものはそういうところにしか長い間存在しないものでした。いつも自由は、上から下へ降りて来るんです。但しこの人達には、自由はあったけれども同時に、特権階級に属さなければならないものとして〝体面〟というのがあった、階級的制約は、別に下にだけある訳じゃない、上にだってある。この人達は、特権階級をやめるという代償を払って、〝体面〟という制約を取り除いてもらったんです。そうやって人間になったんです。

そして、下から上って来た方でいえば、女と左翼関係者が戦前に虐げられてたものの代表ですね。抑圧・弾圧される理由がなくなったから、彼及び彼女等は浮上した。人間になるということは、上るか下りるかのどっちかがないと、この当時には実感として理解されなかった。一般の男の人というのは、虐げられてもいなかった代り、祀り上げられてもいなかった——〝大して〟という修飾語がここには必要かもしれない——。人間になるもならないも、男というのは、初めから人間だった。そしてそのところに今日の悲劇がある、と。

第二部では私は一貫して半ズボンのことしか問題にしてないんだけど、ここで改めてその話が出て来るのは何かというと、江戸時代の川柳に「夕涼み　よくぞ男に生まれけり」というのがある。江戸時代から戦前まで、夕涼みというのは男子の特権だった。「あー、暑い、あー、暑い」と言いながら、浴衣の裾まくったり片肌脱いだり、更には双肌脱いだりすることが男には出来たけど、女には出来なかった。〝女は肌を露わにするものではない〟〝女は肌を露わにしてはならない〟という、つつしみ、モラル、禁忌というものがあった。だから「夕涼み　よくぞ男に生まれけり」ということになる。なるけども、この川柳というものをよーく眺めていると、微妙なことに気がついて来る。

ここで言われているのは〝男に生まれてよかった！〟ということなんだけども、それは、〝夕涼み〟という限定されたシチュエーションに於いて初めてしみじみと実感される、ということでもある。

なんで人間、夏の夕べに〝夕涼み〟なんてのをするのかというと、暑い夏の一日がやっと終ってほっとするからであるが、しかしよく考えてみれば、〝涼む〟という行為が必要とされるのは、暑さが一段落ついた夕方ではなくホントは、お陽様が照りつけている昼間なのである。何故ならば、夕方よりも昼間の方が暑いんだからということである。

暑い昼間になんで〝昼涼み〟というのをしないで、〝夕涼み〟というものをするのかというと、それは勿論、暑い昼の間は人間が働いているからである。仕事をさぼることは出来ない。という訳で、仕事が終ると暑さから解放される。

仕事が終ると仕事から解放される、ではない。仕事が終ると暑さから解放される。

即ち、男というものは、仕事の間は暑さに耐えている──→仕事が終れば暑さから解放される。そして、女というものは、仕事の間は暑さに耐えている──→仕事が終っても暑さからは解放されない。男は私的生活の部分に於いては特権を持っている。だがしかし、女は私的生活の部分に於いても特権を持っていないというのが、この「夕涼み　よくぞ男に生まれけり」の真意である。

そして、そのことを指して、後に〝女は虐げられている〟ということが出て来る。出て来て、そしてその原因は何故か、ということになると、「夕涼み　よくぞ男に生まれけり」という川柳に代表される

よぶんな世相巷談

あの田中角栄さんはどうして政治家をやめないの?

◎あの刑事被告人・元内閣総理大臣・田中角栄氏が何故政治家をやめないのか考えてみたい。◎悪人だからやめないのだというのは、ほとんど人間というものの意味を無視した考え方だからやめる。あの人は、内閣総理大臣をやめて、自由民主党員をやめて、ということを二度も繰り返しているのだから、うまいきっかけさえあれば、政治家をやめられた筈だ。やめられた筈だけど、みんなに〝悪徳政治家〟のレッテルを貼られてオメオメと引き下がれるかと思って、それでやめないのである。一種、強迫神経症のコーチャク状態に近いんじゃないかと私は思う。◎敢えて悪人の汚名を着ても大義に殉ずるというのは、上御一人のエライ人のいた、近世的な美徳で、近代人から現代人にかけては、それが出来ない。大義がなくなったかわり個人の尊厳が出て来たんだし。◎僕なんかはね、あの人のお母さんが出て来てね、「アニや、御苦労さんでした。もう、あんたは十分にやることとやった。私はもう満足してる」なんてことを言ったら、その瞬間にあの人は、やめる為の名目を自分で考え出したんじゃないかって、思うんです。◎基本的に人間は、自分のやって来たことを誰からも評価されないまんまで終らせることは出来ないと思う。ある意味で、公的生活は恵まれない私的生活の代償行為だとも思うから。誰だって他人からはやさしくされたいと思うんだ。それを石ばっかり投げたら、火に油をそそぐだけだと思うんだ。正義の一面性っていうのはやっぱりつらいしね。北風と太陽のたとえ話だってあるけど、そんなのみんな忘れちゃったのかしら？　旅人のマントを脱がせたのは暖かい太陽でした――ってことは、何事にも必然性という名の受け皿が必要だっていうことじゃないんでしょうか？

ような旧来の因習に縛られているから、ということになる。
縛られていることから解放されたいというので、女は大胆になる。女が平気で肌を露出出来るということが女性解放だった時代だってある。という訳で、今じゃ、「夕涼み　よくぞ女に生まれけり」だし、「別に夕涼みじゃなくったって、夏なんかよくぞ女に生まれけりだよなァ」なんてことを男に言われるようなことになる。

この間を面倒くさい表現で言えば、男に比べて、私的生活の部分で特権を与えられていなかった女が、男と同等の権利を獲得した時、女は同時に、公的生活の部分でも男以上の特権を獲得してしまっていた、ということである。

男は水着で会社に行けないが、女は水着で会社に行ける。

女は、ミニスカートにタンクトップで会社に行ける。しかし男は、ズボン穿いてシャツ着てネクタイ締めて上着持ってる。昔の男は私生活で〝夕涼み〟という特権を持っているんだと喜んでいたが、今の女は、平気で〝夕涼み〟のまんま会社行ってる。

それをさせまいとして、だから会社男はクーラーをつけっぱなしにしてるんじゃないかとさえ、私は思う。

基本的に、男の戦前は終ってなんかいない。男の戦後は、終っていないどころの騒ぎじゃなくて、まだ、やって来てさえもいない。

戦争が終って、「みんな人間になってもいい」というお触れが出た時、男はみんな基本的に既に〝人間〟だったから、それ以上人間になる必要もなかった。

女の場合は、「ああ、解放される……」という実感を持ってたけど、男の場合は、「ああ、このままでやって行ってもいいんだな……」でしかなかった。

男だってホントは抑圧されてたんだよ。

14

戦後の話をするんだったら、やっぱり戦争の話をしなくちゃいけないなァと思って始められる、男の兵役義務の話

私はうっかりと重要なことを書いてしまうので困るのだが、やっぱりうっかりと前のところで重要なことを書いてしまった。

一般の男の人というのは、虐げられてもいなかった代り、祀り上げられてもいなかった――〝大し

て〟という修飾語がここには必要かもしれない――というのが実は重要なことなのである。

――〝大して〟という修飾語がここには必要かもしれない――という部分がカッコにくくられてるとこなんか、ホントにドンドン重要である。男の論理というのは、〝微妙なところ〟というのを、ほとんど問題にしないのである。〝微妙なところ〟をドンドン、「大したことじゃねェや」と言って切り捨ててしまうから、男の人生は索漠たるものとなるのである。と同時に、その反動で、ホントに大して重要でもないことを〝こだわり〟と称してかき集めて握りしめてばっかりいるバカも最近増えて来たので困ったもんなのである。

一般的な男の最大の問題というのは、大して虐げられてもいない代りに大して祀り上げられてもいないという、宙ぶらりんの状態にあることなんである。早い話が、男の〝義務感〟というのは宙ぶらりんなんだ。

前に〝やさしいお母さん〟が〝オバサン〟になっちゃうというところでも書いたけど、今の女は義務感だけで立っている。こういう詩的な言い方をするから私の文章は分りにくいんだろうけど、義務感だけで立っている女の反対側にいるのが〝寝そべってるだけの女〟だと言えば私の言いたいことも少しは分ってもらえるかもしれない。

今の時代の専業主婦というのは、ほとんど存在理由がないのだ。こういうことを言うと専業主婦の人の怒りを買うかもしれないけど、でもホントだ。基本的に、彼女等が専業主婦やってる最大の理由は、亭主がなんにもしないから、亭主がなんにも出来ないからというだけなんだ。

亭主がなんにも出来ないから、彼女等は家にいなければならない。家にいたってその亭主は雪かきをしなかったりはする。そして彼女等は、雪かきだって出来る。男がやった方がいいかもしれない仕事だって、彼女等にはもう、十分に出来る。男の仕事は、もう、ほとんど全部、基本的には女にも出来る。出来るけれども、亭主が家に帰って来る、家に帰って来てなんにも出来ない――「だからしょうがないから」と、それだけの理由で彼女等は専業主婦をやっている。そして勿論、そこには子供だっている。子供がいて受験勉強だったりすると、もう彼女等は、ほとんど義務感だけで面倒を見る。一部にはそれを〝愛情〟だと錯覚してる人もいるけれど、それはほとんど義務感の上に成立しているものでしかない。それが証拠に、子供が大学に行ったお母さんというのはみんな「ほっとした」と言っている。自分の義務がやっと終ったからほっとしてるだけだ。勿論子供にすれば、そんな過剰な世話焼きというのは迷惑なものだけど、それを子供は〝過剰な愛情〟だと思ってるから振り払える訳もない。母親の最大の切札は「あなたの為を思ってやってるのよ」だから。

ところでそれもまたやっぱり母親の義務感でしかない。〝子供の為〟という。為を思われちゃう子供というものの反発がどうして成功しないのかというと、情ないことに、母親に世話を焼かれる分だけ、子供はなんにも出来ない。本当を言えば、母親の義務感が子供の邪魔をして自立性というものの成長を妨げているんだけど、みんなこれを〝過剰な愛情〟だと思ってるから斥けることが出来ない。出来ないまんま、母親の義務感が、子供を亭主とおんなじような無能人間に育て上げてる。

そして勿論、世の中全体が母親の義務感を斥けることが出来ないでいるのが何故かというと、母親自身も含めて、それが義務感によって成立しているものだということが理解出来ないからだ。「だって、出来ないんだからしょうがないでしょう」という女房の一言の前に、世の中の亭主族は総崩れになる。

「だって、あんた達がなんにも出来ないんだからしょうがないでしょう」という義務感の上で母親なり女房なりをやっているオバサンの義務感は誰からも理解されない。だから今、根本のところで一番孤独なのは、気のいいオバサンだ。一人で義務感を成立させて、一人で頑張っている。

ところで、そういう義務感を理解出来ないオバサンの亭主であるところの〝オジサン〟はどうかというと、義務感というのが、ない。オジサンに義務感というのはないのである。これはもう、はっきりなくて、可哀想なくらいない。オジサンにあるのは、〝使命感〟と〝義務〟だけである。だから、上っ調子で暗い。「あんたにそんな〝使命〟はないの」って言われても、「ここに厳然たる〝義務〟があるんだから、どっかから指令というのは下って来ている筈である」という使命感だけはオジサンの中にある。ほとんど、天皇という上御一人から下って来ている筈の命令系統の中で生きている、近代国家の、官僚の、精神構造を、オジサン達は立派に受けついでいる。オジサン達は、近代人ではあっても現代人ではない、と。

ここで問題になって来るのはオジサンの〝義務〟というのがなんだろう、ということなんだけれども、これは勿論、家族を養わねばならないという、義務である。俺がいなけりゃ家族は路頭に迷うだろうという使命感だけでオジサンはその義務を全うしてるのだが、だがしかし、これほど意味のない使命感もないというのは、オジサンが死んだって、オジサンの女房子供は誰も路頭に迷わない、という現実があるからだ。

再婚すればいい、働き口だってある、保険だってある、社会保障だってある。そしてもっと決定的なのは、亭主や父親に死なれて打ちひしがれるほど、今の女子供は社会性が脆弱ではない。今の家族関係で、誰が死んだ時に誰が一番困るかというのは、これはもう明らかである。女房に死なれた亭主というのが、一番うろたえ騒ぐ。この一事は最早決定的である。

亭主が家に月給を入れなかったら、家族は勿論困るけれども、しかし、亭主に死なれても困らないという矛盾は、最早決定的に存在している。扶養という義務はあっても、義務感というものがそこには湧かないという、ヘンテコリンな状況の中に日本中のお父さんがいるのはその為だ。

義務感がないから、オジサンは、使命感というものだけをかき立てる。世の中に、これほど他人に対しての説得力を欠く論理があろうか、というのが、オジサンの〝使命感〟。誰も窓際族の愚痴なんか聞かない。聞いたって面白くないもん。聞いて、「なるほど、この人が窓際族をやってんのも当然だなァ」と一方的に分られちゃうのが窓際族の論理なんだけど、その自分の現実離れ度に関しては御当人は決定的に気がつけない。〝亭主が月給を入れなかったら〟なんてことを私はまたうっかり書いてしまったけれども、現代じゃ、そんなことさえも起りえない。銀行振り込みになった給料は、今や、亭主より先に家に着いてしまう。亭主が給料袋を持って家に現われるんならまだしも、給料が先について亭主が後から現われたって、もうこんなもん、後の祭りが絵になったみたいなもんだ。高度成長の時代には、給料を持って帰っても家族は仲間外れにするという悲劇がまだあったけど、今や給料を持って帰れないんだものねェ……。もう、こわくって書けないね。

今の世の中、一番孤独なのはオバサンだって言ったけども、オジサンは、孤独ですらない。今の世の中、一番哀れなのがオジサンなんだから。「一体これを孤独と言ってもいいもんだろうか、どうだろうか?」のトバ口で迷ってるのが、義務感抜きで義務だけの奴隷になっちゃったオジサンですね。ともかく、〝義務感〟の内の〝感〟がないんだから。「大したことねェや」で、微妙な部分全部切り落しちゃったんだから、主体的な感情を持てないのも当然ですけどねェ……。

大体、日本が戦争に敗けて焼け跡になっちゃった時に、こういうことって考えるべきだったんですよねェ。男の無意味な〝義務〟ということについて。夏の夕方にちょっとばかりだらしのない恰好が出来るっていうだけのちょっとばかりの特権と引き換えに背負わされた〝義務〟について。

男は戦争に行くんですぜェ――行ったんですぜェ。男は徴兵の義務を背負ってたんですぜェ。男だっていうだけで殺されなきゃなんない義務背負ってたら、ちょっとばっかしの特権なんてなんの意味もないじゃない。おまけにその〝特権〟というのは、女子供に対して威張り散らしてもいいという、ホントに索漠たる特権でしかないっていうのに。

男は〝家族を養う〟っていう義務の延長線で、戦争に行かされて殺されたんですよ。ホントに男って損だっていう発想を、どうして戦争が終った時にしなかったのか、私はホントに不思議ですねェ。昨日までみんな戦争に行って、殺されたり大怪我したりしてたっていう、その戦争が終った時にサァ。女は戦争に行かないんだからいいなァっていう発想を、どうして誰もしなかったんだろうね?

そういう発想をしないでサ、「天皇が俺を戦争に行かせた」っていう発想しかなかったのね、あの頃の人は。召集令状の発行元に名前を貸してたのはそりゃ天皇だけど、あの人は〝個人〟じゃなくて〝法人〟だったんだからねェ。〝法人〟の悪口を言うってことは、とりもなおさずその機構の悪口を言うことにならなきゃなんないのに、どうしてそういう発想をしなかったんでしょうかねェ？　天皇が「戦争に行け」って言ったんなら、それは同時に、自分の親、兄弟姉妹、女房子供、親戚一同、近所の人、会社の同僚友人が、みんな揃って「戦争に行け」って言ったことに等しいのにね。そりゃ中には「行かなきゃならないことは分っていますが、私はあなたに戦争に行ってほしくない」って言ってくれた人間だっていたでしょうけれどね、でも、その人間は自分が決して殺されない立場にいるってことを知って言ってた筈なんだけどねェ。どうして戦場に行って逆上してサ、「畜生！　みんな揃って俺をこんなところに引っ張ってこさせやがって、この恨み、死んでも忘れんぞ」っていう風に発想しなかったんでしょうねェ？　私にはさっぱり分りません。

まァ、戦時中は頭に血が上ってたからそういう発想が出来なかったのだろうなァと、好意的に考えますけど、それならそれで、戦争が終った後が、もっと不思議ですね。

だって、なんにもなくなっちゃったんだもの。都市という都市はキレェさっぱり焼け野原で、国家もなきゃ天皇制もなくなっちゃったんだよ。生活実質もなけりゃ抽象概念もなくなってるんだから、人間の思考を束縛するようなものなんてなんにもない筈でしょ？

きのうまで、兵隊だった友達がバタバタ死んでいくところを見た男の人が、どうして男は損だって思わなかったんだろう？

明日、自分も兵隊に行って殺されるかもしれないと思ってた人が、どうしてその危険性がなくなった焼け跡で、「そうかァ、自分の将来って、今迄そういう風に決定づけられてたんだなァ……、あーあ、ヤバかった。ホントに男って損だなァ」という発想をどうしてしなかったんだろう？

「いずれ兵隊さんになるんだなァ……」と思ってた子供が、どうして大怪我して戻って来た元・兵士ってのを見て、「そうかァ、兵隊さんになるってああいうことだったのかァ……。女の子はいいなァ……、兵隊さんに行かなくて」という発想をどうしてしなかったのか、それが不思議ね。

どうして、「教え子を再び戦場に送るな！」とか「子供達を二度と戦場に送るな！」って言ってる、先生とかお母さんは、絶対に兵隊さんになる必要がないんだからなァ……という発想を昔の子供がしなかったのか、私には不思議ですね。俺、中学とか高校大学で平和運動が嫌いだったのその一点だもんね。「自分は兵隊に行かないですむと思って、そういうこと平気で言ってるけど、そういうヤツが戦争になった途端、〝やだァ、兵隊なんか行きたくなァい〟って言ってる俺のことを非国民扱いするんだぜ」って、私はズーッと思っておりましたので、学生運動に行かなかったんですが、いけなかったんでしょうねェ……。まァ、いいんですけど。


どうして、何もかもなくなった廃墟の日本で、これから先新しい社会とか生活とかを作ろうっていう時に〝男の義務〟っていう根本の大問題を誰も考えなかったか、私は不思議ですね。私はズーッと、この〝義務〟がこわかったもん。

私が小学校に入った途端、〝戦前〟にぶつかってウックツしたっていうのが、実はこれなんですね。

私は実に、それがこわくって、三十六年の人生の内、三十年間ウックツしてたっていう大変な人間なんですから。

小学校に上ると、実に、私の前に〝体操の時間〟ていうのが立ちふさがるんですね。男の子だから活発にしなきゃいけないという、この一行が、私の体にはどうしても呑みこめなかった。ために、私は体操がだめで、引っ込み思案で、積極性がなくて、おとなしくて困ったもんだというレッテルを、小学校の五年生まで貼られてたんです。

大体、日本の体操というのは明治になって登場したもので、富国強兵とストレートに結びついてんですよ。こんなこと小学校に入ったばかりの私に分る訳なんかないんだけどサ、しかし私には直感で体操の時間が戦争に結びついてたね。何故か私には、兵隊さんていうのが怒鳴るもので、男の体操っていうのも怒鳴るもんで、体操が出来ないってことは兵隊さんになって殴られるもんだと思ってたから、そういう場に自分の身を置くことに生理的恐怖を感じてたんですね。後になって、大学のアジ演説とロックコンサートの絶叫におんなじものを感じて、私はついぞこれがダメでしたけどね。ともかく、長い間、男の義務感ていうのが、私に長い間恐怖を呼び起してましたね。私は、家が商家で跡継ぎの長男だから、「お父さんが死んだら僕が働くんだ……。でも、そんなこと出来ないなァ……」とズーッと思ってましたしね。

私の場合、いつも具体的だっていうのは、ウチのお父ちゃんが、オートバイに乗ってアイスクリームの配達してたからなんですね。ウチはそういう商売してたんですけど、ゴッツイ、子供の私からみれば戦車みたいなオートバイに乗るんですよね。後ろの荷台にアイスクリーム入れる断熱材の入ったケース積んでね。ドライアイスと一緒にアイスクリーム入れてサ、荷物が少ない時は私もアイスクリームと一緒にその箱ン中入ってね。犬か猫みたいに、その箱ン中から首出してオートバイの後ろに乗ってたんだ、私は。お父ちゃんと一緒に配達先のお店回ってたんだけどサ、私は。

そういうことやってりゃ私は楽しいんだけどサ、そんな俺にオートバイの運転なんか出来ないよ。自転車にも乗れないでいたんだから、その頃は。

もっとも自転車はね、親にぶたれ罵られながら練習して乗れるようになりました。「乗れたーッ!!」っていう途端に引っくり返って足打って、打ったところ怪我して、怪我したところが膿んで、未だに私の左脚の膝には牡丹の花びらの形をしたアザがあんだけどサ——段々口調が変って来たなァ——まァいいや。

自転車はねェ、ひっくり返っても一人で起せるんですよ。ところがねェ、ゴッツイ、オートバイなんか引っくり返ったって、小学校の二年生だか三年生に起せる訳ないでしょ? 重いんだもん。近所の子なんて、オートバイ見て「カッコいーい」とか平気で言うけどサ、こっちはそれじゃすまないんだもん。お父さんが今日にも死んだら、俺は明日からオートバイに乗らなきゃいけないんだと思ってるから、ほとんどそんなもの恐怖の対象ですね。オートバイはまァ、十六にならなきゃ免許とれないけどサ——今は違うけど(違うのか?)、昔は十六だったの——体操の時間ていうのは目の前にあるしね。男の子はともかく活発じゃなきゃいけないんだけど、ともかく私は、「どうしてそういう決りがあるんだろう?」ってとこで根本的にとまどってるからダメなんですわ。もっとも私は、「出来ないのは恥かしい」の一言で、最終的には全部克服する人間ですけどねェ、しかし、意志的に生きるというのはつらい。私にしてみれば、人生なんてのは全部意志的なんだからねェ。

ともかく私は、そういう男の義務が嫌いなんです。普通男の人は、そういう〝義務感〟を育てる前に――私に言わせりゃボーッとしっ放しで――義務に突入して、義務の渦中にいるから、義務に対する嫌悪の情ってのを育ててる暇がないんだけどサ、何故か私は、たっぷりと義務感の中にいて、嫌悪の情ばっかりつのらせてましたね。

実は私は学生時代からイラストレーターっていう仕事をしてて、ならせば同世代のサラリーマンより多い金を稼いではいたんですけど、ならせばというところでお分りと思いますが、非常に不安定な職業なんです。二ヵ月仕事がなくて、一ヵ月仕事がある、というような状態でした。仕事がない時はないけど、ある時はあるという状態でした。で、仕事がある時は、異常に忙しいんです――何故か。私はどこにも所属してないフリーでしたけど、何故か、仕事が重なる時は重なるんです。で、あんまり忙しい時は助手を頼みたいなんてことを考えるんです。考えるんですけど、考えるだけです。何故かっていうと、暇な時は、「俺、ホントにこれで喰ってけるんだろうか?」って思うぐらい暇ですから。第一私は、フリーのくせに、売り込みというのを一遍もやったことない人間なんです。どこからか分んないけど、天から仕事が降って来るのを待ってるだけなんです。はっきり言って、私は、売り込みに行くほど、自分の仕事に自信なんて持ってなかったんです。ひどい話ですが、自信がないけど、仕事だけはそこそこに食えてくだけの量があったんです。あったけど、なんの保証もないフリーとしては、困るんです――その程度の仕事量では。

仕事のない二ヵ月は、「俺の腕なんてその程度だからなァ、しょうがないや……。でも、だとしたらこの先どうやって食ってこう?」と考えてる訳です。

で、仕事のある一ヵ月は「あ、この調子だったら大丈夫だ。もう、いっそのこと、アシスタントでも雇ってバリバリやろうかな」なんて矛盾したことを考えてます。自信があるとないとでは、だから、1:2の比率で、自信がない方が高いんです。

で、時々本気でアシスタントを雇おうかなァ……と考える時の私は、こういうことを考えて、「絶対にアシスタントなんか雇うもんか!」と決めるのです。

私は、こんな風に考えてました——


もし僕がアシスタントを雇うとして、僕はその彼か彼女に毎月給料を払う。雇うんだからしょうがない。だがしかし、私は、いつだって「これで食ってけるのかなァ……」という根本的な心配をしている。そして、私の雇うアシスタントは、私が月々の給料を払うことによって、そういう心配をする必要がない!　私はいつも「明日、飢え死にしたらどうしよう?」と考えているのに、俺のアシスタントはそんな心配をする必要がない!　俺が苦悩する陰でアシスタントはヌクヌクと給料を貰っている!!　ああッ!　そんなの絶対にやだ!　五万円どころか、一万円出すのだってやだッ!　——当時の初任給は五万円台だった——。

という訳で、私は全部一人でやっていた。とてもじゃないけど俺一人じゃ手が回らないという時に限って、私は友達に頼んで、その代償をセーターで払っていた――手間には手間を――。

そういう私であったから、〝結婚〟というシステムは、ほとんど神秘でしかなかった。

「俺が稼いでいるという理由だけで、どうして俺の女房になる女は、生活の心配をしなくていいんだ?!　俺が、ホントにこの商売でやってけるのかどうかという根本的なところで悩みながら夜の目も寝ずに仕事しているっていうのに、俺の女房になるという女は、絶対にそういう心配をしなくてもいいのか?!」と思ったら、私はもうほとんど、女という女が許せなかったね。「あなた死なないで」と言って夫を戦場に送る妻っていうのは、そういうもんだと私は思ってました。

ともかく私は、「仕事が忙しくってホントにやだ!」って私のガールフレンドに愚痴ばっかり言ってて、それで「でも頑張って」って励まされると、「そりゃそうだよな、あなたが頑張る訳じゃないもんねェ。俺が頑張るんだもんねェ。〝頑張って〟なんていくらだって言えるよなァ」と、本気で毒づいてた人間だから始末におえない。

大体私は、そういう理屈が世間に通る筈もない、というところから始まって頭に来てたんだからどうしようもない。私は何が不思議といって、世の結婚してる男の自分しか働かないで女房はそれに寄っかかってるっていう、その構図を平気で許してられることほど不思議なものはない。私にはホントにそれが分らない。「ホントに自分の仕事はこれでいいんだろうか?　ホントに自分の生き方はこれでいいんだろうか?」って、夫しか悩まない〝結婚〟という仕組そのものが、私には決定的に分らない。どうして女房は「それでいいのよ」と言って励ますだけですんでいられるのかが、さっぱり分らない。亭主が途方に暮れるんだったら、女房だって別箇に途方に暮れるべきだと、やっぱり私は考えている。

なんで男に扶養義務が押しつけられて、女には押しつけられないでいたのかがさっぱり分らない。そりゃ、時々は分業という態勢だって必要だろうけどサ、女は子供を生むからね。だがしかし、どうして扶養義務は原則として男なのかが、私にはさっぱり分らない。

どうして戦争で殺されそこなった〝元・兵士〟という男達が帰って来て、「サァこれからやり直すぞ！」っていう時に、男の〝義務〟についてみんなで考えなかったのか、私には全然さっぱり全く一向に皆目ちっとも少しも毛ほども、分りませんです。これが〝大したこと〟じゃなかったら、世の中に大したことなんか一つもないんだと思うんだけどね。

15

あっという間にカタのつく、どうして日本の男は半ズボンを穿かないのか？　という観点から見た高度成長の研究・完結篇

マァ、日本の男だって、昔は「もう少し自分のことを考えてもいいんじゃないかな？」と思ったと思いますよ。勿論、そんな簡単な言葉で言い表わされるような考え方をした訳じゃないだろうけど。そうでもなけりゃ、〝哲学〟なんてものがなんで流行ったのかよく分らない。そういう時代もあったんですね。

問題は、男が自分のことを考えたいなと思った時代に、そうはさせないものがあったという、それだけのことですね。

戦争に負けてなんにもない焼跡に帰って来て、まず人間が考えることっていうのは、「一体俺達は、なんでこんなバカなことをやったのかなァ？」というそのことだと思いますね。まともな人間だったらまずそういうことを考える。

何故そんなバカなことをやったのか？　人間が何百万人も死んで国は焼け野原で、生きてる人は呆然としてる——そんな結果になるようなバカなことを何故日本が出来たかといえば、理由はただ一つ。それは日本がバカだったから。バカじゃなきゃバカなことは出来ない。バカなことをやる人間はバカ以外にない。

日本は遅れてたんだなァ……、ということに気がつく。そして、そこにやって来るのが戦勝国・アメリカ。遅れてた国に豊かな勝者がやって来る。貧しい焼土に豊かな国。

ここで決定的になるのが、日本はなんて貧しいんだ、ということ。遅れているということは貧しいということの同義語であるというのがこの時に決定的になる。そして、僕達は遅れていて貧しいんだという心的外傷《トラウマ》が、この時日本の男達の中に刻み込まれる。

何がどう遅れて、何がどれだけ貧しいのか。どうなれば遅れていなくて、どうなれば貧しくないのかなんていう、冷静な検討をしている余裕なんてこの時にはない。ともかく、一言で貧しい。一言で遅れている。この一言ですべてが決定されてしまう。小学校六年生が〝大人〟から、「お前はまだ小学生だ！」と指摘された狼狽というものにそっくり。指摘された方は、指摘された〝事実〟にうろたえて、指摘した方の実態を見極めようという余裕なんかない、日本人の精神年齢が十二歳なら、〝大人〟のマッカーサーだって十四歳かもしれないっていうのは、そういうことですね。

二十歳の男が二十五の男に「お前はまだ小学生だ！」って言われてショックを受ける。受けて、「そうなんだ、自分はまだ小学生なんだ……」って考えこんで三十年が経つ。三十年経ってもまだ、三十年前に二十五の男から「小学生だ！」って言われたことが尾を曳いてる。言われた方が尾を曳いてるのはいいけど、言った二十五の男は、言ってその次の年に二十六で死んじゃったとしたらどうなりましょう？

「お前は小学生だ！」って言った男は永遠に二十六で、言われた男はもう五十。五十の男が二十六の男の写真の前で、「僕はまだ小学生なんです……」って言ってるとしたら、これは異常ですねェ。

しかしほとんどこうですね。日本の男が〝遅れてる〟〝貧しい〟と思ったのは、アメリカというものの基準に比べて。それまで漠然と「貧しいかなァ……」「遅れてるかなァ……」と思ってたのが、貧しくない実態、遅れてない実態に触れて決定的となる――即ち、貧しくないレベル、遅れてないレベルはアメリカ人に比べてということ。即ち、日本人は、アメリカ人にならない限り、〝遅れてる〟〝貧しい〟という呪縛からは解放されない。〝目標〟という名の仮想敵国がこの時に出来上った。〝遅れてる〟〝貧しい〟というのは呪縛だっていうのは、日本人がアメリカ人じゃないからなんだが、そんなこと今更しょうがないだろうねェ。ともかく、満足ということを知らないから、ただひたすら貪婪に、手当り次第食い物を片っ端から口にいれて、それで永遠に満腹しない餓鬼みたいなもんだ。

クーラーというものの存在を発見してショックを受ける。夏でも暑くないという事態がありうる！

「ああ、アメリカは進んでる、日本は遅れてる、アメリカに比べて日本は圧倒的に貧しい！」

一事が万事っていうのはこのことだろう。

会社にクーラーがある――金持。

私はクーラーのある会社に行っている——すごい。

私の会社は夏でも快適だ——ああ、それにしても日本人は夏になるとなんというだらしのない恰好をするのだ——遅れている、日本はまだまだ貧しい。

という訳で、あっという間に全オフィスにクーラーが入る。あっという間に、日本人の夏のみだしなみは——或る時期——欧米人並みになる。

日本人が東南アジアの人間をバカにするのは、夏の暑さの中で平気で昼寝をしてしまうことに対しての近親憎悪だと、私は思いますね。

まァね、誰が何をバカにしようと、それに対しての確証だか確信だかがあればいいんですけどね、日本の男にゃ、それがないんだもん。初めは〝三種の神器〟って言って、テレビ・掃除機・洗濯機。次が形を〝3C〟ってのに変えて、カラー《COLOR》テレビ・クーラー《COOLER》・自動車《CAR》って、それで所得倍増から高度成長をマイ進してったんだもんね、日本人は。

どんどんどんどんエネルギー消費を進めてって、夏を寒くしてって、その結果〝夕涼み〟っていう日常生活を撲滅してって、日本の男は体感を麻痺させて、家の中の窓際族になったってだけですね——もうすぐ社会の恍惚老人になるんだろうけども。

定年で会社終った人が、よく町ン中歩いてんだよね。呆けちゃいけないと思ってか、家の中にいられたら邪魔臭くってかなわないって追い出されるのかどうか知らないけどサ、これがすごいんだよね。

会社辞めて一年ぐらいは足取りが意気軒昂なのね。「自分はまだまだ現役だ！」っていう自負があるからね。ところがこの人達は、一年半から二年目の間にガクッと老けるのね。白髪が増えてヨボヨボになってね。それでも前とおんなじコースを、当人にしてみれば〝前とおんなじように〟歩いてるのって、見ると愕然とするよ。みんな会社行っててそういうプロセスを見てないかもしれないけど、私はズーッと在宅労働者で、住宅街の中にいるから、そういう過程はいやでも見ちゃうんだよね。「あー、意識だけあって体感のない悲劇ってのはこわいなァ」と、私は思いますけどね。臨機応変で変るっていうことがないんだもんね。夏だっていうと、スイッチ押して、夏じゃなくしちゃうんだもんね。変らなくていいんだからすごいね。ズーッと冷やし続けてないと不安だっていう過剰適応の話は前にしましたけどね、まともな人間だったら、冷やしすぎるとおかしくなりますよ。ならない方が異常なんですよ。

高度成長の気違い沙汰も終ったんだから、そういうことって少しやめればいいと思うんですけども、やっぱりまた、高度成長っていうのをやるんでしょうか？　景気の回復っていうのは、私にしてみれば再びクーラーのスイッチを最強にすることだっていう風にしか思えないんですけどもね。やっぱり、どっかで機械が稼動してるってことが実感出来ないと不安なのかしらね？　自分がなんにもしないから。

16

それではどうして一般的な日本の男は夏の暑さに半ズボンが穿けないのかということの再研究

私が今年の冬に雪かきして思ったことというのは、「ああ、昔とちっともかわっちゃいねェな」ということでした。なにしろ、私は昔、たった一人で教室の掃除をしたこともある人間なので。

なんで私が一人で教室の掃除をしなきゃなんなかったかというと、それは皆さん、受験勉強で忙しかったから、早く帰らなけりゃいけなかったということです。私は別にそんなことしたくもなかったし、家に帰っても暇だから、掃除当番なんてことをやってました。という訳で、それから二十年も経って、「ああ、みんな用事があるんだなァ」と思ったというだけなのでした。

男の人は、みんな〝自分の用事がある〟んですね。どういう用事かは知りませんが、他人に背中を向けることによって、「ああ、あの人は何か用事があるんだな、つまんないことを頼んじゃいけないんだな」と、他人に了解してもらうことが可能なんですね。

前にも言いましたけど、おとなしくって成績が一般的な人ほど掃除当番をさぼるんですね。誰が一番さぼるといって、その人達が一番コソコソとズルをします。私が基本的に〝大衆〟というものを信じてないのは、〝大衆〟というのは、こういう人達が周辺部に群れることによってその数というものを成立させているからですね。誰からも注目されないからと言ってズルする人間というのは、誰かから注目されたいなァと思って群のある方に近寄って来る人間ではある訳ですけれども。ホンのちょっとの間、群というものを構成していて、しかし決して自ら進んでその群の構成人員とはならなくて、すぐ「なんとなく」という理由だけでそこからいなくなっちゃう人達っていうのは、結構多いんですね。結構というよりはかなり。そして、こういう人達に半ズボンを穿かせることは、無理ですね。いくら夏が暑いからと言っても、あの強すぎる冷房で迷惑してる人がいると言っても、あの冷房がガラン洞なまんま突っ走ってしまった男の強迫神経症の象徴だと言っても、高度成長が基本的には飢餓感の物的方面からだけの達成だったと言っても、明治以来日本の洋服は日本の夏の特殊性をまったく考慮にいれなかった偏頗なものであると言っても、体感を失った男の成れの果てが恍惚だと言っても、もう絶対に、日本の平均的な会社男が、この日本の暑い夏に半ズボンを穿いて会社に行くなんてことはありえませんね。何故かっていうと、そんなこと誰もしないからです。

他人がしない以上、他人がそういうことを大っぴらにしてるということが知らされない以上、何がどうであろうと、日本の会社男は絶対に、半ズボンなんかは穿きゃしませんね。何故かというと、それは自分のことを〝平均的な男〟〝一般的な男〟という風に規定しているからですね。

〝一般的〟〝平均的〟という基準が目に見えて明らかに変らない限りは、今迄の基準から逸脱しない

――そういうことが一般的、平均的ということですからね。そういう訳で、みんな進んで太平洋戦争になだれこんで行くことを、日本の平均的な男達は許した訳ですからね――見て見ないふりをして。

自分から進んで何かしようという気は、日本の一般的な会社男の間にはまったくありませんからね。内的必然性とか私的な自主性というもんは、あの人達はとうの昔に、自分の手で根絶やしにしちゃってますからね。

という訳で、一般的人間の平均性というのを少し検討しようかと思います。

大体、一般的な人は受験勉強しなきゃいけないって家に帰ったんです――昔のことですけど。昔、家に帰ってみんなが何してるかっていうと、「ただいま」って言って、それでしばらくボーッとしてるんです。あんなに急いで、人に掃除当番押しつけてサッサと帰るんだったら、寸暇を惜しんでサッサと勉強すりゃァいいじゃないかと思うんですが、やっぱしみんなボーッとしてるんです――昔のことですけどね。ちょうど、学校ではおとなしいだけだった子が家に帰った途端、「お母さん、なんかなァい!」って元気になっちゃうのとおんなじで、緊張感だけつのらせてた子は、家に帰るとボーッとしちゃうんです。

ボーッとするのはそれでいいと思うんですね。人間、時間と時間の合間にはリラックスすることも必要ですから。ですけど、人間というのは不思議なもんで、自分自身の一貫性っていうのをどこかで問題にするんです。見て見ないふりしてサッサと掃除当番さぼって帰って来ちゃった手前、いくらなんでもあんまり大っぴらにリラックス出来ないなァと、そう思うんです。

掃除当番をさぼった理由というのは、「今は受験勉強に集中しなけりゃいけない非常時だ」という緊張感なんです。これがある手前、家に帰った途端ボーッとしたらこの前提が崩れちゃうってことを当人は知ってるから、決してリラックスなんかしないんです。ハタから見た目にはボーッとリラックスしてるように見えるけど、当人は全然そんなことをしてるっていう意識はないんです。当人は、テレビ見てお菓子かじりながら何やってるかというと、「自分は平静だ、自分は平静だ」って、一生懸命自分に言いきかせてるだけなんです。暑くてたまんないお風呂に「あと一秒、あと一秒」って、歯ァ食いしばってつかってるようなもんです。全然リラックスなんてしてないんです。ただただ、その時間が過ぎ去ってくれることを待ってるだけなんです。いくらなんでも、学校から帰ってすぐに勉強を始めるなんてことは出来ません。何分か、何十分かの切り換え時間ていうのが必ず必要なんですけども、この時間をみんな、歯をくいしばって我慢してるんです。リラックスを緊張によって過ごすという、極めて複雑なことをやってるんですね。

こういう高級なことやってるからみんな、この時期の記憶って欠落してるんですよね。一種の集団ヒステリーで、それを「畜生!」と思って見てたのなんか俺ぐらいだろうと思って今でもこんなことを書いてんですけど、だがしかしこんなにも執拗にかつ濃厚に私がこの時期のことを覚えてるってこともやっぱり、私自身も一種のヒステリー症状の中にいたからだろうなァ、なんて風には思います。

まァ、それはともかく、皆さん、緊張によってリラックスの時間を通過させるなんてメンドクサイことやってますから、やっぱり疲れちゃうんですね。日本の男が休日時間の過ごし方が下手だっていうのは基本的にこういうことだと思いますけども、じーっと我慢してリラックスしてるなんてのは苦しいですからいっそしゃにむに苦役の中に突入してっちゃった方が楽だと思って、受験勉強――なり仕事なり――を一生懸命やるんですね。熱心にやって、それで緊張感だけを熱く持続させて次の日にまた掃除当番をしっかりさぼる態勢をお作りになるんですけどね。

自分自身で緊張感の輪ッカを作って、それを自分でグルグル回して、一人で籠の中の二十日鼠をやってるんですけどね、日本の会社男は。

ワーク・ホーリック――仕事中毒――っていう言葉がありましたけどね、あれ、休みの日手持無沙汰で落ち着かない、会社行った方がズーッとましっていう男もその中に含まれてましたけど、あれはもう少し検討の余地というものがありますね。というのは、私の経験から言いますと、ホントに仕事中毒の人間はまず仕事を休みません。だって、中毒になるぐらい好きで熱中してるんですもん、どうして休めます。休みっこないんです。そして、仕事中毒の人間は休みの日に何してるかっていうと、死んだようにグッタリ寝てるか、本気で心からゴロゴロしてます――つまり、休みになった時はそれまでの仕事のリズムがバッサリと切られちゃう訳ですから、そうなるしかないんです。本気でゴロゴロしてたり死んだようにグッタリなってる人間が、どうして会社に行きたいなんて思うでしょうか？　思う筈がないんです。ですから私は、ホントだったら〝仕事中毒〟っていう言葉はあんまり認めたくないんですね。休みの日に「あー、もう、いっそ会社にでも行った方がいいな」と言うのは、あれは私は〝会社神経症〟とでも名付けた方がいいようなもんだと思うんです。

大体、普通の日本の会社男が休日の過ごし方が下手だというのは、本気で休日を楽しんじゃったら二度と会社なんかに行けなくなっちゃうという、潜在的な危険度を前提にしているからなんですね。

はい、私は、日本の男の大部分がホントだったら会社なんか行きたくないと思ってるもんだと思ってます。大体、趣味持ってる人は会社なんか好きじゃないですもん。休日に自分の趣味に熱中してる人で、それが休み明けと同時に喜んで会社に行くんだったら、それは仕事がしたいからじゃなくて、会社に同好の士というのがいて、休日の自分の成果を話せるから、それが嬉しくって行くんですもん。

はい、日本の男にとって、会社というもんは〝学校生活〟とおんなじもんだと私は思ってます。世の中には、〝学校とは遊びに行くとこだ〟と心得てる人間と、〝なんだか知らないけど、学校というのは行かなきゃいけないもんだ〟と思ってる人間との二種類しかいません。

前者というのは別に問題ないんです。遊んでるだけだったら怒られるから、適当に仕事っていうのはします。問題は勿論後者の方なんですね。この人達にとっての〝仕事〟というのはほとんど〝受験勉強〟とおんなじなんですから。

ともかく緊張感というものは持続させておかなきゃいけないもんなんです。だから、休みの日だって、リラックスすることを楽しんだりしちゃいけないんです。〝リラックスする〟という状態にじっと身を置いてなくちゃいけないんです。可哀想なことに、会社というものは、週に五日だか六日だかの緊張を強いるくせに、同時に身勝手にも途中で〝休日〟なんてのを置いちゃうんですね。緊張と緊張の間に〝休日〟なんてものを置かれると、それはほとんど、休日という名のハードルを置かれた長距離走みたいなものになっちゃうんですね——〝それを飛び越さねばならない〟という形で。ハードルとハードルの間を走ることに重点を置かなくちゃいけないのか、それともハードルを飛び越すことに力点を置かなくちゃいけないのか、どっちか分らなくなっているのが今の会社男なんですね。勿論、〝休日〟というものはハードルのように存在するものではなくて、休む為に存在するものではあるんですけどね、本来は。

そんなこと分ってるけど、でも休日をそういう風に過ごすことが出来ないのは、先程からしつこく言ってますように、なんでそれをやるのかが分らないくせに緊張感だけは持続させなくちゃいけないっていう風に日本の会社男が思ってるからなんですね。そして、どうして、なんで自分もそれをやるのかがよく分らないくせに緊張感をつのらせることばっかり平気でやってられるのかというと、それが〝義務〟としてドーンと立ちふさがってるからですね。一家を支えなければならないという〝義務〟。将来、立派に一家を支える男になれなければいけないという〝義務〟。それをなんの疑問もなしに背負ってるから、日本の男っていうのは緊張感ていうのが好きなんですね。だって、緊張してる時っていうのは、人間あんまりものを考えませんもん。緊張することだけに全神経が集中されてますから、緊張してる時ってのは、反射神経でしか行動が出来ないんです。

「気をつけーっ！　頭ァ、右ッ！」っていう号令がありますけど、あれ、「気をつけ」っていう緊張体勢を作ってからじゃないと一斉にサッと頭が右に向くなんてことが起らないからですね。「頭、右」でサッと頭が一斉に動くのは、アレ、条件反射なんですね。人間が条件反射をするように自立性をなくすところまで追いこむ、その前段階が「気をつけーっ」っていう、緊張の喚起なんですね。

いいですか？「気をつけーっ」っていうのは長いでしょ。語尾が伸びてるでしょ。「頭ァ」っていうのも同じでしょ。長く伸ばして間を作るんですね。沈黙の瞬間を作り出して、それで緊張を押しつけるんですね。そうなって初めて「右ッ！」の一斉動作が完成するんですね。「気をつけ」ってのがダラダラしてたら、「頭、右」もバラバラです。今の子にはそういう形で緊張が教えられないから、動作がのろくさしてるんですね。もっとも今の若い子ってのは、普段がズーッと、なんにもすることのない、リラックス出来ないお父さんの〝休日〟とおんなじですから、今更緊張のしようもないぐらい、普段の緊張でほぼ半身麻痺ぐらいにはなってますから、それでテキパキは出来にくいってこともあるんですけれどもね。——余談ですけど、今の若い子は、本当に体が硬いですよ——。

ほっとくとどこまで話が流れるか分らない。緊張するとものが考えられなくなる。緊張してる時は条件反射で動いてるって話でした。受験勉強当時の日常の記憶がみんなに欠けているっていうのは、あれが、とりもなおさず条件反射で生きてる状態だからですね。

可哀想なことに、成績が平均的な子というのは、絶対に伸びない子なんです。

〝平均的〟というのは、実は〝時々は平均よりもよい点をとれる能力がある〟ということなんですね。このことから人は、「ひょっとしたら自分には——又は〝あの子には〟——まだまだ伸びる可能性はあるんじゃないか」と思いこんだりするんですが、そんなのは間違いです。〝平均的〟というのは、実は自分が「もうそれ以上はやりたくなんかない。みんなと一通りはおんなじところまで行ってるんだから、これ以上頑張らなくたっていいじゃないか」と思いこんでいる、その結果だからです。

みんなホントはやりたくないんですよ。やりたくないんだけど、それが〝義務〟だもんだから、やらないと怒られると思って、それで、そこそこ程度にはやるんです。「半分からちょっと上だったら人並程度よりやや上なんじゃないか」と思って、その程度そこそこの努力をするもんだから、いつも平均点ていうのは、一番出来る子の半分よりやや上っていうセンに落ち着くんです。〝平均点〟ていうのはだから、「この程度努力しとけば人並でしょ？」っていう、大衆から提出された〝言い訳〟の共同見解みたいなものなんですね。

だから、平均的であるっていうことは、実は、その当人が一方で「あんまりやりたくない」ってことを強く強く主張してるってことなんですね。

当人が「やりたくない！」って言ってるんだから伸びる訳ないでしょ？　だから、〝平均的〟っていうのは、時々間違ってよい点を取ったりすることがあるだけで、それ以上は絶対に伸びない人間のことだって言うんです。

こういう言い方をイヤミだって取る人もいるとは思うんですけど、でもそういう人っていうのは絶対にこういう発想はしませんね。こういう発想というのは、「平均点はとれている人間は、平均点しかとれない人間で、そのことがどういう〝悲劇〟をもたらすか」っていう発想です──。

カルーク平均点がとれちゃう人間ていうのは、実は、平均点しかとれない人間なんです。そうなんですけども、実はその人間が時々平均点を飛び越すような点が取れちゃうこともあるんです。このことは、実は人間の中には可能性というものが残されているのだということの証明でもあると同時に、悲劇の始まりでもあるんです。

というのは、時々平均点より十点ばかりいい点を取ったとしますと、取れた人間ていうのは、「自分にも伸びる可能性はあるんだ！」って思っちゃうんです。そして、「やれば伸びるんだ！」って思っちゃうんです。ところが、そのフロックで――たまたま――平均点以上が取れちゃったのはどうした訳なのかというと、それは、その時たまたま大努力をした結果というんじゃなくって、その時たまたま大努力をしないですんでいた結果なんですね。試験のことなんて考えないでリラックスしていられる状態がその時たまたまあったから、それで平均点を軽々と超せたんです。言ってみれば、勉強しなかったから、努力しなかったから、いい結果が訪れたんです。言ってみれば、普段とは矛盾する結果が幸運を招いたんです。

遊んでればいい点がとれるんだけど、そんなことって普段にはありえないでしょう？　だから、そうは解釈出来ないんです。遊んでればいい点がとれる――不必要な緊張を取り除けばいい成果が訪れる筈であるんだけれど、世間の人はそう解釈しないんです。「ホラ、やれば出来るじゃないか」って言うんです。違うんですよ、それはたまたまやらなかったから出来たんですよ。そのことを間違えるから、平均的な人って、無駄な努力をするんです。

普通、人間のやってることって、義務的なことと自分から進んでやる楽しいことの二つに分れるんです。学校で言えば〝勉強〟と〝遊び〟です。〝授業時間〟と〝休み時間・放課後〟です。〝公〟と〝私〟という考え方でもいいと思いますけど〝やらなくちゃいけないこと〟と、そのやらなくちゃいけないことから見れば〝別にやらなくてもいいこと〟の二つに分れるんです。そして、その〝別にやらなくてもいいこと〟というのは、実は〝やりたいこと〟でもあるんです。

普通、子供は勉強と遊びを両立させてるもんです。ところがある時、勉強というものが〝義務〟という形でのしかかって来るんです。両立の秤がバランスを崩すんです。今までは、両方が100％出来ていたものが、片一方が70％で片一方が100％という、偏頗な達成率を示すんです。勿論70％というのが〝義務〟の方です。誰だって、やりたくないことよりやりたいことの方が楽しいですから。そしてこのことは自然なことなんです。自然なことなんだけども、普段はあんまりそうは思われないんです――「義務の達成率が下って来た、困ったものだ」という風にしかとられないんです。

義務の達成率が下って来た、それならば、遊びの方の達成率を下げろ、下げてでも義務の方の達成率を上げろっていうんです。

そうなればどうなるかっていうと、一遍100％から70％に下っちゃったものは一朝一夕には戻りません。だから、遊びの方の達成率をまず、義務の達成率と同じところまで下げるんですね。今まで、義務70％・遊び100％だったものが、義務70％・遊び70％に下げるんですね。こうすればどうなるかっていうと、「今迄よりは30％余分に遊べない」っていう、欲求不満が起ります。

30％の欲求不満を前提にして行動を起すんだから、集中度というのは著しく低下します。遊びを70％に落して努力したって、決して義務の方は100％に回復なんかしないんです。精々75～80％程度の達成率にまでしか回復しないんです。

「どうして出来ないんだろう?」と、親や教師は焦れます。そして、「結局、まだまだ遊びの時間の占いめる占有率が高いからなんだ」と言って、遊びの時間をカットしてしまいます。子供の欲求不満は、そのことによって更に増加します——勿論〝潜在的に〟ですけども——。そしてそのことによって、義務の達成率というのは、更に低下します。遊びがドンドンそぎ取られて、義務だけがドンドン押しつけられる。

本来人間にとっての達成率とは、遊びと義務、両方合わせて200％あった筈なんです。それが、義務の達成率が低いといって、遊びの方の占有時間をドンドンドンドン減らして行く——他人に減らされて行く内に子供も——哀しいことに——成長して行きますから、その内自主的に（？）自分で自分の中にある不必要な部分——つまり遊びですけど——をそぎ落して行く。自分で必要・不必要を考えついたんじゃないいんですよ。他人から〝不必要〟という考えを押しつけられて、そのモノサシによって自主的に〝不必要〟を探し出して行くんですよ。その結果、遊び0％・義務の達成率55％という、実に平均的な高校生を生むんです。〝平均的〟というのはそういうことです。

「家でゴロゴロしてるより会社にいる方がまし」という、会社神経症の男は、実にこの延長線上にしかいないいんですね。

休日の充実度0％、会社での働き具合55％——実にこれが、すべてが窓際族化して行く現代の会社男の姿なんですね。

「仕事を充実させたきゃ遊べ！」なんてスローガンを経営者の方はよく出して来ます。それはその通りなんですけども、程度の低い経営者には自分とこの社員達がどうして遊べないでいるのかが分らないいんです。という訳で、「遊ばない男にゃ仕事は出来ん！」というエライ方は、いい加減な男ばっかりを取り巻きに連れて、遊んでばっかりいる訳ですね。「遊ばない男にゃ仕事は出来ん！」とだけ言ってる有能な方が、そのことを言い出した後、再び有能な人間であったという話を、私はあんまり知らないんですね。「そりゃ人間、金が貯れば遊べるだろうよ。〝遊ばない男にゃ仕事は出来ん〟ていうのは、その遊んでるあんたの言い訳だろう」ぐらいにしか私は思ってないんですがね。

仕事を充実させる為には遊ばなきゃいけません。そして、仕事の達成率が常に55％でしかないような、欲求不満に固く固く覆われた平均値人間が再び遊べるようになる為には、実は道というものは一つしかないのです。これが分らないで、これを認めないから、経営者の「遊べ！」っていうスローガンは上滑りするんですけど、それは一体なんだとお思いになります？

頭のいい方にはもうお分りと思いますけど、平均値人間を平均値に追いつめてしまった原因というのを取り去るということですね。平均値人間を平均値に追いつめてしまったものは何かというと、〝義務〟という言葉の持つ重圧ですね。即ち、遊びを獲得する為には一遍仕事をほうり出すしかない。これを許す経営者がいるとは、私には思えませんね。

「まァ、そういう極端なことを言わずに、ほどほどの休養というものがですね、遊びというものを生み出す訳で、それを全面的に否定されたら世の中はどうなりますか？　男が仕事を放棄したら、遊ぼうなんていう気はなくなりますよ」なんてことをおっしゃられるのが常なんですが、その〝ほどほど〟という義務感の植えつけが、どれほど男を追いつめたでしょうねェ、なんてことを私は言ってみたいですね。

中途半端だから残りの100%を殺したんだぜ、なんてことを、私は言いたいですねェ、是非とも。

まァ、他人事ですから知りませんが、そもまず一番初めに、100%の達成率を誇っていた義務が、どうして70%までに落ちたのかを考えてみればいいんですよ。

そこで初めて、自主性というものが芽生えただけなんですよ。子供にしてみれば、勉強も遊びも、全部〝新しいこと〟という点でおんなじです。どちらも〝新しいことを吸収出来る〟から嬉しいんです。共に達成率100%というのはこのことです。ここまではどちらも区別がないのに、その後〝やりたいこと〟と〝やらなければならないこと〟の二つにすべてが分れて来るというだけです。

誰だって〝やらなければならないこと〟より〝やりたいこと〟を取りたい。子供の中に優先順位というのが出て来る。自主性の芽生えというのはこのところです。そして、自主性が社会という名の浅瀬の上で座礁するというのもここです。〝ねばならない〟の向うに〝何故〟という理由が見えなければ、人間というものはやる気を起さないんです。〝やりたいこと〟を優先するんだから〝やらなければならないこと〟の達成率が落ちて来るというのはここですね。これはもう当り前のことなんです。

物事をやるのはなんでも〝基礎体力〟〝基礎能力〟というのを必要とします。そして人間というものは、この基礎体力・基礎能力というものを、やりたいことをやりながら身につけるんです。そして、やりたいことばっかりやっていると、人間というのは視野が狭くなって来るんです。という訳で〝やらなければならないこと〟というのがその次に出て来るのです。

〝やりたいこと〟をやって基礎体力をつけて、〝やらなければならないこと〟をやって視野を広げる、この繰り返しで人間というものは成長してくんです。片一方だけじゃだめなんです。車の両輪の内の一つがなくなった状態を片輪というというのは、実に含蓄の深い言葉ではありますことよのう。

世の中には〝優等生〟という人種もいます。勉強が好きなんです。だからこの人達は勉強が苦にならないんです。だからこの人達にとって、平均的な人間達にとって〝義務〟に当るようなことは〝遊び〟なんです。そういう設定だけが逆転してるんですが、でも優等生と平均値人間は、やっぱりおんなじなんです。好きなことだけやってれば視野は狭くなるんです。

優等生にとって、〝人付き合い〟というのは苦手なことであった。だから、一人でやれる〝勉強〟というものに没入して行った。多く世間では〝勉強〟というものを〝義務〟として解してるから、彼が好きなことだけやっているということがバレなかった。

という訳で、優等生の視野が狭いのは当り前なんです。他人と付き合ったことなんてないんですから。この人達は〝他人の言葉〟としか付き合わないんです。

平均的な人間が平均的な成績しかとれないものだということは前にお話ししました。

それでも、やっぱり彼等は頑張るんです——時々いい点数が取れた——取れる——というその理由だけで。

「やれば出来る」という形で彼等は〝義務〟に接近します。接近して、その〝義務〟を完全にしおおせることが出来ないのは、「自分の努力の至らないせいだ」と思うのです。勿論、それが出来ないのは御当人が「やりたくない」と思ってるからなんですけども——ホントは。

基本的に、平均値人間というのは〝義務〟に対して平均点しか取れない〝敗北感〟で臨みます。ズーッと敗北感だけは持続させて、その上〝義務〟というものが重石のように載っかってるんです。という訳で、緊張感だけは、永遠に持続させます。

持続させて、そして平均値人間というのは、開き直るんです――「どうせ自分は一般大衆だよォ」と言って。「そこそこにやってりゃいいんだろう」という、敗北感から逆計算された〝平均値〟で、今度は世の中を渡って行こうとするんです。

でもね、最前から私が言ってますように、人間てのはほっといても平均値は取れるんです。だからそれは、わざわざ開き直るようなことではないんです。

どうしてそれが分んないんでしょうね？

「それが出来ない」という敗北感を持つんなら、「どうしてそれが出来ないんだろう？」という検討をすればいいんです。〝義務〟というものの前から一歩でも二歩でも三歩でも百歩でも身を引いて、全体を見回せばいいんです。そして、その〝義務〟というものの全体像を見渡せる別の地点というのが〝遊び〟なんです。

全体が見渡せないで、気がついたらズーッと自分の目の前にブラ下っている〝義務〟という不思議なものの存在を、疑うことなしに受け入れて、その〝義務〟と自分とを何かがつないでる筈だと勝手に思いこんで、その間の欠落を〝使命感〟というもので埋めるというのは、自分で自分の首を締めてるようなもんです。〝使命感〟なんてものを発明し発見するのは、一歩後ろへ下るべきその〝遊び〟への戸口が固く固く塗りこめられているというだけなんですね。

もうお忘れかもしれませんが、この第二部の〝4 それではどうして男は暑さを我慢するのか？〟というところで私の挙げた理由の⑥というのがこうでした――


会社員がほとんど高校生と同じように、会社に行くことを好まないので、会社の中にいる自分のことは極力考えないようにしている為、自分が長ズボンを穿いていて暑いなどという発想のしようがないという、退廃。


平均的人間が平均に安住しようとする場合、〝そこから決して逃げられない〟という被支配感、緊張感が必要なんですね。

という訳で、平均的な人間は絶対に、半ズボンなんかを穿かないんです。穿いたら最後、やっぱり自分達は好き好んで奴隷をやっているんだということを、自分自身に認めなければならないからです。

〝役に立たない努力〟の話を最後にします。

平均点を五点上げるのは苦しいことです。ともかく「平均点取れてんだからいいじゃねェかよォ」と根本で納得しきっている自分の尻を無理矢理叩くんだから並大抵のことじゃありません。平均点を二十点も上げたら、だからその人間は、それだけで死にます。

ところで、五十五点の平均点を二十点上げたって七十五点なんです、死んだ勢いで七十五点取ったって、それはまだ百点には二十五点も及ばないことなんです。

そして、そういう人間の前には、平然と百点取ったり九十五点取ったりする人間てのが出て来るんです。死ぬほど頑張った平均値人間には逆立ちしても及ばないことですけど、そういう彼等の中には、平然と遊んでる人間もいるんです。

遊んでるから、百点取れるだけの余地があるってことなんですけど、お分りですか？　そういう余地を確保する為に、彼等は敢然と〝義務〟に対しての反抗っていうのをしてるんですよ。

小学校の優等生が中学校入ったらただの人。中学校の優等生が高校に入ったらただの人。高校の優等生が大学に入ったらただの人。みんな、その時その段階で、無理な平均点を上げることに全精力を費やして、ゴールに入ったら死ぬんです。屍々累々を見回して、「高校というのは不思議なところで、〝成績はよくないけど活発な子〟というのは存在しないんですね」と私が前に言ったのは、そういうことなんですけどね。

そして今や、そういう〝不思議なところ〟は高校だけに限らなくなっちゃいましたね。管理社会というのは、ゆりかごから墓場までがそういう〝不思議なところ〟になっちゃうってことなんでしょうね——なんてことを私は思いますけれどもね。

17

どうして私はバカみたいに〝提言〟なんかするのか?

ここの章題は〝バカみたいに〟でありまして、〝バカみたいな〟ではありません。今迄縷々説明して来たことからもお分りのように、私は日本の夏というものは男の半ズボンを必要とするものだと、本気で思っておりますから、これが〝バカみたいな提言〟だとは思ってない訳です。問題は〝バカみたいに——する〟という方です。

大体提言なんかする必要はないんです。第一部の見解によりますと、今の時代、バカほど妙な自信を持っておりまして、提言なんかするのはバカの最たるものということになります。という訳で、第一部に於いて、神経質なまでに「なんにも主張なんかしないぞ」と言い張っていたこの本の著者は、第二部に於いて、見事なまでに〝自信過剰のバカ〟になった訳です。自分が前に言っておいたことなんだから、そんなこと百も承知で、私はここに来てその説明をするんです。

という訳で、どうして私はバカみたいにこんな提言をするのか?

大体今の世の中、どうして主張なんかしちゃいけないのかというと、今の時代に自信なんか持ってるヤツはバカだという〝真理〟と同時に、「絶対、今の時代に高邁な主張なんてことをするヤツはうさんくさい。絶対に何か裏がある筈だ」という、強固なる猜疑心が確固として存在しているからです。「大体、〝ねェ、来年の夏はみんなで半ズボンを穿かない？〟なんて訳の分らないことを言い出すヤツは、その裏に絶対なんかあるんだ」という人もいて、そういう人にはどんな理屈も通らないことになってんですね。

まァ、どうでもいいですけど。

私としては、〝主張〟というものは、その主張を出して来る人間と出される人間との間に、同様に利益というものを成立させればそれでいいと思ってます。だから勿論、私が「ねェ、来年の夏はみんなで半ズボンを穿かない？」と言い出すことの裏には、私の個人的な〝利益〟というのも確固として存在している訳です。

私はともかく、去年の夏は半ズボン穿いて天下の公道をカッポしてたんです。太腿むき出しにして電車にも乗ってたし、半ズボン穿いてうるさいシティー・ホテルのロビーだって突っ切ったりはしてるんだから、そんなもんわざわざこんな本の中でうるさく言わなくったっていいじゃないかという話もあるんです。

ただしかし私は、この本の中で〝半ズボン穿いてる自分の正当性〟なんてことはなんにも主張しなかったんですけどね――大体〝主張〟っていうのは、自分の正当性だけ声高に述べて、関係ない第三者にはうるさいだけっていうのが、今の世の中で〝主張〟が嫌われてる最大の理由でもありますけども。

私はともかく、みんなに半ズボンを穿いてもらいたかった。その為に、これだけのメリットと正当性が半ズボンにはありますよと、およそ一般の耳には慣れないことを言っていただけです。

それなら私は、なんでそんなことをしたか？　――それは勿論、去年は半ズボンでどこまでも行った私が、今年の夏はそれをしなかったということに関係を持っている。

私は三十六だ。三十六にもなって会社行かず、好き勝手なこととして生活を成り立たせてるなんて、今の世の中では非常に特殊な人間だ。特殊な人間が特殊な恰好してどこ行こうと、誰からもお咎めはない――但し死んだ後でどう言われるかは、あの有吉佐和子さんが赤いドレスを着て歩いてただけでなんだかんだと言われたことでも分るように、よく分らない――。

要するに私は、〝特別な人間〟として野放しにされとくことにはもう飽きた。ホントにもう、ズーッと昔っから、私は〝変人〟扱いされることに飽きているんだ。勿論、変人扱いされることを恍惚として受けとめていた〝若い〟という時代もあったけれどもサ。

私はもういい加減に、〝大人〟になりたいんだ。〝若い〟のには飽きちゃった。

私は、若さの特権から来る〝変人的魅力〟というのには、もう飽き飽きしちゃったというだけなんです。

だってそれは、個人が力ずくで成立させている魅力だし特権だもん――だから、その個人が死んでいなくなったらどう言われるか分んないって言うんですけど――。

私は、〝自分は正当である！〟ってことを全身で主張しながら、絶対に半ズボンを穿こうとしない男達の中を歩くのはもうやだって言ってんですね。そんなことは疲れるし、「自分は当り前だ」ってことを主張することほどよく考えてみたらバカらしい主張ってのもないんでね。そんなエネルギーと集中力があったら、よそに回した方がズーッと楽で仕事もはかどるわいと思っとるんです。

基本的に私は、自分の正当な社会的な位置づけがほしいっていうだけです。社会的な位置づけのない大人は大人じゃありませんからね。それは飽くまでも〝特殊な人間〟です。そんなゲットー——収容所——に入れられてんのなんか俺やだもんねと思うんです。

思ったからこういうことをしてんですね。

大体、社会から逸脱してる人間は、〝逸脱している〟という形でしか社会的位置づけはえられないんですね。早い話が、「認知がほしけりゃ長ズボン穿きな」と、誰かが私に言っているというようなもんなんですね——私みたいな人間が社会的位置づけを得られるんだとしたらそれしかないというのが〝今迄〟ですからね。

私は、半ズボンを長ズボンに穿きかえて、それで〝大人〟になりたい訳じゃない。そんな半チク——〝中途半端〟という意味——な〝大人〟になったってしょうがない。それはあなたという〝大人〟が普段しているつまらなそうな顔を見ればよく分る。〝そんなもん〟でいいんだったら、私はなにも頑張らない。

私は、〝夏にも半ズボンを穿ける大人というものが存在する〟という前提に乗っかって、初めて〝大人〟というものになりたい。

みんなが半ズボンを穿くんだったら、私だって変人扱いされずに半ズボンが穿ける。

大胆不敵にも「常識が変われば自分はまとも」という大前提に乗っかって私は生きている。という訳で、「ねェ、来年の夏はみんなで半ズボンを穿かない？」と、私は持ちかけている。

僕にもＯＫ、君にもＯＫ、みんなでＯＫ、レッツ・ゴーという、そんだけの話です。

そんだけの話だから「穿いてよね！」と私は言ってる訳だが、だがしかし、現実はそんなにうまく行くもんでもない。

前節で明らかなように、何をどう言ったって一般的な男が半ズボンなんか穿くもんか、ということぐらい私は知っている。

知ってて提言なんかするというのは、言論の無力を身をもって証明する為か、ということにでもなるんだろうか？　まさか——。


私は実は、正当性というものは論理によって獲得されるもんだと思っている。これだけ訳の分らない世の中で三十年間自分の正当性がどうやったら通るのかと考え続けて来た人間のとるべき道はそれしかなかった。と同時に、他の人間にしたってそれしかないだろうね、と私は思うけど。

という訳で私は、「夏に半ズボンを穿くのは当り前である」「夏に半ズボンを穿かない人は、特殊な事情を持つ人か、さもなければバカだけである」という〝論理〟を、もう通してしまった。

という訳で、私はもう正当性を獲得してしまったので、来年の夏はなんにも考えないで、平然と半ズボンで歩くだろう。考えるべきことは全部ここで考えつくしてしまったので、最早来年の夏にはこと半ズボンに関して考えるべきことはなんにもない。

　去年の夏までは、「あ、お前は半ズボンだな！」「悪いかよ、バカヤロ」という、ひそかな心的葛藤が私と私の会う他人との間で繰り広げられていたのだが、来年からは、「あ、半ズボンだ！」「なんのこと？」という風になるので、私はすごく楽だというのだった。

　去年までだと、私は半ズボンに関しては理由も必然性もメリットもなんにも言ってなかったから、「分んない人が分んなくてもしょうがないなァ」と思っていた。他人の一方的な思惑に対して消極的にならざるをえないというところが、社会的位置づけを欠く〝若者〟の悲劇なのである。

　ところが来年は「え、そういうことまだ知らないの？」で私は全部済んでしまう。私は〝知っている大人〟あなたは〝知らない未熟者〟という風に逆転するので、嬉しい。

　斯くして私は、個人的に常識を逆転させたのである。それをバカだといっていいかどうかというのは、来年の夏のお楽しみ、ということになる。

　私は個人的に本を成立させた。論理を完結させた。それが閉じているか個人的か特殊か、はたまた普遍的であるかどうかは、その〝内容〟が自ずと決定することである。

　本を書くということは、そういう信頼関係を読者との間に設定する為に全力を尽すことであると私は思うのだが、如何？

　――これ以上他人の悪口を言うのはやめよう――。

18

いよいよ出て来た、待ってました的毛ズネの研究

実は私にも読者《ファン》というものがいる。しかし私は、はっきり言ってファンなんか嫌いだ。頭悪いんだもん――と言うのはやっぱり、同族嫌悪だろう。いいとことやなとこと同時に見て、やなとこが1%でも多くなるとサッサと捨てちゃうというのが、昔っからの浮気性の私の悪いところだが、しかし反省なんか絶対にしない。〝見た目〟と〝頭〟と〝気立て〟の内、どれか一つが悪くなると、残り二つもあっという間に悪くなるというのは〝真・善・美〟という人間に関するものの最大鉄則だからしょうがない。

何を言ってるのかよく分らないが、橋本治という人は、実は訳の分らないことばっかりを言うことでも有名な人間なのである。という訳で、ここでは訳の分らないことばっかりを言う。

大体私には昔、女の読者《ファン》しかいなかったのである。そしてしばらくしたら、「え?! 橋本さんて女のファンているんですか?」と男に絶句されるような状態になってしまったのが何かというと、私が平気で、女の悪口ばっかり言ってたからである。今は男は気が弱いから、女の悪口なんか言ってもらえると、うっかり「あ、味方だ」なんて思ってしまうんかしら?

大体私は、男なんか嫌いなんだから、ホントに、殺したいぐらい嫌いなんだから！ (言った途端に

どうでもよくなった)

右の文章の〝男〟を〝女〟に変えて、私は一年ぐらい前まではズーッと言っていた。どっちにしろ、ヤなヤツは嫌いなのよ、男も女も。そういう点で、私は〝許す〟ってことをしない人間だから。

「ブスが嫌いだ、ブスが嫌いだ、ブスが嫌いだ」って言ってブ男を喜ばせてたけど、私は、それよりズッと、ブ男が嫌いなのだ。

「私……、橋本さんの……、ファン、なんです……」って感じでクラーイ女に出て来られると、私はもうホントに目の前が真っ暗になるんだけど──「ああ、やっぱり、俺の書くものはどっか片寄ってるんだ」って、そういう時にははっきり思う──「僕、橋本さんのファンなんです」って、ニタニタ笑ってるだけの山出しのブ男に会ったりすると、私はホントに死にたくなる。「なんで今の時代、私は戦災孤児の収容所の院長をやんなきゃなんないんだろうか?」って思うほど、ホントに、絶望的に時代遅れでひどいのっているよォ。

私の本を少しでも読んだことのある人間だったら、私がこういうことを本気で言う人間だってことぐらい知ってるだろうから本気でいうけどサ、俺、ブ男って嫌いなんだよ。見ただけでジンマシン起りそうになるんだもん。

という訳で、私には〝美少年のファン〟もいるんです。いるけど、私ほど読者の悪口を言う作家もいないから、今度はこいつらのことを集中的にいじめようと思います。どうせ来年はゴミの山なんだけど。

私のブ男嫌いが功を奏して、私も美少年のファンつうのをつかまえたんです。大体私の書いたもんを読みゃ分るけど、ファッショナブルな美少年に一番無縁なものは橋本治の本と相場は決ってるんで、こいつは大変なことだったんです。

大体、年の頃は二十三・四・五・六・七ぐらいでしょうね、私の読者の〝美少年〟ていうのは。少しトウがたってんですよね。トウがたってるから〝元・美少年〟て言った方がいいのかもしんないけど、しかし、私の見たところ、彼等がかつて美少年であったという形跡はない。十代の頃は〝クラーイ少年〟て言われてたのが、二十代になって少し立ち直って、「昔美少年だったたってことにすれば誤魔化せるかもしれない」ってセンで〝美少年〟をやってるのが私のそこら辺の読者である。

大体はっきりしてるんだけど、橋本治の本ほど〝美少年〟とは無縁なものがないんだから。大体〝美少年〟てのは頭が悪いんだし、俺は頭の悪い人間は嫌いだから、お互い相性はよくないんだ。

という訳で、私の読者の〝美少年〟はちょっと変っている。大体〝美少年〟である時期に美少年じゃなかったんだから暗い。そして、その暗いウックツ故に、非常ォ〰〰〰〰に、頭がいい。

これはホント。私は今の二十代の真ン中辺に隠れてる男の子達の頭のよさにはホントにびっくりする。この頭のよさはほとんど、私と同世代の女の頭のよさにほぼ匹敵する。――どうしてこういうほめ方をするんだろうか？　ヒヒヒ――。

ついでだから言うけども、同じ程度のウックツだったら、顔の悪いヤツより顔のいいヤツの方が、絶対に頭いいよ――将来的にどっちが〝よくなる〟かは知らないけど――。顔のいいヤツはウックツをエネルギーにして立ち上るけど、顔の悪いヤツは当座、そのウックツをこじらせるだけだから。だから俺、顔の悪いの嫌いなんだよね。そして俺の言う〝顔の悪い〟ってのは、顔に表われたウックツのこじれ加減を言うんだけどね。自分じゃ「まァまァだ」と思ってる男のこじれ方ってひどいからね。美意識なしで自己愛だけだから。

という訳で、私は頭のいい二十代の美少年が好きかというとそうではない。それもやっぱり嫌いなのだ。何故かというと、ヤツらはみんな、背が低いのだ！

どうだザマァミロ。

俺の読者の美少年て、背が低いんだよね。

ちなみに私は身長一メートル八〇ですから、男の場合、一メートル七〇に満たないのは、みんなチビです！

私はね、私より年上の人間が私より背が低くたってしょうがないと思ってんだ。それはみんな、時代に殉じたからだと思うしね。でもね、俺より年下で身長が一メートル七〇未満なんて、そんなだらしないことがあっていいもんかと思うのね。

身長っていうのは、根性で獲得するもんですよ。それが分んないから、俺は、俺の〝美少年の読者〟ってのが嫌いなんだ。ホントにバカだもん。

ウチの方じゃそういう風に決ってます。俺が決めたんだもん。——ついでに、僕の〝読者〟じゃない人はここ飛ばして読んだ方がいいですよ。あなたにはまだ無理だから、この〝飛躍〟というのが——俺もだいぶ親切になって来た——。

まァ、この際だから、私の二十代の男の読者の分類ってのしちゃお。

何故二十代かっていうと、俺、十代の男の読者っていうのよく知らないんだ。十代の男の読者ってのは、自分の作中人物だとしか思ってないから。

それから、三十代前半の男の読者で、自分のこと「若い」と思ってるヤツ嫌い。お前なんか若くねェよ！

それから、三十代中頃の同世代で、自分のことオジサンだと思ってる読者嫌い。人のこと一緒にしないでよ！

それから、三十八から四十までの男って、僕とは生理的に合わない筈だから、ここには僕の読者はいない！

そっから上は分んないけど、しかし愛されるのは嫌いじゃない。

で、二十代――

背が高い男で顔がいい――こういう人は僕の読者になる必要がないからいない。
背が高くて顔が悪い――結構多いと思う。基本的に頭はいいんだけど、自分の体の大きさをもてあましてるから、現実問題としては無能か不気味のどっちか。
背が低くて顔が悪い――一番純真ではある。
背が低くて顔がいい――その一点で頭が悪いということに気づいてないのが困ったもんだ。
背が普通で顔が悪い――一番タチが悪い。俺の理解者だと勝手に思ってる。

背が普通で顔がいい――何を読んでも、俺が何を言ってるのか分らない。

私も大変なんですよ。――しかしズイ分メチャクチャな大変がり方だな?

私がここで何をやりたいのかというと、その背の低い美少年の背を伸びなくさせている元凶は何か、ということの究明であります。ここが一番典型的だからやるんで、各自そのことを参考にして〝自分の場合〟というのを考えてみるように――私は若い子相手に〝先生〟やってんだもんねェ、もう飽きたよ――。

さて、それではその背の低い二十代の美少年の背が何故伸びないのかというと、それは勿論、彼等が毛深いからである。

どうだ、当っただろう!

つまり、こういうことなんである。

彼等が伸び盛りである十代の真ン中辺で、彼等は急に毛深くなったのである。毛深くなって、彼等はそのことを「ああ、もう大人になってしまった」と了解する形で受けとめてしまったのである。〝十代の真ン中〟というのをここでは便宜上〝十五歳〟ということにするが、彼等は十五歳で、子供と、し、て、の成長をやめてしまったのである。

「ホントだったら僕は、少年としてスクスク伸びて行ってもいいんだけど、でももう僕〝大人〟になっちゃったしなァ」と、彼等は自分の毛深くなった脚を見て思うから、そのまんま身長が伸びないのである。

これは如何にもヘンなことに思われるだろう。世の中には、毛深くなって、それでもまだドンドン身長が伸びてゆく男は一杯いるのに、ということがあるのにィ、である。

彼等は――背の低いトウのたった美少年は、〝大人〟として成長して行くことに意味を認めていないのである。〝毛ズネ〟というものが「そこで終り」という、ゴールを表わすものとしてしか受けとめられないのである。〝大人〟としての成長を認めず、〝子供〟としての成長をやめればどうなるか？

毛深い脚とさして高くもない背丈の上にあどけないデカ頭を乗っけたトッチャン坊やになるだけである。

第一部の記述で分りにくいところがあるとすれば、それは〝過熟な子供〟という耳慣れない言葉の説明だけだが、この右の〝トッチャン坊や〟が、その〝過熟な子供〟の典型なのである。

今の世の中、〝大人〟のレベルは低い。極めて低いところで完成しきってる。暑い夏のさ中、ガンガンクーラーつけっぱなしという外的条件が整えば、なにもわざわざ人間、夏になる必要はないのである。アホなオッサンが夏でも家の中、会社の中を冬にしとくもんだから、可哀想に、女性はみんな、わざわざ冬物を持って夏の町中に出て行くのである。一事が万事だが、万事は所詮一事である。

その程度の低さを〝程度の低さ〟として指摘されなかったらどうなるか？　それを達成目標レベルと、知らないヤツらがカン違いするだけだ。

〝義務〟の平均的達成レベルが、〝遊び〟というものを一切切って棄てた結果、平均値の55％というところにとどまっているという現状が、どういう結果をもたらすか？　〝平均値55％こそが達成目標である〟という、バカらしい信仰を生んだというだけである。早い話が、今の大人のやってることは、みんな、小学校六年生程度のガキに出来る。だから、今の人間のゴールは、小学校卒業の時点にある。その後はみんな〝余分なこと〟である。

今の高校生は昔の高校生みたいに凄絶になんない。その理由は、小学校の六年間にそれが出来上ってしまっているからである。高校に来て哀しくなる必要なんかないのである。もう私は、彼等の為に小学校卒業しちゃったらスグ働きに出させちゃえばいいんじゃないかと思う。大学生があんなにも就職活動に熱心だっていうのは、「この状態から脱け出せる」と思うと、それが嬉しくてしょうがないからなんである。もっとも、脱け出したってその先の人生に芳しいことがあるのかっていえばないんだけどサ。ともかく、そこに行ってそこにいるという、ほとんど永遠に続くかと思われる、なんにも起らない学校生活というのからオサラバ出来るのかと思うと、それだけで楽しくなれるという、それだけなんである。

学校で習うことになんかなんの意味もない。そういう〝公式見解〟の裏にある〝実知識〟というものを、この高度なる情報社会の中で、彼等は勝手に吸収してるんであるから、学校なんてとこは、ただ坐ってるだけのとこなんである。という訳で、ほとんどの子は、勉強が苦にならない。苦にならないように、小学校段階で調教されるのである。調教に失敗したら落ちこぼれになるだけだから、そういうものはほとんど問題にしなくてもいいだけだということになるらしいんだが、ホントにそれでいいんかなァ、今にこわいことになるぞォなんて私は思うんだが、まァ、別にどうでもいいんでしょうね。

シブがき隊なんてのが出て来た時は、私は驚きましたね。高校生になってもプロポーションが小学生のまんまという、レベルの低さを達成目標と勘違いした子供の存在を目の辺りにしたというのは、知っててもやっぱり驚きでしたね。そして、そういう異常を、絶対世間は〝異常〟とは思わないだろうなァ、ということも含めてね。

人間の体の中で成長の度合いが一番低いのは〝頭〟なんですね。中身の話ではなく外側の方ですけど。小学校六年生程度のところで、頭の大きさというのはほぼ完成するんですね。完成してその後、手足胴体の伸びというのがいよいよ本格的に始まるんですね。第二次性徴の開始期である思春期というのは、だから〝伸び盛り〟なんですね。

そういう前提があるにも拘らず、伸びない！

戦後日本の悲願は国民の体位向上であった筈ですね。占領軍の総司令官であるマッカーサー元帥と並んだ時の日本人の身長及びプロポーションはほとんどその精神年齢を暗示するかのように小学校六年生だった。そしてその後目ざましく日本人の体位は向上した。向上したけど、この五、六年の大学生高校生の背の低さはなんだろうと私は思う。頭でっかちが異様に目立つ背の低さで、私は彼等が「ホントはもっと背が伸びる筈なんだけどね」と、どこかでこっそりと言ってるような気がしてしょうがない。だから、シブがき隊が登場した時は、正に〝時代の子〟なんだなァと思って驚いた訳です。

もっと伸びてもいい筈だと当人のプロポーションが言っているのに、「それ以上伸びる必要はない」と、彼の外部が言っている。だからそのまんま。人間というのは案外、〝常識〟とか〝一般的見解〟っていう、外界の意見に忠実なもんですね。という訳で、〝常識〟というものは常に検討されなければならないというようなことを、私は言う訳ですけれどね。〝常識〟というのはやっぱりこわいですよ。総体としての押しつけは、個人のやっぱりそれでも存在する内的必然性というのを歪めますからね。

なんのことかというと、子供としての成長をやめて大人としての成長を認めない〝過熟な子供〟というのは、そのまんま老けるんです。それ故に私は〝過熟な子供〟というんですけども。

〝過熟な子供〟の典型というのは、実は男ではなく、女に現われてるんです。それが何かというと、これはもう皆様よーく御存知の、例のジョシダイセェ——女子大生——なんです。あれはこわいですよォ、ホントにこわい。

町を可愛い女の子が歩いてますよね。ここら辺にフェリスの子なんかいる筈ないと思えるようなとこでも、僕から見たら「フェリスの子かなァ」と思えるような子が平然と歩いてます。その歩いてる子がなんかの拍子で後ろ向くか、こっちが追いぬきざまに顔を見るかすると、ホントに慄然とすることがあるというのは、顔が老けてる。十九や二十である筈の年の子が、四十のオバサンでも通るような顔して歩いている。

ホントにあれはこわいです。どうしてこういうことを誰もこわがらないのかと思うところから始まってて、こわい。

頭では分るんですよ。「ああ、埼玉の百姓の娘が小金持ってて三流の女子大行ってるなァ、先祖の血は争えないなァ」って。だがしかし、現実はそんなものを超えている。世の中には確かに〝百姓面〟というものはあるのだけれども、彼女等の顔はそうではない。明らかに、〝世帯やつれ〟という言葉で代表される中年女の老け方をしている。

体は華奢、洋服はブリッ子、話し方はたどたどしくあどけない——ように演じている——のが、その顔だけが年増女というのは、本当にこわい。人間は成長するものだ、人間は成熟するものだ、人間は年をとるものだという、厳たる事実が、その顔に集中的に現われるというのはなんともこわい。


基本的に今の世の中、成熟を必要としない。という訳で、スネ毛が生えたところで成長をストップさせちゃった、トウの立ったあどけない美少年というのが存在する。彼等は、大人でありながら大人ではない。意識の上では子供のままでいる。「自分は子供である」という考えの延長線上にいる。とどうなるかというと、頭だけは異常によくなる。何故ならば、彼等には、自分の考えを制約するような〝立場〟という、大人にとっては必須のものが存在しない。「俺、関係ないもん」の一言で、会社にいようとどこにいようと、意識だけを局外に飛ばすことが出来る。どんな立場にも制約を受けないんだから、本質を見極める能力だけはドンドン研ぎ澄まされて行く。という訳で頭はよくなる。しかしそれは女の知性と同じで、隠れている。並の大人や年寄りが逆立ちしてもかなわないほど、真理に関する吸収力はすごい。ただそれを、自分の言葉にして表現出来るかどうかは別問題だし、当面は無理。何故ならば、発言する場がない。

彼等はとてつもなく頭がいい。それは何を代償にして獲得したのかというと、成長しなくていいということを代償にした。体は老けないが、頭は老けた。

そして、どうして彼等の頭の中だけが老けたかというと、それは勿論、彼等が長ズボンの下で脚を老けさせたからだ――スネ毛の生えた脚を長ズボンで包んでいるからだ。〝隠れている〟ということはこういうことでもある。

　これがどういうことかというのを、顔の老けた女子大生と比較をしてみると分る。

　彼女等は若い。全身で若い。そしてその若さとは、どんなバカでも一目瞭然で〝若い〟と分るように、〝幼い〟というレベルにまで落ちて、若い。彼等の肉体には、ほとんど〝女性的〟と言えるような特徴が何もない。胸がない、腰がない――スレンダーなズン胴であること、初潮以前の小学生に等しい。一億総中流という結果を招いた高度成長が、ステイタスとして、子供達の良家の子女化を招いた。即ち彼女等には、生活臭が全くない。親が、マスコミが、ボーイフレンドが、彼女等に人形であることを要請した結果、彼女等は、ものの見事に人形になった。手は細い、足は細い、肩は細い、胸は細い、首は細い、腰は細い――体中の何もかもが細く華奢。そして彼女等は、立派に女としての〝生理〟を持っている。言い換えれば、生理さえあれば大人の女だというところまで、彼女等は切り詰められている。「それ以外、別に女はなんにも必要とされないのよ」という。女の行き止まり現象が、女子大生というところに積りに積ってそうなった。

「女の運動がどうとか、女の生き方がどうとかって言ったって、結局無理してるだけじゃなァい、あたし達はやァよォ、だって無理しなくたって生きられるもん」という喝破が、彼女等をそうさせた――そのまんまでも一向に不都合がないということを知って、彼女等はジョシダイセェをやっている。

彼女等は成長しない。体も頭も。その必要がないと言い張っているから、成長しないし年を取らない。二十歳になる、もう何年も前から彼女等は年を取らない。年を取ったら、〝いいとこのお嬢さん的ジョシダイセェ〟やってられない。しかし、人間は年を取るものであるという事実だけは動かせない。「このままでいいのかしら?」という根本的な不安感が、どこかで彼女達に帳尻合わせを要求する。という訳で、顔に出る。人間というのはそういうもんですね。

彼女等にとって、ジョシダイセェということは、〝女〟であり〝学生〟であり〝若い〟ということだ。即ち、その三つの理由によって生活者になる必要はないということである。

「そりゃァ女だからって働かなくっていいってことはないと思うわ——だけどまだ私は学生だから十分に働けなくても当然だと思う。だって私はまだ稚《わか》いのよ——一人前なんて無理でしょ?」

カッコの中をこっそり言う。だから彼女等の外見は子供っぽくなければならない。そうでなければ〝稚さ〟から生じる既得権が失われる。だから彼女等は、顔以外に年を取る場所がない。幸いなことに、〝個性的〟という言葉はある。〝ブスというのは差別よ〟という考えもある。不幸にして、〝美人〟という文化的洗練度を表わす指標は、時の彼方に埋没してしまった。という訳で、彼女等は平然とそういう顔をさらして歩いているのだけれども、そういう顔がどういう顔なのかは知らない。顕われているとは、そういうことだ。そして、そういう顔とは勿論、老けた子供の顔である。〝過熟な子供〟というのもそういうものだ。

そして、ジョシダイセェは顔で年をとるけども、トウの立った美少年はスネ毛で年をとっている。女は隠さず男は隠す。

彼女等にはそれが年を取っているということだという知識はないけれども、彼等にはもう、それが決して後戻り出来ない老化の表われだということがよく分っている。という訳で、決して半ズボンを穿かない。ほとんど、男と女は逆転している。昔は、女というものは〝隠す〟ものだった。

ところで誤解されては困るのだけれども、私は、半ズボンというものを〝失われた少年性の回復〟の為に提唱している訳では全くない。夏が暑いのに、その暑さを認めようとしない不合理の一打開策として提唱しているだけだ。あんたらが毛深かろうと毛深くなかろうと、私の知ったことではない。それが気になるのなら毎日毛ズネを剃ればいい。どうせ毎日髭を剃ってるんだから。

毛ズネが美しいか美しくないかという美学的位置づけは——ことに日本に於いては——非常にむつかしいというのは、髭は男性的な象徴だとする考えと、無髭は文明の象徴だとする二つの全く立場を異にする考えがお互いに主張を——秘かに——繰り返しているからである。

日本では、江戸三百年の間、男の顔から髭がなくなった。これはあまり知られていないが、時代劇を見れば分る通り、江戸時代には不精髭しか髭が存在しない。髭とは必ず剃るものである。髭は戦国時代を伝える謀叛の象徴であるということで、天下平定と同時に軍人から官吏に変貌した武士が揃って髭を剃ってしまった——ために世の中から髭がなくなったという時代が三百年続いたのが日本である。明治になって入って来た西洋文明というのが、これまたそれとは正反対の、十九世紀男権文化の真っ盛りであるから、髭の全盛である。日本で髭といえば、軍人と巡査の象徴——即ち野蛮の象徴、エライ大臣・学者のシンボル——即ち権威の象徴となったのはその為である。

という訳で、日本では無髭の方が文化的洗練度の高さを表わすという結論に落ちつければいいのだが、困ったことに、日本には公家貴族という髭文化の伝統もあって、これは全く、別の意味での洗練を伝えている。

何かというと、有名な『源氏物語絵巻』を見れば分るのだが、日本の文化的洗練度の極致では、男と女がおんなじ顔をしている、髭があるから男、髭がないから女という識別が成立するぐらい、男の顔が女性的なのである。

西洋の場合、男というのが〝人間〟の基準にあって、それから肋骨一本抜かれて出来たものが女という根本の差別があるように、物事の基準は〝男〟である。ところが日本では、男も女も〝女性的〟というレベルに於いて同一であり、その先に殊更に〝男〟であるということによって男の優位性が主張される——つまり、日本の基準は〝女〟なのである。

ここでは、洗練の上に〝髭の美学〟というものが存在しうる。

明治の権威の髭・平安貴族の識別の髭・江戸の髭なしというそれぞれに矛盾する考え方が髭に関してこれだけあるのが日本なのである。だから、毛深いから毛ズネを剃ろうが、毛深いから毛ズネを主張しようが、どっちに転んでも関係ないんだというのが、そもまず前提としてはあるのである。

という訳で、毛深い美少年は平気で半ズボンを勝手に穿けばいいのであるが、なこと言ったって穿かねェだろうなァっていうのは、やっぱり、ジョシダイセェとおんなじで、毛深い美少年という〝過熟な子供〟も、主張すべき既得権というものを持っているのである。

〝過熟な子供〟がなんで過熟などということになるのかというと、それは〝子供〟であり続けることに特権的な位置を発見しているからである。せっせと早いとこ大人になってしまえば、かのジョシダイセェだって顔が老けないのである。″子供″が″大人″になりたがらないのは、″大人″になったってなんの意味もないのと同じように、″子供″であり続けることにメリットがあるのである。だから″子供″という枝から落ちないで、熟れ続けて過熟になるのである。

一体、毛深い美少年は半ズボンを穿かないことによってどういうトクをしてるのかというと、「○○くんは頭がいい」ということと同時に、「○○くんは可愛い」という評価を、彼等のガールフレンドから得ているのである。「半ズボン穿いたら絶対似合うに違いない」という秘かな評価を自分達のガールフレンドから得ているもんだから、まかり間違っても似合わない半ズボンを穿いて、″可愛い″という既得権を失いたくないという、それだけなのである。

だがしかし私が言ってるのは、″失われた少年性を半ズボンによって回復する″という役に立たない美学なんかではなくて、″失われてしまった夏の暑さを正当に位置づける手段としての半ズボン″という、実用なのだ。似合うか似合わないかは、まず問題になんかしないのだ。そして、それを問題にするとしたら、まず、″少年ぽい″というクソ役立たずの美学こそがまず第一に放棄されるという、ただそれだけなのだ。美学というのは、実用の後の洗練なのだ。そういうことが分んないから″近代人″は困る。

あんたら何考えてんの？　であるのだが、結婚詐欺は、女に寄食することによって生きて行く男なのである。そのことによってまず、女の歓心を買うのが第一なのである。そしてお分りのように、なんで結婚詐欺師が〝結婚詐欺師〟という職業を選ばなければならないのかというと、可哀想に、世の中が彼のことを受け入れてくれないのである。

私が何を言ってるのかは既にお分りだと思うが、女相手にデカイ面して「僕は分ってるんだ」なんて顔してたってダメなのよ、ということなんである。


多くの女は、男が半ズボンを穿くことを許す。「あら、どうして半ズボンを穿かないの？　似合いそうなのに」ということを、実に多くの女達は言うのだ。言うのだけれど、女達にそれを許してもらったってしょうがないのだ。大体女の許し方というのは、「可愛い男の人がそれをやるんだったら」という、隠された前提付きなので、女から「可愛い」と言ってもらえない男は、半ズボンを穿いたって女に排斥されるだけなのだ。

〝許す、許さない〟というのは、許認可権を持っている〝権力者〟にのみ可能なのであって、どうしてわざわざ女が権力者であることを認めなければならないのか？

自分が半ズボンを穿けないということを前提にして、それを許すものの存在を認めるということは、「お兄ちゃんがクーラーつけっぱなしにするからあたし風邪ひいちゃったァ」という、その異常なる前提を容認して、卑屈なる自分を無批判に肯定する、ブリッ子娘のマゾヒズムと変らないのである。

そりゃ女だって楽になりたいから「男の人が半ズボンを穿いてくれればあたし達だって楽しくなるわ」なんてことを言うが、それだってどうしてそんなことを言うのかというと、「クーラーのつけっぱなしのバカなオッサン、なんとかならないかしら」と、彼女等が陰で愚痴を言っているという前提あってのことだ。

アホなお父ちゃんの暴君ぶりを見て見ないふりをするお母ちゃんが素直な息子を味方につけるだけで、現実をちっとも変えようとしない的側面だってやっぱりあるから、男と女は虚々実々なのである。今はなんでも、〝個人〟という名の密室の中での利権争いでしかないからね。

そんな、いつまでも〝お母さん〟の庇護ばっかりをつかまえて〝お父さん〟と戦うのを回避してたってロクなことないんだ。戦いを回避したもの同士の主導権争いっていうのはやがて――又は〝既に〟――起るに決ってるんだ――起っているんだ――。

毛ズネなんか出せばいい。出して、「やだァ、私は毛ズネのある美少年なんて認めないもんね」という、ほとんど時代遅れの女の〝美学〟とぶつかればいい。自分が〝毛ズネのある美少年〟などという中途半端なものになっているのは、自分の背丈が低くって脚が短いという、その中途半端のせいなのだと認めればいい。背が伸びれば〝毛ズネのある青年〟に変るだけなのだ。青年が毛ズネを誇るのは当り前で、その青年が夏の暑さに半ズボンを獲得出来ないでいるということが問題なのだ。

大体、今年の夏は、街を男の半ズボンがカッポしていたのだ。大体ファッショナブルだからみんなバカだったのだが、バカの偉大さというか、バカの効用というのは大したもので、毛ズネがあろうとなかろうと、みんな平気でファッショナブルは脚を剝き出していたのだ。

人間の外界探知把握能力というのは大したもので、バカなヤツほどこれがすぐれている。

大人にはあんまり意味がないと思った途端、ジョシダイセェは、ああいういいいものになったし、このまんまでいいんだと思った途端、シブがき隊は頭でっかちでデビュー出来た。

シブがき隊に「このまんまでいいんだ」と思わせるものが何かというと、それは勿論、同じジャニーズ事務所の先輩、例のワキ毛のないマッチこと近藤真彦である。ワキ毛なんか生えなくたって「俺、男だぜ！」って言えるぐらい、今の男には実質がないんだというところで、マッチはワキ毛が生えないのである。

そして、ワキ毛なしのマッチをデビューさせる為には、勿論その為の犠牲者というのもいる。それが誰かというと、勿論、同じ事務所の先輩であるところの、胸毛アリのトシちゃんこと、田原俊彦である。ワーイ、田原俊彦に胸毛が生えてるなんてこと誰も知らねェだろォ。俺なんか『平凡』とか『明星』読んでっからチャンと知ってんだぜ。

何年か前、『平凡』だか『明星』だか、どっちか忘れたが、「胸毛生えてる田原俊彦なんか気持悪い」という、アンチ・トシちゃん派の女の子の投書が載ったことがあるんだ。「え？　まさか？　遂に時代もそこまで来たか」と思ったのは何かというと、〝胸毛生えた男までカマトトやるんだなァ〟ということである。

「嘘だろう？」と思ってたら、次の号でトシちゃんの水着写真というのが載っかっててよく見たら、なるほど胸毛は生えてたのである。ジャニーズ事務所も困っただろう。新しい事態の出現にうろたえて、方針の不統一をさらけ出してしまったのである。「どうすんだろう、これは？」と、私は他人事ながら心を痛めていたのであるが、次の年からズーッと、俊ちゃんの胸にはなんにもないのである。〝若さ〟の為に男の生理は葬られたのである。

もう一ヶ、こっちは外国の例。去年、ジョン・トラボルタの『ステイン・アライブ』が封切られた。御存知『サタデー・ナイト・フィーバー』の続篇で、監督はシルベスタ・スタローンである。『ロッキー』の彼がトラボルタをシェイプ・アップしたというので評判になった作である。私はこの『ステイン・アライブ』の新聞広告を見ていて、なんかヘンだなァと思ったのである。何がヘンかよく分らなかったが、ともかくヘンだと思ったのである。ヘンだと思っててその後、『サタデー・ナイト・フィーバー』のビデオを見てて気がついたのである。胸毛からなにから、毛ムクジャラだったトラボルタの体から、ワキ毛以外きれいさっぱりなくなったのが『ステイン・アライブ』だったのである。「そうかァ、シルベスタ・スタローンてそういう趣味だったのかァ」と思ったというのも、『ロッキー』の彼に胸毛がなかったからである。毛深い青年というのも大変なんだなァと思ったのだが、スタローンもトラボルタも、なんかを回避したいんでしょうね。それが何かはアチラのことに詳しくない私には分りませんがね。という訳で、なんで私がそんなことばっかり注意を向けるのかというと、それは勿論、私が毛深くないからである。

ホント困ったもん。全然、思春期になったって毛が生えないんだもん、脚に。ワキにもだったけど。「お前、全然毛がねェなァ」と言われるのがいやさに、夏に短パン穿けなかったという時期も私にはあるのである。短パン穿いてどこまでも行っちゃうようになったのは、なんと、私の場合三十過ぎてからなのである。

基本的に、短パン、半ズボンというのは、男の野蛮さのシンボルか、さもなければ〝少年性〟というもののシンボルでしかなかった。いい年して脚がツルンとしてるのなんて男としての異常さを暴露するものでしかないと思ってたから、私は、それがヤバクて半ズボン穿けなかった、という事情もあるのである。

そういう事情がタブーを作っていたのが、知らないというのは偉大なことで、「ヘェーッ、男のスネ毛ってそんなものの象徴だったのォ、汚いだけじゃん!」というアホな男の子が毛の生えない脚を大っぴらに突き出して歩くようになったもんだから、男の毛ズネは陰湿になっただけなのである。

ホントに、毛の生えてない脚を持った男というのは増えましたね。昔はそういうものは、存在しなかった筈なんですがね。

だがしかし、髭とかスネ毛は、男だったら誰でも生えるんですね。女だって生えるようなもんでもあるんですね。それは単に、早いか遅いかの、時期的な問題でしかないんですね。

私は毛深くない人間だが、無毛症ではないという証拠に、薄いながらもスネ毛というのは生え揃っている。そして、ある時狭い湯舟に膝を曲げてつかっている時、己れの膝っこぞを見て気がついた——「あ、大人の毛が生えてる」というのが三年前のことだからこわい(!)。

「しかし、膝までは来たけども、この先がなァ……」と言って、スベスベした女の太腿のような我が脚を眺めていて、「種はまかれてる筈なのにどうして芽が出ないのかなァ」と、まるで思春期の中学生のようなことをズーッとやっていたのだが、果して、「なんとなく、今年の夏は短パン穿いて電車乗りたくないなァ」と思っていた今年の夏、「あッ! 遂に、大人の毛が太腿に!」という事態を迎えたのである。

私も「そうじゃないのかなァ……」とズーッと思っていたのだが、実は私は、ただの〝早熟な子供〟だったのでした。人間、どういうのがいるのか分らないけども、「これで来年から毛が生えちゃえばもう大人だしなァ」と思って、私は来年の準備をしているのでした。困りましたね。

19 コピーの時代3 ——ドンデン返しの復讐

まァ、来年の夏は半ズボンがはやると思いますね。それは私のせいじゃなくって、時代の趨勢というもんだと私は思いますね。

実は、メンズ・ファッションというのは長いこと行きづまっていた。後はもう、ズボンの丈を切るしかないというところにまで行って、長い間メンズ・ファッションは足踏みをしていたのだった。やっぱりなんか、タブーっていうのがあったんでしょうね。毛を剃るとか剃らないってことを海のあっちでもこっちでもやってるんなら。で、どうしたらズボンの丈を切れるかという方法論が、実は、リゾートファッションの街中化であったと。

海辺で短パン穿く夏があるなら、街中で短パンを穿くのも勿論夏だ、という論理で、メンズ・ファッションはズボンの丈を切ったんですね。そういう形でどうやら、ファッション界は男の短パンの正当性を獲得したんでしょうねェ。商売にだってというか商売にこそ正当性というものは必要なんですよね。

短パンのファッションが打ち出されたのは精々去年で、その成果が今年の夏であった。という訳で、去年までは夏でも長ズボン穿いてたマッチやシブがき隊も、今年は堂々半ズボンであった、と。こういう風俗の影響はあなどりがたいですね。

半ズボンという奇矯が町の中をカッポすることによって、「あーあ、夏って暑いんだよなァ」という論理を、長ズボンという知性の中から引きずり出して来る。そして、広告のコピーというのも、実はこういうことでしかなかった。第一部の初めで私が何を言ったかもう忘れましたが、新しい風潮が出て来ると、必ずインテリとかジャーナリストは頓珍漢なことを言うんですよ。

コピーにどういう意味があるのかは知らないけど、コピーは所詮広告だってことを皆さん忘れちゃいませんか？　「さァ買って」以外の主張が存在しないのが広告っていうもんでしょう。広告の文法というのは、だから普通の文法とは全然違うんですよね。

命令形が普通文になり、終止形が命令形になるという、不思議な倒錯を持つのが広告の文法なんですよね。

〝女性よ、テレビを消しなさい　女性よ、週刊誌を閉じなさい〟という、有名なコピーがありますけども、これは明らかに命令体の文章ですよね。でも、この後に〝角川文庫〟というスポンサー名がついたら、これは命令にはならない。「なァるほど、そういう主張がモノローグ――独り言――の形で存在するのが新しいファッションなんだな」と思うのが、まともな人間の〝広告〟に対する接し方だ。

「これは広告ですよ」と主張することによって、文章の主張を消す、消えるのが広告というものだ。普通の人は、その前提に乗っかって広告というものを見ている。だから、却って逆に、何も主張しない、訴えないということが、新しい主張となって、見るものを巻き込むことだって出来る。

その典型が、終止形→命令コピー。但しこれは、言い出す方に相当の自信がなければ出来ない。『ａｎ・ａｎ』という雑誌の始めたことだけど、たとえば、〝この夏、黒を着る。〟というコピーがあるとする。

関係ない人間は「ああ、そうか、お勝手に」と思う。ところが『ａｎ・ａｎ』がなんたるものかを知ってる人間には、「え、『ａｎ・ａｎ』が、黒を着るの？　だったら私も着なくちゃ」ということになる。

基本的に、このコピーはなんにも他に対して訴えていないけれど、主張というものは、通るところには通って行く。自己主張という主張はそういうものだ。そして、この二つのコピーを並べれば、自ずと分ることとは分る。それは、発言者と受け手の間の力関係である。

まともな人間だったら、どんなに筋の通ったことであろうと、無闇な〝命令〟は拒絶する。その前提を改めて明らかにする為に、広告主の名前を明記した命令形が存在する。

そして同時に、ある人物の独り言がある他人に対してはメッセージとして受け止められて行く〝終止形〟というものもある。

送り手は、個性という色のついた特定の個である。と同時に、受け手も、それを選別する能力を持つという特定の個である。広告というものが大衆《マス》を対象とすることによって、大衆＝無知性という図式が罷り通っているけれども、決してそんなことではない、ということが分るだろう。

受け手と送り手は、既に同等なのである。

言論が無力であるというのは、基本的に右の一行を忘却したところから出発している。

即ち、読者はバカではないのだ。読者がバカではないという前提に広告が立ったというその瞬間から言論の無力化が始まったとしたのなら、それは恐るべき言論の〝隠された前提〟というものを明らかにする。

即ち、言論とは、読者がバカであるということを前提にしていた。

であるからして、読者がそうそうバカではないということが明らかになった段階で、「うかつなことは言えないぞ」と言論側がビビらざるをえなくなって、その結果によって、言論は無力と化した。だから、ひっくり返して悪いけれども、そのことを頭ン中からほうり出して、〝とりとめもなく現在は流れる。〟なんてことを勝手に言われて、「ああ、そうですなァ」と言う人間なんかは、みィーんなバカなのである。

申し訳ないが、私はそうやって嘘をついたのである。第一部というのは、世間的なものの考え方に合わせると、話はややこしくなるだけで一向にすっきりしないなァ、ということを明らかにした。私の〝大人の物真似〟なのである。人が他人に対してものを言うというのは、必ず隠された目的というのがあるのであって、それを前提にしてこそ初めて主張というものは生きるのである――ということを明らかにしたいから、私は第二部では一貫して〝半ズボン〟〝半ズボン〟と言っていただけなのである。

大体おかしいよというのは、都心のターミナル・ステーションにあった、わざわざ正装して出かけなくちゃいけない場所に属するデパートというものが、わざわざ住宅街にまで〝カルチャー・スーパー〟と姿を変えてやって来てしまった時代に、なんだってこっちから出向く時は半ズボンだったり長ズボンだったり一々変えてみなくちゃいけないのかっていうことである。

カルチャー・スーパーだってデパートだって、中身はおんなじなんだぜ。それがたまたま、自分ン家の近くにあるからって理由だけで、なんだって黒いカビの生えたみたいな生っ白い太腿剝き出しで行けちゃう人がサ、デパート行く時はそれが出来ないのよ？　どっちも最早、違いというものはないにもかかわらず、なのにサ。

差があるとしたら、自分ン家の近所にいる時は女房がそばにいてくれて、「あんた、それでいいじゃないよ」と、半ズボンを穿かしてくれるだけでしょうが。なんで〝私的生活〟というのは、いつまでも永遠に見て見ないふりをされるんでしょうかねェ？　個人というものは、私的生活部分を土壌として成立してるもんなんじゃないんですかね？　何が恥かしいんだろ？　何がいけないんだろ？　誰が「いけない！」って言ってるんだろ？　私にゃさっぱり分りません。

明らかなことは唯一つ、来年の夏は、今年よりも更に多くの男が半ズボンを穿くだろうという、ただそのことだけでしょうね。

なんたって夏は暑いんだから。

その一大事実の前に半ズボンを拒絶する声というのは、ただ無力ですね——唯一「僕、冷え症だから」という声だけを除いて。

ほっとけば風俗はマンエンして行く。そのことを〝悪貨は良貨を駆逐する〟ととらえられたのは、最早昔の形。〝悪貨は、良貨の中に潜む悪貨性にだけしか影響力を及ぼせない〟というのが現代。

ジョシダイセェは顔が老ける。スポンサーの意向によって成立している広告というものは、そのことによって主張をさえぎられている――今やみんな、バカじゃないもん。

そして〝バカじゃない大衆〟というものが成立すると同時に、大衆の病的現象が始まった。大衆がバカじゃなくなったと思ったら、そのことから今度は、大衆が〝バカなことの分らない小インテリ〟になってしまった。〝バカなこと〟を一番理解出来る筈の大衆がね。

という訳で、困ったもんだ、このまんまじゃ消費の頭打ちになるというんで、CMというものは、「ホラ、バカげたことってこんなにおかしいでしょう」ということをやっているのが現代だ。

今の広告に取り柄があるとしたら、それは公然とバカバカしくなったという、そのことだけだ。

そして広告は、そのことを提示出来ても主張は出来ない。という訳で、バカバカしくなったものは、その後、バカバカしいまんまである。

これだけはっきりして、それでもなおかつまだ広告というものを評価してられるインテリだか小インテリだかがいるっていうのは、私にはさっぱり分りませんね。

私にしてみれば、半ズボン穿いたまま大人になったってしょうがない。大人になるということは、改めて半ズボンを獲得し直すという、ただそれだけのことだ。

多分この本は、私が書いた本の中で一番分りの悪い本である筈だが、それは、「僕はこういう理由で半ズボンを穿きたい」と私が言っているだけだからだ。

あなたに関係なく私にしか関係ないことをなんでわざわざ本にして公にしなければならないのか、ということが何故分られないのかというと、それは〝論理〟というものの意味が一般にまだまだ、理解されていないからである。私のせいではない。そして同時に、個人の主張がそのまんま個人の主張になりうるということがまだまだ通らないからだ。私だって好き勝手を言いたい――ということは私はまだ好き勝手を言っていない（！）。


という訳で、私は来年の夏半ズボンを穿くでしょう――推量形ではなく未来形。

〝論理〟というものはそういうものでした。お疲れさま。

これは、〝論理〟の本でしたねェ……。

ウーン、深い。

人間とは論理に拠っているからこそ社会的存在なのであった。これはホントのことだと思いますよ。

やっぱりさすがに私は律儀である――おわり。

――あなたがどう思おうと私は知らないのであった――。

最後の星占い

◎天秤・蠍・射手というのは、牡羊・牡牛・双子の、ブルーカラーに対応するホワイト・カラーだと思いますね。その前の乙女座が劣等感で弱腰だもんだから、家貧しうして孝子出ずという形で、天秤座の営業マンが出て来んですね。出て来て、行動力はあるけれど口先ばっかりという、どっか根性のなさが、このホワイトカラーの時代の泣きどころですね。隅の隠居の蠍座というのは、その点言いえて妙ですね。表立って行動することはないけども、影響力はあるというところですね。そして、そういう人に座を占められてしまったものだから、ただの使い走りに知らず知らず甘んじているのが天秤座ということになります。◎まァ、管理社会の到来が〝心の時代〟を開くというところで出て来るのが、山羊・水瓶・魚の〝神がかりの時代〟です。これはもう、蟹・獅子・乙女という、近代心理学を超えたところに存在する内面の時代だから、ちょっとメンドウです。山羊座というのは、前が使い走りの管理社会、後に更なる神秘があと二つというところで、ホントに、なすすべもなく暗いんですね。脅かされるぐらいならいっそ言いなりがましというので、操り人形になります。売り渡すことによって自主性を獲得するという、手のこんだことをやります。そして、この後にいるのが水瓶座。ホントの星占いだと、ここは知性の星ということになってんですが、私としては、そうなって来ると、ホントに知性って暗いんだな、神秘なんだなと思うぐらい、ここの知性は曖昧です。よく分らないところがあってこそ知性だなんていう考え方は捨てた方がいいと思う。そして、知性というものはそういうものだという考え方を受けるのが病気の魚座で、その前に十一も訳の分んない星座が並んでたら、それだけで混乱するよなァという気の毒な星です。複雑さにアップアップしてて、絶望してると気が安まるというヘンな星です。という訳で、行き着くとこまで行き着くと、「あー　メンドクサイッ！」と言って、単純バカの牡羊座に戻って繰り返しということになると思うんですけど、違いましょうか？　他人を悪人に仕立てると自分の正当性は回復しやすいというのは、一種の方便としてなら許されると思うんですけれどもね——。

文庫版あとがき

ちゃんとした解題というのをやってみようと思う。

私は昔「本出すんだったらあとがきっていうのだけやりたいな……」と思っていた。「あと、装丁やって」とか。作家になんかなる気が全然なかった頃の話である。そして、いつの間にか気がついたら、ほとんどあとがきを書かないようになっていた。本一冊書き上がったら「もうどうでもいいや」と思うようになっていたからである。

いつからそうなったかというと、1979年の終わりに『秘本世界生玉子』を書き上げてからである。ここで私の基本方針は全部決まって、「あとはテキトーに」になっていたのである。それがその後1981年に『蓮と刀』を書いて少し修正が加えられて、「どうでもいいや」が「知ったこっちゃねーや」になった。私の基本トーンはその後ここから一歩も出てはいない。変えてもいいんだが、変えるきっかけがやって来ないので変える気もないのである。

『秘本世界生玉子』の後と『蓮と刀』の後とではなにが変わったかというと、『秘本世界生玉子』の後で、私は「ああ、これでもう評論家はやれるな」と思ったのに対して、『蓮と刀』の後では「ああ、これでもう評論家なんかやらなくていいや」と思ったという、そういう違いである。

という訳で私は、1982年から1983年までの間、雑文を書く小説家ではあっても、評論家にはなってない。1982年の春に出た少年マンガの評論であるところの『熱血シュークリーム』が上巻だけで中絶されているのがそこのところを物語っているのであるが、私は解説家になっても評論家にはなりたくないと思っていたからである。

ちなみにで、1981年執筆の『蓮と刀』から1984年『革命的半ズボン主義宣言』までの間に私のやった仕事を以下に掲げる——。

『熱血シュークリーム・上』（1982　北宋社）
『蓮と刀』（1982　作品社／河出文庫）
『よくない文章ドク本』（雑文集——1982　大和書房／再編集版・徳間文庫）
『その後の仁義なき桃尻娘』（桃尻娘第二部——1983　講談社／講談社文庫）
『極楽迄ハ何哩』（雑文集——1983　河出書房新社／徳間文庫）
『ふしぎとぼくらはなにをしたらよいかの殺人事件』（小説——1983　徳間書店／徳間文庫）
『橋本治の男の編物　手トリ足トリ』（1983　河出書房新社）
『Simon & Garfunkel's Greatest Hits＋1』（小説——1984　大和書房／ちくま文庫）

『覆刻版恋するももんが』（1984　フジテレビ出版・扶桑社）
『とうに涅槃をすぎて』（1984　徳間文庫）
『帰って来た桃尻娘』（桃尻娘第三部――1984　講談社／講談社文庫）
（この間に、詩集の『大戦序曲』を書いて『桃尻語訳枕草子』の準備を進めている）

現在の私の大部分はこの時期に出来上がっているのだが、結構小説を書いている。雑文集を出して、訳の分かんないこともやっているが、評論はやっていない。私はそもそも〝変わった小説家〟でありたかっただけなのだから、これでいいのである。なにしろ『革命的半ズボン主義宣言』を書き上げた私は、その後すぐに自作のセーターのファッション・ショーの準備にとりかかって、そしてすぐに桃尻娘の第四部『無花果少年と瓜売小僧』に着手するのだから、ほとんど絵に描いたように「知ったこっちゃねーや」である（ちなみにこの1984年の春は、フジテレビのキャンペーン・キャラクターになってテレビスポットにやたら出ていた）。『革命的半ズボン主義宣言』は、だからそういう時期の産物なのである。どういう時期かというと、過渡期、転回点という、そういう時期である。

1981年から1984年の間に、私は三冊の本を中絶させて、四冊目も生まれかかっていたのである。全共闘の小説『少年軍記』と、『熱血シュークリーム』の続巻と、なんと自伝である『我が闘争《マインカンプ》'84（あるいは、喜びも悲しみもイク文藝春秋）』と、実のところ本書『革命的半ズボン主義宣言』である。

『革命的半ズボン主義宣言』は、こんなこと言ったら驚くだろうが、実は始め〝サラリーマン向けの実用書《ハウツー》〟を基本コンセプトとして計画されたのである。

なぜか知らない、私とこの『革命的半ズボン主義宣言』の担当編集者である角田健司氏（と言うには若い青年だったが）は、〝サラリーマン向けのハウツー〟がやりたくてやりたくてしょうがなかったのであるが、この頃の世の中はまだ腐っていたので、なかなかそれがうまくいかなかったのである。本書の第一部は、明らかにそのことの反映であるが、私もまだ若かったもんだから、そこんところを押えていいのか悪いのかよく分かんなくて、ちょいとばかり失敗したのである。「サラリーマン向けだからあんまり難しくしちゃいけないったって、冗談じゃねーよ、現実はとんでもなくややこしくなってるっていうのによー」というところで一遍挫折して、改めて本書は本書のスタイルを持ったのである（ちなみに、本書の原タイトルは『むすんでひらいて』だった）。

本書の二八三ページに〝多分この本は、私が書いた本の中で一番分りの悪い本である筈だが〟とあるが、これは現在の文脈に置き換えると、〝私はこの本で今までの書き方を変えた〟ということである。つまり、本書のタイトルにある〝革命的〟とは、〝私にとっての革命的な変化〟ということも含まれている。色々中絶とかなんとかフラフラしていた結果「もう評論家とか思想家みたいなことやってらんないよ、必要なのはディテールの置き直しなんだから」といって解説家に転じて行く、この私の途中段階を示す、（私にとっては）革命的な転回点エッセーが本書なのである。

『革命的半ズボン主義宣言』以前の私は、〝男の世の中〟に対してあんまり口出しをしていない。「関係ないじゃん、世界観が違うもん」と思っていたからであるが、よく考えたら私も男なので、「黙ってると俺の世界観が男の世界観じゃなくなっちゃうな」ということに気がついて、私の根本をなすような現実的世界観を前提にしちゃったのである。「サラリーマン向けの実用書やろう」なんて言ってたこともそれではあるが、よく考えたら〝サラリーマン向けの実用〟の一言にはとんでもない膨大さも含まれていたりはするのである。

膨大なことをやるのはしんどい。だからといって私のやることが膨大なことじゃないなんていう話もない。「改めて膨大なことやるのなんてしんどいな」ではあり、「えーっと、今までのやり方でもう通る訳もなし、どうしたらいいんかな」ということでもあって、自信がない訳でもないけどよく分かんないからフラフラして何回かスッ転んだという、そんな話でもあろう。

『我が闘争'84』というタイトルで二百枚ばかり書かれた中絶の自伝は、やがて姿を変え1986年の『恋愛論』1988年の『ぼくたちの近代史』へと続く。本書の二〇三ページに《私は小学校に入ると同時に〝社会〟と衝突したんですけども》というのがあるが、その続きが『恋愛論』のある部分であり、『ぼくたちの近代史』のある部分である。「中絶したけど、それはちょっと出し方を間違えただけだったな」と思って簡単に立ち上がってしまうという、そんな時期が本書の執筆時期である。

本書にある通り、私は《正当性というものは論理によって獲得されるもんだと思っている》（二五四ページ）。で、その正当性を獲得したらどうすんのかという話である。本書『革命的半ズボン主義宣言』によれば、その後は〝半ズボン穿いて歩く〟である。私の夏のスタイルは公然とそうなってしまったのだが、『革命的半ズボン主義宣言』を書く私にとっての〝その後〟というのはまた違う。「私は書くことに関しての正当性を獲得しない限りこれ以上は書けない、だからまず、正当性を獲得する為に書かなければならない」という、その為に書かれたものが本書である以上、私はこの後メッタヤタラに書きまくるということになるのである。要するに私の中絶というのは、「ここまではいいけど、この先ってことになったら、そんなことやる正当性なんて今までの俺にはカケラもないぞ」という、足踏みなのである。

考えてみりゃこんな述懐も不思議な述懐だが、本書に即して言えば、〝一筋の論理〟であることの限界はもうとうに訪れて、その後は〝二筋の論理〟になるしかない――「それをやるんだったら、あんたは〝とんでもない大人物〟という前提に立たなきゃなんないんだけど、その覚悟ってあるの?」ということである。

小説家にとって〝描写する〟というのは、時間と空間という二つをタテ・ヨコの座標軸に設定して、その上を盛り上げて行く動かして行くという行為なんだから、小説家にとって〝二筋の論理〟というのは、当たり前なのである。一筋の論理は〝その件に関する結論〟だけを出せばすむが、二筋の論理による評論というのは〝世界構造の骨組を描写する〟ということだから、とんでもなく膨大で、ほとんど際限がないのである。

つまり、人間にとって現在というのは〝点〟に過ぎないようなもので、未来というものはその点の中に宿る〝意志〟という方向性の模索で、「そんなもん考えなくてもいいじゃん」という程度にもなりうる茫漠としたものでもあるけれど、しかし過去というのは〝存在した事実の集積全部〟だから、とんでもなく膨大だ、ということなのである。「一人で百科事典やるのか?　一人で文化とか歴史とかそういうものを全部呑み込むのか?」と問われて「うん」と言うか言わないかという問題で、やっぱしこういうものはそうそう簡単に「うん」とは言えないもんではあろうが、しかし人間というものは〝それまでの一切〟を平気で己の前提にしてアッケラカンと生きているようなもんだから、まァ、やってやれないもんでもないのである。

「そういうことやってれば収拾がつかなくなる」という考え方もあるが、しかしその逆に「アッケラカンとしていることはそういうことが可能になっていることだ」ということもある。要するに、「すべてをアッケラカンとした方向へ」という結論は既に出てしまっていること、『革命的半ズボン主義宣言』を書く以前にだって私は半ズボンを穿いて町を歩いていた、というようなもんなのである。大の大人が半ズボンを穿くことの正当性を説くのはかなりにややこしいが、大の大人が半ズボンを穿くことはそんなに難しくないのだから「穿いてしまえ」である。

『革命的半ズボン主義宣言』には、実に膨大な様々なものが含まれているのだが、しかし結局は「半ズボンを穿かない?」の一言でおさまってしまう。この一言を出さないで膨大だけをやっていると〝前例を見ない大思想家〟になってしまうのだが、穿いてしまえばそんなことないというアッケラカンが、二筋の論理のいいところなのである。『革命的半ズボン主義宣言』以降の私の〝評論〟の類はみんなこれだ。

1990年に出た『89』(マドラ出版刊)では、結論部に当たる〝EPILOGUE〟でこんなことを書いている。《こんなとんでもない本を書いちまったら、もう後は「知的権威の権力者」の椅子しか待ってないのである。「そんなのやだね」と言うのはもちろん私のことだから当然であるが、しかしだとしたら、

「お前はこの先どうするんだ?」という疑問だってあるのである。どうすんのかなァ……♫》

要するに、「結論というものをつけてしまったら一筋の論理は閉じてしまう、だから、閉じない結論とは二筋目の論理の始めでなければならない」ということで、二筋目の論理というのは〈評論の存在しない現実〉でしょうね。

評論の存在しうる世界で評論を成り立たせるのは簡単なことだし、それは結局不毛の再生産にしかならないと思う。私はそれがやだから、平気で二筋目の論理というのをくっつけてしまう。1979年の終わりに書き上げた『秘本世界生玉子』のラストは、だから《僕は一生、死ぬまでズーッと、遊んで遊んで、遊び続けるんだ》になっているし、『89』のラストは〝きみだけに贈るつもりの『89』〟というとんでもない限定をくっつけている。『秘本世界生玉子』も『89』も、どっちも最後の言葉は「またね」であるというのは、とっても私らしい。次の始まりを予期してこそ全き終結があるというね。だからこそ『革命的半ズボン主義宣言』の最後には〝未来形〟というのが来る――《という訳で、私は来年の夏半ズボンを穿くでしょう――推量形でなく未来形》(二八三ページ)。

私の方法論というのは、生きている自分を前提にして生きて行く自分につなげるということだから、本というものは多分、現在から未来が始まろうとするその一瞬の間に入るだけの過去を定量だけつぎ込むという、限定作業になる。『革命的半ズボン主義宣言』の執筆を一度中絶しなければならなかった私は、その〝膨大〟をどう扱っていいのかがまだよく分からなかっただけなのだが、遂にこの手法はマスターされてしまった。『革命的半ズボン主義宣言』という本は、だから私が改めて自分の方法論に確信を持って自信として持ち直してしまった結果の成果なのである。

『革命的半ズボン主義宣言』から『恋愛論』『ぼくたちの近代史』に至るのが〝自伝的なある部分〟だというのは、『恋愛論』というのが〝恋愛を論じる本〟であり、『ぼくたちの近代史』が〝ぼくたちの近代の歴史の本〟だからで、私は〝自分の恋愛体験を通じて〟とか〝自分の子供時代を通じて〟ということでしか本を成り立たせない。〝自分〟の外には、〝通じて〟という一語によって接している〝出て行ける外の現実〟というものがあるからだ。私はというよりも、そもそものところ、人間というものは〝二筋縄の存在〟であってしかるべきものだと思うのだが、どうしてそういうことがあまり一般的な合意にはならないのであろうか?

この答は「まだあんまりそういうことに〝論理〟が慣れてないから」なのだが、「だったらさっさと慣れればいい」というのが私である。

『革命的半ズボン主義宣言』から『恋愛論』に至る流れの中にあるものは、〝平均的な男の悲劇〟である。私は〝平均的な男〟ではないので、そう断言してしまう。『革命的半ズボン主義宣言』から『ぼくたちの近代史』に至るのは〝自伝〟から描き出される〝戦後史〟である。〝自分〟と〝自分の友達〟というものは〝自分達の存在した時間〟の中に含まれるのだから、こうなる。

そして〝戦後史〟という時間の中に含まれた〝ある特定の人間達の時間〟というものは、当然のことながら、もっと大きな時間の中に含まれる。〝戦後史〟は江戸から近代にいたる〝近代史〟に含まれ、この〝近代史〟は更に平安王朝文化から江戸町人文化へと移る〝日本的な都市〟という複合概念の中に含まれる。〝時間〟と〝空間〟は二筋縄を構成するよき相棒だが、この〝時間〟と〝空間〟によって把握される人間世界はまた、〝男〟と〝女〟という、最も根源的なくせにあんまりそうだとは意識されない〝二筋の縄〟によっている。話はいくらでも膨大になるが、そこら辺全部の膨大さを全部含めてたったの一行にしてしまうと、《私は、〝夏にも半ズボンを穿ける大人というものが存在する〟という前提に乗っかって、初めて〝大人〟というものになりたい》（二五三ページ）になるのが『革命的半ズボン主義宣言』という〝ひとまとめ＝本〟である。

こういう方法の提唱こそが、私の『革命的半ズボン主義宣言』の方法的真意なのである。

ついでだから、本書から生まれた（あるいは生まれる）〝その後〟というのをちょっと整理してみることにしよう。

本書の一四四ページ以下にある〝江戸幕府→明治政府〟という論理の転換に関する部分は、１９８９年の『江戸にフランス革命を！』（青土社刊）に続く。『江戸にフランス革命を！』は１９８６年の『完本チャンバラ時代劇講座』（徳間書店刊）の前編で、『完本チャンバラ時代劇講座』は江戸から現代にまで続く〝私のいた場所の近代史〟である。『完本チャンバラ時代劇講座』の後に続くように予定されているのは、チャンバラ映画＝近代娯楽の源流となるような江戸の歌舞伎に関する『大江戸歌舞伎』（未刊）であるが、私は多分江戸に関してはここまでしかやらない。こっから先は〝専門家〟という他人の領域なので、私の手を出すところではない。いくら二筋縄の論理と言ったって、〝私〟は〝私〟であって〝他人〟ではないのだから、そういうゴールは当然あってしかるべきである。私は自分の領域を広げたって、それで他人の領域を奪うほどバカじゃない。

私の場合、〝前編が後になって出る〟ということが多いが、それは「論拠をさかのぼる」ということをしょっちゅうやっているからで、「自分の論拠はここまで」になったらそれでいいではないかと言うのである。「現代人のつまらないところは、すべての辻褄を〝自分の知っているところ〟だけで間に合せてしまうところで、そんなことをやっているから〈非・A〉の〝余分〟が膨大になって、収拾がつかなくなるのである」とは、本書の第一部でも言うところであるが、収拾がつかなくなったら、その部分の視野を広げればいいのである。そうした方法論に立脚すれば、当然〝前編は後に来る〟ということになるのである（〝前編〟というものは〝後に来る〟だけの量しかないから〝前編〟なのであって、そんなものが無限にあったら〝前編〟などというものは成り立たない）。

しかし〝前編が後に来る〟なんてことが当たり前になったら、とてもじゃないがうっかりしたことは言えなくなってしまうが、しかしよく考えてみれば、正しいアッケラカンというのは、常に「もうこれはいいや」で前編をしまっちゃうことによってしか起こらない。だからそこんところを〝信頼する〟と言うのである。「あいつはバカそうな顔してるからバカだ」というのは、〝見た目〟という二筋目の論理を徹底的に検討した結果でしか言えないことなのだが、どうもここら辺を真面目な近代は軽視し続けて、それでつまんないことになっちゃったんだよーとしか私は言わないのである。

『江戸にフランス革命を！』に対応するものが、『89』で、これはほとんど『江戸にフランス革命を！』

の完結編のようなものである。『89』は、ある意味で〝近代なるもの〟すべての終結に関する本で、これはやはり1990年に出た『さまざまなエンディング』（主婦の友社刊）と重なる。『さまざまなエンディング』の第三章〝昭和三十九年、東京に戦争があった〟あるいは第四章〝野蛮な肉体〟は、実は『89』とその前編に当たる『恋の花詞集』（音楽之友社刊）の接点に当たり、この1990年に出た『恋の花詞集』という〝昭和史の本〟は、本書の一九五ページ以下《12　一見無関係に繰り広げられる、〝やさしい母〟の終焉について》の続編。1987年の『貞女への道』（主婦の友社刊）もここから発展して生まれている。『貞女への道』は『革命的半ズボン主義宣言』を媒介にして生まれた『花咲く乙女たちのキンピラゴボウ』の続編。

『革命的半ズボン主義宣言』から『江戸にフランス革命を！』に至るキーモチーフとなったのは、1988年に出た『風雅の虎の巻』（作品社刊）で、これは日本的な〝転回する論理〟に関する本で、実はこれが私と角田健司くんとの共同作業による〝サラリーマンの為の実用書〟であるが、これは勿論〝一面〟であって、実は〝平安時代以後〟というものの探求の書である。だから、この流れはストレートに1990年の『絵本徒然草』（河出書房新社）へと続く。『絵本徒然草』は1987年の『桃尻語訳枕草子』に対応するもので、この対応は〝男と女〟〝平安時代と平安以後〟になって、この二点を底辺とするところに〝現代と男と女と過去時代〟という不思議な収まり方を持った『窯変源氏物語』が登場することになっている。

この日本的な過去からの流れに西洋的な過去の流れである『蓮と刀・青年篇』が合わさって、〝半ズボンを穿く二本の脚を持った大人〟というのが登場することになっているのだが、この全貌はまだ誰も見てはいないから、詳述はしない（次ページ図参照）。

最後に一つ。本書の二五八ページ以降に繰り広げられる〝二十代の少年〟というのは、1984年時点に於ける〝二十代〟で、これは後に〝ミヤザキ世代〟と呼ばれるようなものである。〝ミヤザキ世代〟というのは、私独特の定義によれば〝1980年時点に於いて高校大学生だった年頃〟である。年代論は実は世代論であって、世代論は時代状況論でもあると思う。

長くなったが、評価が確定されたものを文庫に入れるというようなことをするんだったら〝解説〟というものは時としてこれぐらいのものであってしかるべきようにも思うので、こんなことをした。

一九九〇年十月二十五日

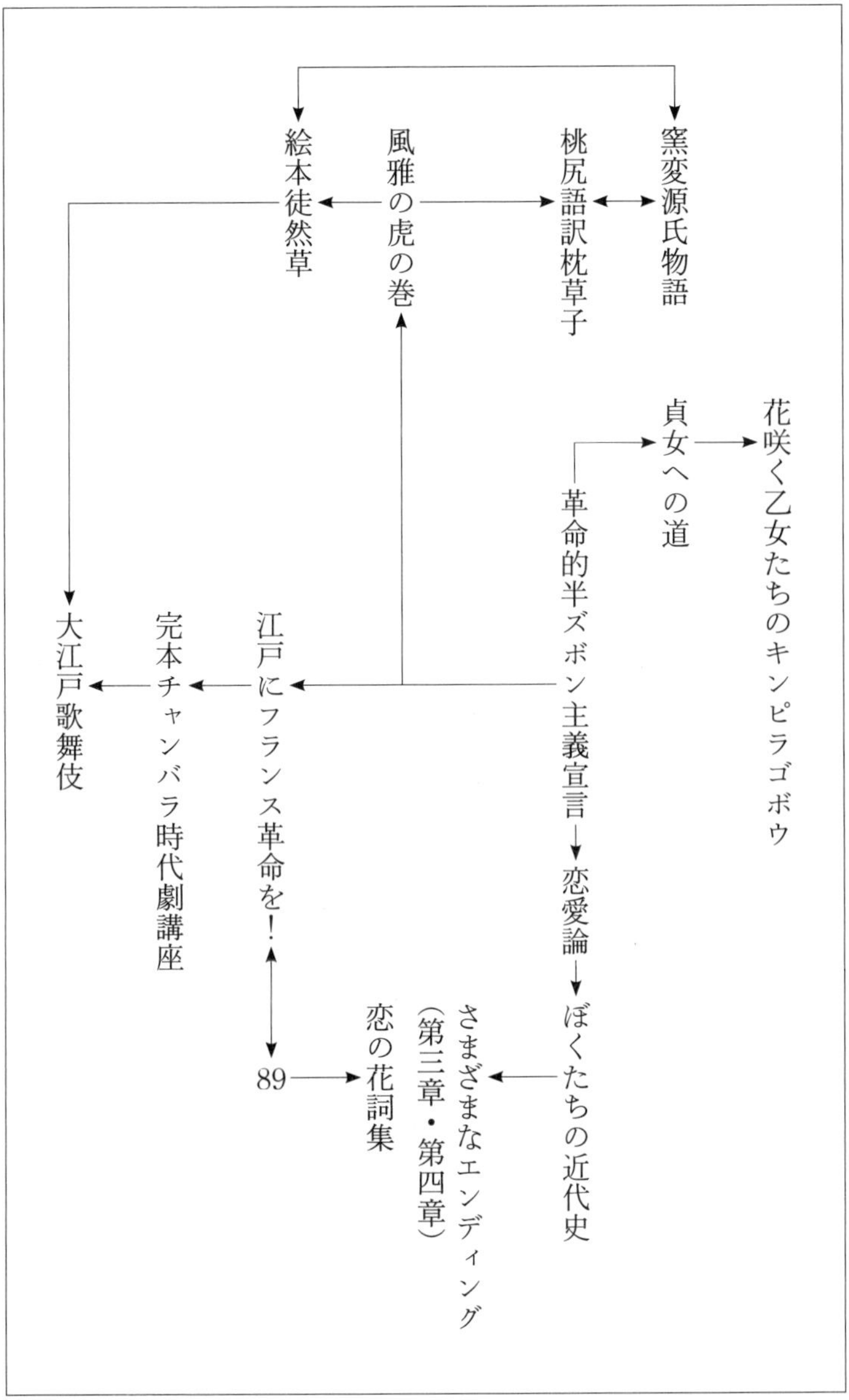
窯変源氏物語
桃尻語訳枕草子
風雅の虎の巻
絵本徒然草
花咲く乙女たちのキンピラゴボウ
貞女への道
革命的半ズボン主義宣言
恋愛論
ぼくたちの近代史
さまざまなエンディング
（第三章・第四章）
恋の花詞集
89
江戸にフランス革命を！
完本チャンバラ時代劇講座
大江戸歌舞伎

解説

内田樹

みなさん、いかがでしたか。『革命的半ズボン主義宣言』。橋本さんご自身が解題をされていますから、僕がこれ以上よけいなことを書かなくてもいいんですけれど、それでも解説をします。「屋上屋を架す」ようなものですけれども、それでもこの書物の重要性についてはどうしてももう少し説明が必要だと思うからです。

僕がこの本を重要だと思うのは、次の一節によります。この一節に『革命的半ズボン主義宣言』という書物の核心になるアイディアが書き込まれているからです。

私の体内には勤勉なる智恵遅れというか、鈍重なる水田用農耕牛というか、そういうものがどこかに巣食っていて、実は、私は小中高を通して、掃除当番というものを一遍もさぼったことのない人間なのである。さぼったことがあるどころか、そういう番が回って来ると、嬉々として働きまくるヘンな人間なのであった。(…)

その間実に私は、他人が掃除当番をさぼるという光景を、ズーッと黙って目撃し続けていたのであったということがあるからである。

ホントにそうなのである。どうしてああもみなさん、平然と掃除当番をおさぼりになれるのかと、二十年前の執念深さがムクムクと鎌首をもたげて来るのである。（175頁）

「掃除当番をさぼる人たち」についての観察が橋本治という人の思想の原点にあります。てきぱきとお掃除をしながら、橋本さんは「なんでこの人たちは掃除当番をさぼるのだろう」とずっと思っていた。別に「おい、さぼらずにやれよ」という学級委員的立場から不満を感じたというのではないのです。橋本さんはこの人たちの凡庸なふるまいのうちに何か深く病んだものを感知したからです。「それ」を自分は決して受け入れることがないだろう。これからずっと「それ」と戦い続けることになるだろうと感じたからです。

どういう人たちが掃除をさぼるのか。橋本さんは子供ながら精密な観察を通じて「実社会で平均的であればあるほど、一般的であればあるほど、そういう人間は掃除当番をさぼる」（177頁）「〝成績が平均的でおとなしい子〟というのが掃除当番をさぼる」「彼等はやっぱりさぼるのだ、痛ましいほど陰湿に」（182頁）という仮説に至ります。

ふつう、どんな社会でも「平均的な男」というのはあまり主題的に扱われることはありません。でも、橋本さんは「平均的な男」というものは、長期にわたる、体系的な訓育を通じて創り出されるものだと直感した。だから、橋本さんが熟知している「掃除当番をさぼる平均的な子供」がどのようなプロセスを経由して、そのような人間に創り上げられたのかを解明できれば、それはただちに近代日本が何であるかを開示することになる。橋本さんはそう考えたのです。

すごいと思いませんか。「革命的半ズボン主義」の論を進める時の橋本さんが足場にしているのは「掃除当番をさぼる男」と「雪かきをしない男」についての二つの観察だけなんです。それだけを論拠にして、橋本さんは「日本の男とはなにものか」について明治維新から20世紀末に至る「男論」を展開しているんです。

ふつうの人はそんなことしませんよ。というか、できませんよ。恐ろしくて。でも、橋本さんはそれができる人なんです。それができるのは、自分が見聞したこと、その時に感じたことを橋本さんが決して忘れない人だったからです。それは、橋本さんがどんな時もいつも全身全霊をあげて生きている人だからです。近所の子たちと遊ぶ時も、買いものに行く時も、学校に通う時も、決して手を抜かない。そういう人なんです。ぼんやり学校に通っていたわけじゃないんです。なにしろ**「大体、私にとって学校というのは、小学校の後半から中学高校にかけて、ほとんど天国のようなところだった」**（182頁）んですから。

だから、橋本さんは勉強もよくできました。授業を「ああ、座っているだけで、いろいろなことが学べてうれしいなあ」とにこにこ聴いている子がいたら、たぶん周りの子たちは「勤勉なる智恵遅れ」だと思ったでしょう。でも、そうやって遊び気分で授業を聴いていたせいで、橋本さんはすいすいと東大に入ってしまった。

はい、日本の男にとって、会社というもんは〝学校生活〟とおんなじもんだと私は思ってます。世の中には、〝学校とは遊びに行くとこだ〟と心得てる人間と、〝なんだか知らないけど、学校というのは行かなきゃいけないもんだ〟と思ってる人間との二種類しかいません。（237頁）

橋本さんは「学校とは遊びに行くところ」と心得ている人間でした。そういうふうに生きるのが人として豊かな生き方だし、賢い生き方だという確信があったからです。それは橋本さんが「原っぱ」について書いた文章と対照させて読むとわかります。

「原っぱ」というのは、橋本さんのうちの近くにあった現実の原っぱだけではなく、それからあと橋本さんが踏破したすべての場所、橋本さんが試みたすべての仕事のことをおそらく指しています。「原っぱ」について橋本さんは、こんなふうに説明しています。

ある意味で、誰のものでもない土地なのね。誰のものでもない土地で空いてるだけだから、使い途が何もない土地は、大人にとってみればなんの意味もない土地なのね。ところが子供にしてみれば、草の海があるようなもので、そこに来て遊ぶっていうこととするのね。（橋本治、『「原っぱ」という社会がほしい』、河出新書、2021年、149頁）

「原っぱ」は遊ぶところであると同時に「学びの場」でもありました。だから、橋本さんがそこではいつも「年下の子達」を気づかっていました。

みんななんかやってて、その下にいるのが何なのかっていうと、やっぱりまだ独り立ち出来ない子で、僕達が鍛え上げて次に譲っていかなくちゃいけないんで、「僕達が〝卒業〟しちゃったらもう原っぱにいなくなるんだから、この子達がちゃんと遊べるようにしなくちゃいけないんだよな」って、そういう風に思いながらやってたのね。（同書、162頁）

こんな文章を読むと、麦わら帽子をかぶって半ズボンを穿いた治兄ちゃんが「原っぱ」でにこにこと「この子達がちゃんと遊べるようにしなくちゃいけないんだよな」という使命感を覚えながら幼い子供たちをみつめている風景が目に浮かんできます。これがたぶん橋本さんの「原点」なんだと思います。

それからあと橋本さんが書いた本の多くは（本書も含めて）「この子達がちゃんと遊べるように」という橋本さんの気づかいの産物なのです。

そして、原っぱでの半ズボン姿のまま、橋本さんは学校に通うようになりました。まだ小学生だからそれでいいんです。でも、学校も「原っぱ」にいた時と同じように楽しく過ごせると思っていた橋本さんの期待は「掃除当番をさぼる子」との遭遇で深く傷つけられました。橋本さんはあまり激しい言葉づかいはしませんけれど、成績がよくて、活発で、かつ掃除をさぼる生徒に対しての次のような批判の言葉は例外的に激しいものです。橋本さんの怒りを感じてください。

ところがこいつはズルイのだ。

掃除当番をさぼってサッサと帰るということは絶対にしないかわり、絶対にやろうともしない。教室の隅に箒を持って立ったまま、友達と話しているだけなのだ。話しているだけで、決して掃除なんかしないのである。(…)

そのテの男共は、もう課長とか係長とか、ヘタすりゃ部長なんてのになってるかもしれないが、私はまったく信用なんかしないのである。しないどころか憎むのである。二十年前の埃だらけの教室で「お前なんかと死んでも口なんかきくもんか!」と思ったことは、私はたやすく忘れないのである。(180〜181頁)

掃除当番をさぼるという、ただそれだけの平凡な行為のうちに男はその本性を剝き出しにする。そして、学校で掃除当番をさぼっていた男の子は長じて「雪かきをしない男」になる。橋本さんはそのような男たちがいかなる歴史的文脈を通じて形成されてきたのか、それを近代史を一瞥する視野から語り出します。

小さな主題をいきなり大きな歴史文脈の中に位置づけて、その意味を明らかにする。これが橋本治という「説明家」の天才性だと僕はつねづね思っております。射程をいきなり変えるんです。微細な日常風景を観察しておいて、いきなりステップバックして、遠景を見せる。そういうことをする人なんです。

小学校に入った橋本少年はなんといきなりここで「戦前」と向き合います。

私は、小学校に入ると同時に戦前的な男の現実とぶつかって挫折させられたからなんです。（…）社会に出ると男の子はウックツするんです——という訳で、私は小学校に入ると同時に〝社会〟と衝突したんですけども。

という訳で、社会は戦前なんです。

という訳で、オジサンの戦後はまだ——というか永遠に終んないいんです。（２０３頁）

わかりにくいですね。でも、とてもたいせつなことがここには書いてあります。橋本さんが「原っぱ」と「学校」の境界線で出会ったのは、単なる管理とか統制とか利己心とか凡庸さとか、そういうものじゃないんです。「戦前的な男の現実」という巨大な歴史的堆積物と出会ってしまったのです。僕はこの「非対称性」に驚愕します。だって、こちらは小学一年生の子供ですよ。それが明治維新以来の歴史的堆積物とまっすぐに衝突する（もちろん衆寡敵せず。勝てるわけがありません。「挫折」するのは当然）。でも「衝突」するんですよ。６歳児が。壮絶な気概だと思いませんか。

小学校一年生の橋本さんには「社会というのは原っぱ的なものであるべきだ（だって楽しいから）」という牢固たる確信がある。そして、これについては相手が誰であろうと一歩も譲る気がない。

この「一歩も譲る気がない」という気概が「来年の夏は半ズボン穿こうよ」という、ただそれだけのことしか提案していない書物が「革命的」である所以です。宣言の内容が過激だから革命的なんじゃないいんです。「掃除当番をさぼる男、雪かきをさぼる男を私はまったく信用しない」という判断について私は一歩も譲る気がない。たとえ相手が日本近代史の総体であっても譲らない。この橋本さんの自立の揺るぎなさが革命的なんです。

そして、「掃除当番をさぼる男、雪かきをさぼる男」が明治以降の近代史を通じて構築された社会的性格であるならば（橋本さんはそう診立てました）、私はたったひとりでも半ズボンを穿いて戦前的な男の現実と対峙する、と。

なんと凜々しい宣言でしょう。

ここでいう「戦前的現実」というのは、明治維新以来の、「近代国家を建国しなければならない」という国民的な義務感が創り出したものです。放っておけば欧米列強の植民地にされてしまう。とにかく近代化して、富国強兵して、社会制度を整備しないと、たいへんなことになる。日本における近代化というのは、この恐怖心に駆動されたものでした。

まず、近代の日本というものは、近代化されなければいけないというところからスタートした。こんなことは当り前のようだが、全然当り前ではない。何故かといえば、国そのものが〝近代化されなければいけない〟という発想自体が、ヨーロッパのものではなく、アジアのものだからである。（142頁）

では、日本を近代化するとは、具体的にはどういうことだったのか。これについても橋本さんの記述は簡にして要を得ています。

で、近代国家というのがどういうもんかというと、命令系統が一つで、上から「こうしろ！」という命令が降って来ると下が「はッ！」と行って動くという軍隊みたいなもの。元々が防衛上の必要で生まれたもんだからこうなって当然。（206頁）

あっさり書いていますけれど、これは近代日本の成り立ちについての本質的な指摘です。日本はヨーロッパのように自然発生的に近代化したわけではなく、ヨーロッパ的な「近代国家」をお手本にしながら、そのお手本であるところの欧米列強に支配され収奪されないために短期間に近代国家を作り上げるという曲芸を演じさせられました。そのためには国民的合意形成とか、市民的成熟とかいう「時間のかかること」はとてもできなかった。軍隊的なトップダウン組織を即席で作るしかなかった。たぶんそうなんだろうと思います。でも、急いだせいで、大きなミスを犯した。

坂本龍馬、高杉晋作といったところを始めとして、明治維新を動かした頭のいい人間はみんな死んじゃって、明治維新を動かしたのはその下にいた、ロクに頭のよくないヤツだったということは常識になっている。（206頁）

これはすごく大事な指摘です。トップダウン組織というのは、トップに「頭のいい人間」「賢い人間」がいる時にはとても効率的に機能します。けれども、必ずトップに頭のいい人間が来るようなプロモーション・システムを装備していません。

大事なことなのでもう一度言いますけれど、トップが全権を持って、下僚に命令を下し、下僚はそれを遅滞なく実現するという仕組みは、どれほど精緻に作り込んでも、「トップに賢い人が来る」というようには設計されてないんです。偶然そうなることはたまに（ごくたまに）あるかも知れませんけれど、ふつうは「何を命令されても言うことを聞く人間」が出世を遂げる。それも「明らかに間違った命令や有害な命令でもはいはいと聞く人間」がトップからすれば「かわいい部下」として重用されて累進を遂げる。つまり「自分ではものごとの適否について考えないイエスマンが出世する」、もっと平たく言えば「バカが出世する」のが日本型トップダウン組織です。日本の組織というのはおしなべて「そういうもの」なんです。

なぜそんなものになったのかというと、急いでいたからです。一刻も早く近代化しないと植民地にされるから。焦燥と恐怖を感情的な駆動力として、日本は近代化を遂げた。そのためにトップの命令一下の全員が「右へ倣え」する軍隊のような組織を作るしかなかった。でも、この組織には「賢い人」を登用するための仕組みも、バカを権力の座に就かせないための仕組みもビルトインされていなかった。それが21世紀の今日に至るまで続いている「戦前的な男の現実」なんです。だからこそ今の日本は「こんなざま」になっているわけですけれど。

本来なら、そういう「戦前的な男の現実」は戦争に敗けて、制度が民主化された時点で終わらなければならなかったのです。でも、終わらなかった。**「オジサンの戦後はまだ――というか永遠に終んないんです」**（２０３頁）という悲痛な言明の通りに。

戦前、男たちは徴兵されました。

> **男だっていうだけで殺されなきゃなんない義務背負ってたら、ちょっとばっかしの特権なんてなんの意味もないじゃない。おまけにその〝特権〟というのは、女子供に対して威張り散らしてもいいという、ホントに索漠たる特権でしかないっていうのに。**（２１８頁）

それなのに、ようやく生きて戦後を迎えた男たちは「**「あーあ、ヤバかった。ホントに男って損だなァ」という発想をどうしてしなかったんだろう？**」（２２０頁）

そうなんです。「ほんと男って損だな」と男たちが思ったら、そこから話は変わったはずなんです。二度と戦争なんかしないような国にしようと思ったはずだし、バカなやつが偉そうにするシステムなんか廃絶しようと思ったはずなんです。でも、日本の男たちはそうしなかった。何も変えなかった。だから、戦後日本にも「男だっていうだけで殺されなきゃなんない義務」がさまざまにかたちを変えて生き延びることになりました。暑い夏に半ズボンを穿かないでいる「男の義務」は単に「本人が不快であるだけ（あるいは「同じオフィスにいる女性が凍り付くだけ」）では済まないのです。それは「戦前的な男の現実」の無数の変奏の一つなのです。

どうして、何もかもなくなった廃墟の日本で、これから先新しい社会とか生活とかを作ろうっていう時に〝男の義務〟っていう根本の大問題を誰も考えなかったか、私は不思議ですね。私はズーッと、この〝義務〟がこわかったもん。（220頁）

戦争に負けてなんにもない焼跡に帰って来て、まず人間が考えることっていうのは、「一体俺達は、なんでこんなバカなことをやったのかなァ？」というそのことだと思いますね。まともな人間だったらまずそういうことを考える。

何故そんなバカなことをやったのか？　人間が何百万人も死んで国は焼け野原で、生きてる人は呆然としてる――そんな結果になるようなバカなことを何故日本が出来たかといえば、理由はただ一つ。

それは日本がバカだったから。バカじゃなきゃバカなことは出来ない。バカなことをやる人間はバカ以外にない。（227～228頁）

そうなんです。バカって、要するに「ものごとを論理的に、根源的に考えられない人間」ということです。日本の男たちが歴史的愚行を犯したのはバカだったからである。そこまではよろしい。でも、愚行の後もそのバカは治っていない。ということになると、これから日本を「バカじゃない国」に作り直すための理知的な足場というものがありません。わかっているのは、自分たちは相変わらず遅れていて、貧しく、そして弱いということだけです。

僕達は遅れていて貧しいんだという心的外傷《トラウマ》が、この時日本の男達の中に刻み込まれる。（228頁）

敗戦の時のこの男たちの精神状態は、植民地化される恐怖に駆られて近代化を急いだ時のそれと同じです。「ああ、やっぱり俺たちはすさまじく貧しく、愚かで、弱いんだ。だから負けたんだ」という事実だけがリアルで、**「何がどう遅れて、何がどれだけ貧しいのか。どうなれば遅れていなくて、どうなれば貧しくないのかなんていう、冷静な検討をしている余裕なんてこの時にはない」**（228頁）のでした。そこから戦後日本社会は始まった。そして、今に至るまで日本の男たちはこれについて「冷静な検討」をしたことがない。

橋本さんが「半ズボンを穿こう」という言葉を向けるのは、この男たちに対してです。もちろん橋本さんがそう言ったからといって、この男たちは決して半ズボンを穿きません。彼らの平均性と同質性と頭の悪さがそれを阻止します。

前にも言いましたけど、おとなしくって成績が一般的な人ほど掃除当番をさぼるんですね。誰が一番

さぼるといって、その人達が一番コソコソとズルをします。私が基本的に〝大衆〟というものを信じてないのは、〝大衆〟というのは、こういう人達が周辺部に群れることによってその数というものを成立させているからですね。（232〜233頁）

　だから、橋本さんはきっぱりと「**そして、こういう人達に半ズボンを穿かせることは、無理ですね**」（233頁）と断定します。

　自分のことを「平均的な男」「一般的な男」だと思っているこの男たちが「みんな進んで太平洋戦争になだれこんで行くことを」許した。そして、兵隊に行くのが怖いという橋本治をこれからも機会があれば「非国民」と罵る。その恐怖は橋本さんにとって疑い得ないリアルです。

　だから、橋本さんは彼らに向かって「大衆であることに甘んじてはならない」と告げます。それは言葉を換えて言えば「大人になれ」ということです。もう一度、敗戦の原点に立ち戻って、焼け野原で、立ち尽くして、どうして俺たちはこんなバカなことをしてしまったのだという反省から、「大人になろう」と決意し直せ、と。その時に橋本さんが提示するのが「夏に半ズボンを穿ける大人」というロールモデルです。

　それは「少年の心を持ったまま大人になる」ということではありません。「**半ズボン穿いたまま大人になったってしょうがない**」（282頁）んです。半ズボンを穿くという行為はそんな自然でカジュアルな行為ではありません。それは「雪崩を打つ」力に抗って、あえて選び取らなければならない決然たる行為なのです。そのためには近代日本の「大衆」をかたちづくってきて、粘りつくような執拗な平均的心性とまっすぐに向き合い、それに対してきっぱり「否」を告げなければならない。

諸君は半ズボンを穿かない。でも、僕は穿く。それは僕が「原っぱ」で経験したこと、学校で経験したことによって獲得した知見に基づいている。僕は半ズボンを穿く。近代化に抗って、植民地主義に抗って、多数派の鈍感さに抗って、「戦前的な男」を終わらせることのできないすべての男に抗って、半ズボンを穿く。

大人になるということは、改めて半ズボンを獲得し直すという、ただそれだけのことだ。（282頁）

すばらしい宣言だと思いませんか。

本書は一九九一年に刊行された『革命的半ズボン主義宣言』（河出文庫）を単行本化したものです。

刊行に際し、明らかな誤字脱字などは改め、内田樹氏の「はじめに」と「解説」を加えました。

橋本治（はしもと・おさむ）

1948年東京生まれ。東京大学文学部卒。77年「桃尻娘」で小説現代新人賞佳作を受賞しデビュー。以後、小説・評論・古典の現代語訳・イラストなど幅広い分野で活躍。96年『宗教なんかこわくない！』で新潮学芸賞、2002年『「三島由紀夫」とはなにものだったのか』で小林秀雄賞、18年『草薙の剣』で野間文芸賞を受賞。著書に『窯変 源氏物語』『巡礼』『黄金夜界』など。2019年逝去。

革命的半《かくめいてきはん》ズボン主義《しゅぎ》宣言《せんげん》

2024年12月20日初版印刷
2024年12月30日初版発行

著　者　橋本治
発行者　小野寺優
発行所　株式会社河出書房新社
〒162-8544　東京都新宿区東五軒町2-13
電話　03-3404-1201（営業）／03-3404-8611（編集）
https://www.kawade.co.jp/

印　刷　株式会社亨有堂印刷所
製　本　大口製本印刷株式会社
ブックデザイン　寄藤文平＋垣内晴（文平銀座）

Printed in Japan
ISBN978-4-309-03941-1